Folke Lindenblatt - Die Kompromisslosen

„Nun, zum Thema Schreiberei: Warum schreibst du das, was du schreibst?", will er wissen.

„Puh, das ist eigentlich ziemlich persönlich ...", zögere ich.

„Komm schon."

„Also gut. Ich schreibe über Dinge, die mich beschäftigen. Manchmal sind es Sachen, die mich frustrieren und runterziehen. Weißt du, was eco grief ist?"

Er zuckt mit den Schultern, sagt dann aber: „So was wie Umweltschmerz, Ökotrauer? Depressive Gedanken wegen unseres kollabierenden Ökosystems?"

„Genau. Und dabei hilft mir Schreiben."

„Schreibst du nur über Umweltsachen?"

„Nein, ich schreibe auch über andere Sachen, die mich wütend machen. Aber ebenso über Skurriles, Absurdes und Menschliches. Schreiben ist für mich ein emotionales Auslassventil. Mal schauen, wo der Weg noch hinführt ..."

Folke Lindenblatt ist Diplom-Biologin, naturwissenschaftliche Illustratorin, freischaffende Künstlerin und Autorin.

Vielen lieben Dank Antje, Carolin, Stefan, Florian, Rainer und Jörg für eure Hilfe.

Klimafiktion

Mord Ausweg aus der Klimakrise?

Die **KOMPROMISS** *LOS*en

Folke Lindenblatt

© 2025 Folke Lindenblatt

3. Auflage

ISBN: 978-3-8192-1110-2

Verlag: BoD · Books on Demand GmbH, Überseering 33, 22297 Hamburg, bod@bod.de

Druck: Libri Plureos GmbH, Friedensallee 273, 22763 Hamburg

www.folkelindenblatt.de

Das Buch enthält Szenen mit Sex und Mord. Die Geschichte ist rein fiktiv.

PROLOG

Lilli konnte und wollte einfach nicht glauben, was sie da sah.

Eigentlich hatte sie nur das neue Fernglas ausprobieren wollen. Es hatte einen Autofokus, sodass man es für unterschiedliche Entfernungen nicht jedes Mal erneut scharf stellen musste. Sie war auf den oberen Balkon getreten, um die Bergkette in der Ferne anzupeilen. Danach hatte sie sich Zug, um Zug näher gelegene Objekte ausgesucht, um herauszufinden, was die kürzeste Entfernung war, in der das Fernglas noch eine scharfe Abbildung zeigte.

Eigentlich hatte sie nur herausfinden wollen, ob das Muster der Tischdecke, die auf dem Gartentisch ein Stockwerk tiefer lag, noch klar und deutlich zu erkennen war. Aber dort unten saß Tobias, der sein Handy vor sich auf dem Tisch gelegt hatte. Ohne Vorsatz war ihr Blick daran haften geblieben. WhatsApp war geöffnet. Das Erste, was sie sah, war eine lange Kette von Kuss-Smileys.

Und eigentlich hatte sie auch nichts gegen Kuss-Smileys, aber sie bekam sie nur sehr selten von ihrem Mann und wenn, dann nur einen und nicht gefühlte 20 in einer Reihe. Die Smileys waren seine Antwort auf die vorangegangene Nachricht: „Du bist zuckersüß und natürlich männlich stark", mit einem grinsenden Smiley und ebenfalls einer Reihe von Küsschen verziert. Ein Blick auf die oberste Zeile des WhatsApp-Screens zeigte ihr Ursula Neumann als Chatpartnerin ihres Mannes an. Ursula war die Chefin des Haarsalons, den Lilli und Tobias besuchten und, wie Lilli bis jetzt gedacht hatte, eine gemeinsame Freundin.

Ihr Mann hatte das Handy wieder aufgenommen und angefangen zu tippen. Sie versuchte eine Erklärung für das, was sie gerade gesehen hatte, zu finden. Es musste sich um einen Joke handeln oder Ironie. `Du bist zuckersüß´, schreibt man einem guten Freund nur, wenn man es ironisch meint oder witzig. Oder aber wenn der gute Freund mehr als nur ein guter Freund ist. Das konnte nicht sein. Vor zwei Wochen hatten sie noch gemeinsam Ursulas Geburtstag gefeiert und jede Menge Spaß gehabt. Für das, was dort bei WhatsApp passierte, musste es eine andere Erklärung geben.

Wie gebannt wartete sie darauf, dass er das Telefon wieder hinlegen würde. Er tippte eine ganze Weile, dann war er endlich fertig und legte es an genau derselben Stelle ab. Der Bildschirm war noch offen. Seine Antwort lautete: „Beim nächsten Mal werde ich deinen zuckersüßen Arsch versohlen und mich männlich stark zwischen deinen Schenkeln an deiner feuchten Quelle laben." Gefolgt von mindestens acht Herzchenaugen-Smileys, die mit roten Herzen alternierten.

Wie bitte? Das war jetzt schwierig als Joke oder Ironie wegzuinterpretieren. Aber irgendeine vernünftige Erklärung musste es doch geben. Sie hoffte auf eine weitere Nachricht von Ursula, aber der Screen wurde schwarz und ihr Mann nahm das Telefon auf und ging ins Haus.

Was nun? Sollte sie die Freundin einfach zur Rede stellen oder besser noch ihn? Aber sie war wie gelähmt und fühlte sich innerlich völlig taub an. Sie schwankte auf die Bank zu, die auf dem Balkon stand und ließ sich darauf sinken. Das Fernglas stellte sie vorsichtig neben sich ab, um sogleich wieder aufzuspringen und den Feldstecher ins Haus zu bringen. Ihr

Mann sollte nicht auf die Idee kommen, dass sie etwas gesehen haben könnte. Sie brauchte Zeit. Zeit zum Denken.

Sie setzte sich auf das hübsch geblümte Sofa in ihrem netten, sommerlich gelb gestrichenen Arbeitszimmer und starrte auf ihre bunten Ringelsocken. Verdammt! Sie war ein Joke mit ihrem blumigen Heilewelt-Sofa und den affigen Kleinmädchensöckchen. Eine naive, gutgläubige Witzfigur.

Der Sex mit ihrem Mann war schon seit Jahren so gut wie nicht existent. Maximal alle sechs bis acht Monate kam es dazu und das lag wahrlich nicht an ihr. Er behauptete, von sich asexuell geworden zu sein. Lilli hatte kein großes Problem daraus gemacht. Aus Rücksicht auf sein fragiles, männliches Ego. Sie wollte ihn nicht verletzen und vor Minderwertigkeitsgefühlen schützen.

Ihre eigene sexuelle Frustration hatte sie mit den verschiedensten Gerätschaften von Dildo-King bearbeitet. Einen Liebhaber hatte sie von Zeit zu Zeit in Erwägung gezogen, aber eigentlich nur theoretisch. Ihr armer Mann konnte ja nichts für seine Asexualität. Aber laben sich Asexuelle an den feuchten Quellen, die zwischen den Schenkeln der Starfriseurin zu finden sind?

Glühender Zorn stieg in ihr auf und sie wusste nicht, ob sie wütender auf ihren Mann oder sich selbst war. All die Jahre war sie felsenfest davon überzeugt gewesen, dass ihr Mann ihr genauso treu war, wie sie ihm. Als Journalist war er ständig unterwegs und hätte jede Menge Gelegenheiten gehabt, sie zu betrügen, aber warum sollte er? Er hätte zu Hause so viel Sex haben können, wie er nur wollte. Dass er nicht wollte, war durch die sich mit den Jahren entwickelnde Asexualität zu erklären gewesen.

Natürlich hatte er immer mit Frauen rumgeschäkert. Er hatte immer, wie man so schön sagt, Schlag bei den Frauen gehabt. Warum auch nicht, solange es beim Schäkern blieb. Aber das war es wohl nicht. Und ausgerechnet Ursula. Schön war die nun wirklich nicht mit ihren abstehenden Ohren und dem etwas zu fetten Arsch. Was hatte die, was Lilli nicht hatte?

Nun, sie trug Schuhe mit Mörderabsätzen und definitiv keine Ringelsöckchen mit bequemen Birkenstocklatschen. Tobias hatte sich schon einige Male bewundernd dazu geäußert, wie sie den ganzen Tag auf ihren hohen Pinnen problemlos im Salon Haare stylen konnte, und Lilli hatte ihm nur zugestimmt und zugegeben, dass sie selber nicht dazu in der Lage wäre. Wie naiv. Sie wusste, dass sie selbst hochintelligent war, aber wie es schien doch auch so unglaublich dämlich, wenn es um zwischenmenschliche Dinge ging. Im Elfenbeinturm der Wissenschaft konnte sie glänzen, als promovierte Physikerin an einem der renommiertesten Forschungsinstitute unter ihresgleichen war sie in ihrem Element, aber im täglichen Leben wohl eher nicht.

Plötzlich hörte Lilli, wie ihr Mann von unten rief, dass er einkaufen fahren würde.

Sie rief ein gespielt fröhliches „OK Schatz!", die Treppe hinunter.

Als die Haustür ins Schloss fiel, lief sie selbst nach unten und sah sein Telefon auf dem Küchentresen liegen. Noch nie zuvor war sie auf die Idee gekommen, in sein Handy zu schauen, aber jetzt griff sie ganz automatisch danach. Es war natürlich passwortgeschützt, aber ihr Mann benutzte in der Regel sehr einfache Zahlenkombinationen und beim dritten Versuch war sie drin. Der Chat mit Ursula war der oberste und wimmelte nur so von Herzchen und schwülstigem Sextalk. Das ein oder andere Tittenbild tauchte auch auf. Und das Ganze schien über Monate oder sogar Jahre zu gehen. Da wurden Treffen erwähnt zu Zeitpunkten, wo sie ihn auf einer seiner unzähligen Recherchereisen gewähnt hatte.

Sie hatte genug von Ursula Neumanns Brüsten und Liebesschwüren und schloss den Chat. Ob es wohl noch andere Herzdamen gab? Sie schaute auf die Chatliste. Unter Neumanns Namen stand der von ihrem Sohn, darunter der eines Sportfreundes von Tobias, dann kam der ihrer Tochter und darunter der einer Lilli unbekannten Frau. Mit zitterndem Zeigefinger öffnete sie den Chatverlauf. Nur ein Kuss-Smiley und die Zeile: „Nach dem anstrengenden Interview hat mich unser überaus nettes, kleines Abendessen belebt. Vielen Dank dafür. Ich hoffe auf eine baldige Wiederholung." Tobias Antwort war gewesen: „Das sollten wir unbedingt tun und vielleicht noch ein bisschen mehr." Kuss-Smiley.

Lilli legte das Handy angewidert beiseite. Da fickte er die niederträchtige Ursula und war gleichzeitig dabei eine Neue startklar zu machen.

War sie sich wirklich all die Jahre sicher gewesen, dass ihr Mann ihr treu war? Natürlich war sie das! Sie hatte es auf jeden Fall immer wieder vollmundig verkündet. Wenn zum Beispiel Freundinnen fragten, ob sie sich keine Sorgen machen würde, weil er so oft unterwegs war. Hatte es jedem gegenüber bestätigt, der es hören oder auch nicht hören wollte. Sich selbst gegenüber am lautesten. Wegen der Kinder und dem kuscheligen Nest, das sie geschaffen hatte und um jeden Preis erhalten wollte. Aber wenn sie jetzt wirklich ehrlich mit sich selbst war, hatte es immer „Damen" im Leben ihres Mannes gegeben, die sie skeptisch hätten machen sollen. Seine erste Chefin, zu der er immer zum Kochen ging und die so unvergleichliche Pasta zubereiten konnte. Oder die ehemalige Kollegin, die mittlerweile nach München gezogen war und die er bei der Recherche zu einer Reportage dort besuchte. Sie war angeblich mit einem Monteur liiert, der aber als Tobias in München war, zufällig einen größeren Montagejob im Ausland hatte. Damals war Lilli mit ihrem zweiten Kind, ihrem Sohn schwanger gewesen. Sollte er sie wirklich während ihrer Schwangerschaft betrogen haben, obwohl er wusste, dass sie so etwas für Hochverrat hielt? Und was war mit der argentinischen Barpianistin, die er in Buenos Aires kennengelernt hatte und deren schnulzige Lieder wochenlang in Dauerschleife von den CDs tönten, die er mitgebracht hatte. Ihr fielen mehr und mehr mögliche Gespielinnen ein. Ihr ganzes Leben schien eine riesengroße Lüge zu sein.

Mit zitternden Händen zog sie ihre Joggingschuhe an. Sie musste raus hier. Sie musste das aufgestaute Adrenalin, das ihren Blutkreislauf zu überfluten drohte, loswerden. So schnell sie konnte, rannte sie los. Ihre Füße trommelten ein wildes Stakkato auf den asphaltierten Feldweg, der den Hügel hoch zu ihrer Lieblingsbank führte. Normalerweise unterbrach sie ihren Lauf hier für ein paar Minuten, aber diesmal wollte sie keine Pause, wollte nicht verschnaufen und das Gedankenkarussell in ihrem Kopf wieder Fahrt aufnehmen lassen. Als sie fast auf dem Scheitelpunkt des Hügels angekommen war, fing es an zu regnen. Die dunklen Wolken am westlichen Himmel hatte sie bis dahin gar nicht wahrgenommen. Der heftige Wind, der wie aus dem Nichts aufgezogen zu sein schien, peitschte ihr dicke Regentropfen ins Gesicht, die sich mit ihren Tränen vermischten. Sie blieb abrupt stehen, schaute zum Himmel hinauf und schrie dem Wettergott ihre verzweifelte Wut entgegen. Plötzlich wurde es gleißend hell. Den unmittelbar folgenden Donner hörte Lilli nicht mehr.

TEIL I

KAPITEL 1

Er geht langsam auf den Securitymann am Eingang des Backstagebereichs zu. Sie hat getextet, dass er sich nach dem Konzert dort melden solle. Sie würde dafür sorgen, dass man ihn einließe. Er ist sich ziemlich sicher, dass er auch ohne ihre Referenz Zutritt erlangen würde, aber irgendwie kitzelt es ihn, sich auf sie berufen zu können. Dabei wusste er bis vor wenigen Wochen noch nicht einmal von ihrer Existenz, konnte nicht ahnen, was für eine mesmerisierende Kreatur sich hinter dem Namen Nerthus versteckt.

Er hatte Nerthus gegoogelt, aber nur herausgefunden, dass es sich dabei um eine der ältesten Gottheiten im vorgermanischen Europa handelte, deren Name Erde bedeutete und deren Heiligtum auf einer Insel in der Ostsee lag. Im Bezug auf die Musikerin Nerthus gab es online nur einen Verweis zu ihrer Band *Goddesses of the Earth* und auf deren Webseite stand der Vermerk: „Befindet sich im Umbau." Daraufhin hatte er von weiteren Google-Versuchen abgesehen. Musiker haben oft merkwürdige Namen.

Aber die Textnachrichten, die er und Nerthus vor zwei Wochen austauschten, haben ihn neugierig gemacht. Ihr Projekt klingt aufregend, wenn auch ein bisschen unrealistisch, aber doch wie eine womöglich letzte Chance. Er will definitiv mehr erfahren. Ihrem Wunsch nach einem Treffen auf diesem Festival nachzukommen, war einfach gewesen, da er zurzeit sowieso für Dreharbeiten in Europa ist. Außerdem spielen hier zwei seiner Lieblingsbands.

Er hätte sie und ihre Band definitiv engagierter googeln sollen, aber wie hätte er ahnen können, dass ihr Konzert ihn so flashen würde? Die Klänge, die diese Person ihrer Gitarre entlockt, sind überirdisch und ihre Erscheinung außerirdisch. Er fühlt sich wie ein unerfahrener Teenager, mit schwitzigen Händen und einem nervösen Grinsen im Gesicht.

`Get a grip, Adam!´ Nerthus` Wunsch, sich mit ihm zu treffen, und die Gründe dafür sind zu interessant und möglicherweise bahnbrechend.

In ihrer ersten Nachricht machte sie nur Andeutungen. Eigentlich beantwortet er keine Nachrichten auf Social Media, aber die Hashtags, die sie beigefügt hatte, haben seine Aufmerksamkeit erregt und seine Neugier geweckt.

#lumanai #malepe

Samoanisch, wie seine Mutter. Damit hatte sie ihn am Haken. Sie hat definitiv ihre Hausaufgaben gemacht und den perfekten Köder gefunden.

Mittlerweile steht er vor dem Eingang zum Backstagebereich.

„Ich bin hier im Backstage mit Nerthus von den *Goddesses of the Earth* verabredet, mein Name ist ...“

„Adam Esera!“, unterbricht ihn der bullige Securityguard und bekommt leuchtende Augen. „Wow, ich dachte, Nerthus will mich verarschen, aber du bist es wirklich. Adam Esera! Wenn ich das meiner Frau erzähle, wird sie ohne Ende neidisch sein. Sie ist ein ganz großer Fan. Na ja und ich auch. Wir haben alle deine Filme gesehen. Ich mag dich am liebsten in der Rolle des *Great Saviours* und meine Frau steht natürlich auf den Liebesfilm mit der sterbenden Verlobten. Du weißt ja, wie Frauen sind. Es ist mir ein bisschen peinlich zuzugeben, aber ich habe mir sogar so ein samoanisches Tattoo auf Schulter und Oberarm stechen lassen, so ähnlich wie das, was du hast. Ich könnte ...“

„Schau mal“, unterbricht Adam den Redeschwall des Backstagebewachers „ich habe hier einen Flyer mit einigen Fotos und einem Autogramm. Vielleicht hat deine Frau Spaß daran.“ Er hat immer ein paar von den Dingern dabei, um zu enthusiastische Fans zu beruhigen. Er liebt seine Fans wirklich, aber manchmal sind sie doch sehr anhänglich.

„Wow, sie wird begeistert sein. Ich glaube, wenn ich damit nach Hause komme, werde ich heute Abend wohl noch eine heiße Belohnung bekommen.“ Er zwinkert Adam zu. „Tausend dank Kumpel! Du bist der Beste. Nerthus ist dahinten bei den Jungs von ...“

„Danke mein Freund, ich werde sie schon finden. War nett, dich kennenzulernen.“

Der Sicherheitsmensch starrt dem Schauspieler beglückt hinterher und Adam hört noch, wie er murmelt: „Was für ein sympathischer Kerl und so normal und bodenständig, trotz seines Erfolgs."

Adam geht in die Richtung, in die sein neuer, bulliger Kumpel gezeigt hat. Und dort ist sie, umringt von den ganz Großen der Metalszene. Eine Frau, die, wie es ihm scheint, vor ein paar Wochen noch niemand kannte. Sie steht inmitten seiner großen Musikgötter und die feiern sie ganz offensichtlich.

Als er noch einige Meter entfernt ist und ihn bis dato niemand entdeckt hat, dreht sie sich plötzlich um, schaut ihn unverwandt an und sagt:

„Adam, wie schön, dass du es einrichten konntest."

KAPITEL 2

Nachdem sich die Begeisterung der Heavy-Metal-Elite über Adams Erscheinen gelegt hat, schiebt Nerthus ihn in Richtung Tourbusparkplatz.

„Mir war es wichtig, dich so bald wie möglich zu treffen, denn die Zeit drängt. Dort vorne steht unser Bus." Sie zeigt auf ein riesiges, schwarzes Doppeldeckermonster, auf dessen Seite das Logo und der Schriftzug der Goddesses in Leuchtschrift prangt.

„Wow, das ist aber ein enormes Fahrzeug für eine fast unbekannte Band. Gehört der euch?"

„Ja, der Bus ist unser Eigentum. Wir haben Sponsoren und eine von uns kommt zudem aus einer reichen Familie. Falls du dich fragst, wie wir so ein großes Fahrzeug mit unserem Umweltgewissen vereinbaren können ..."

„Die Frage habe ich mir wirklich schon gestellt und die Leuchtreklame ist auch nicht gerade subtil. Ich hatte nach unserem Textaustausch das Gefühl, dass du Publicity nur in Maßen magst. Da wo sie hingehört", bemerkt Adam.

„Der Bus ist eins der neuesten E-Fahrzeuge und das, was du so schön als Leuchtreklame bezeichnest, ist ein hochauflösendes LED-Matrix-Panel auf der Innenseite der Scheibe. Man kann es ausschalten und dann ist es von außen nicht mehr zu erkennen. Hierher gehört es, anderswo ist es gegebenenfalls nicht in Betrieb. Hier ist der Eingang. Im Bus können wir uns ungestört unterhalten."

Neben der hinteren Tür legt sie die Hand auf ein fast unsichtbares Touchfeld und der Bus öffnet sich mit einem leisen Zischen. Im hinteren Ende des Doppeldeckers scheint eine größere Kabine zu sein und auf der, der Eingangstür gegenüberliegenden Seite sieht Adam noch zwei weitere Türen. Aber sie gehen gleich die Treppe rechts neben dem Eingang hinauf in den oberen Stock des Busses. Adam kann mit seinen 1,88 Metern so gerade noch aufrecht stehen. Das Layout im hinteren Teil des Oberdecks scheint der unteren Etage zu gleichen. Adam sieht mehrere Türen zu Kabinen, die er für Schlafbereiche hält. Die Wände, Türen und Teppiche sind überwiegend in anthrazit und Metalltönen gehalten.

„Edles Styling", bemerkt er. Aber Nerthus geht, ohne auf seinen Kommentar zu reagieren, weiter und öffnet auf der rechten Seite in Fahrtrichtung eine Tür zu einem kleinen, wie es scheint, Besprechungsraum. Sie schließt die Tür, nachdem Adam eingetreten ist.

„Dieser Raum ist schalldicht. Hier können wir uns ungestört unterhalten", sagt sie.

Der Raum misst circa 1,5 mal drei Meter. In der Mitte steht ein schmaler, rechteckiger Tisch, unter dem Nerthus zwei der dort arretierten Faltstühle herauszieht, die sich im aufgeklappten Zustand als erstaunlich bequem erweisen. An den Wänden sind mehrere Bildschirme und weiteres, elektronisches Equipment befestigt.

„Leg dein Handy bitte dort hinein und mach den Deckel zu", sie weist auf eine kleine metallische Kiste, die auf dem Tisch steht.

„Hey, warum ...", aber er kommt mit seinem Protest nicht weiter, denn nun steht sie mit einem merkwürdigen, elektronischen Gerät vor ihm und sagt:

„Es tut mir leid, aber bis ich dich ein bisschen besser einschätzen kann, muss ich auf Nummer sicher gehen. Die Kiste ist eine abhörsichere Box für Handys und das hier", sie zeigt auf das Gerät in ihrer Hand, „ist ein Wanzendetektor. Der findet alles: Abhörwanzen, Kameras, Handys und so weiter. Hast du außer deinem Handy noch irgendetwas in dieser Richtung an deinem Körper? Ich frage dich der Fairness halber, bevor ich das Gerät einschalte."

„Hey, was soll das? Bist du von der CIA?", fragt Adam empört.

„Das ist ein ausgesprochen dummer Witz. Die CIA arbeitet nicht für unsere Seite, aber lassen wir das. Ich habe schon gehört, dass du eine Tendenz zu dämlichen Witzen hast, aber ich habe gedacht, dass dir der Ernst der Lage klar wäre." Sie blitzt ihn aus ihrem einen bernsteinfarbenen Auge an. Sein Gesicht spiegelt sich in der goldenen Augenklappe, die sie über dem rechten Auge trägt. Und er erkennt, dass sein Grinsen in der Tat dümmlich ausschaut.

„Ist das eigentlich", er zeigt auf die Augenklappe „ein Bühnenoutfit? Und die Tattoos? Sieht cool aus."

Sie schließt das eine Auge und seufzt: „Nein ist es nicht und das sind keine Tattoos, sondern Lichtenberg-Figuren." Sie hält die Hand hoch: „Bevor du fragst: Vielleicht erzähle ich dir später dazu etwas. Können wir jetzt auf die Frage bezüglich der Wanzen und Kameras zurückkommen?"

„Ich kann mich gerne ausziehen, dann kannst du selber nachschauen." Er versucht sexy zu grinsen, was ihm normalerweise keine Schwierigkeiten bereitet, aber sein angeborener Charme scheint hier keine Wirkung zu zeigen. Diese Frau wirkt kalt und undurchdringlich wie eine Panzerplatte. Und dazu noch ihre gespreizte, fast altmodisch wirkende Ausdrucksweise. Wo die wohl herkommt? Aber er hat ganz kurz Feuer in ihrem Auge blitzen sehen. Geduld Adam.

„Danke, das wird nicht nötig sein. Mein kleiner, elektronischer Freund hier ist sehr viel schneller und gründlicher, als ich es sein kann."

„Also gut, schmeiß die Maschine an." Zuerst steckt er sein Handy in die kleine Box und schließt den Deckel, dann legt er seinen schwarzen Pullover, den er um die Schultern geknotet trägt, ab und breitet die Arme aus.

Mit schnellen, exakten Bewegungen scannt sie seinen Körper ab, und obwohl sie ihn nicht berührt, fühlt er sich elektrisiert. Muss wohl das Gerät sein.

„Alles ist in Ordnung, du hast nichts zu verbergen und du hast nicht gelogen. Das ist ein gutes Zeichen und bestätigt mich in meiner Annahme, dass du die richtige Person für uns sein könntest."

„Sehr schön", erwidert Adam mit einem ironischen Unterton. „Hattest du Angst, dass ich unser Gespräch mitschneiden könnte und an die Presse weiterleite, oder Ähnliches?"

„Jawohl, so etwas oder Ähnliches. Wie ich dir schon schrieb ist es wichtig, dass der Grund für unser Treffen und alles, was wir hier besprechen, fürs erste unter uns bleibt." Mit einer schroffen Geste weist sie auf einen der Faltstühle.

„Wie kann eine Person, die mit ihrer Musik ein solches Feuerwerk an Emotionen auf die Bühne bringen kann, im übrigen Leben so unglaublich distanziert sein?", wundert sich Adam laut.

„Setz dich bitte." Sie ignoriert seine Bemerkung und zeigt erneut auf den Faltstuhl.

Auf dem Tisch liegen schon einige Unterlagen.

„Brauchst du einen Kaffee? Es ist schon spät und vielleicht dauert das hier eine ganze Weile."

Er bejaht und während sie sich an dem Heißgetränkeautomaten, der in die Wand neben der Tür integriert ist, zu schaffen macht, nutzt er die Gelegenheit, sie genauer zu betrachten. Die Kameras der Großmonitore neben der Bühne haben sie während des Auftritts bei ihren Gitarrensoli oft im Visier gehabt. Auf der Bühne konnte sie ihre Gefühle nicht verstecken. Die expressive Musik mit ihren starken und nuancenreichen Emotionen hatte sich in ihrem Gesichtsausdruck widergespiegelt. Aber jetzt erscheint ihr Gesicht völlig ausdruckslos. Auf seine Frage, ob die Augenklappe zum Bühnenkostüm gehöre, hatte sie mit Nein geantwortet. Ob sie wirklich nur ein Auge hat? Was er für ein Tattoo gehalten hat, was sie aber als Lichtenberg-Figur bezeichnete, scheint von dem möglicherweise nicht existierenden Auge unter der goldenen Klappe auszugehen. Schwarz-rote Linien, die sich wie verästelnde Zweige eines Baumes über die rechte Gesichtshälfte, die Stirn hinauf und den Hals hinunter ziehen.

Sie trägt ein schwarzes, ärmelloses Top, einen kurzen schwarzen Rock und wadenlange Stiefel. Die rechte Schulter und der Arm, sowie das, was er von ihrem rechten Bein sehen kann, zeigen die gleichen sich verzweigenden Linien. Er überlegt, dass wahrscheinlich die gesamte rechte Körperseite davon überzogen ist. Und findet den Gedanken mehr als interessant. Ihre Haare sind hüftlang, glatt und silbergrau. Gefärbt oder natürlich? Auf jeden Fall bilden sie einen interessanten Kontrast zu ihrem linken Auge, das fast golden aussieht. Jeder, der sie so auf der Bühne sieht, würde das Ganze für ein Bühnenoutfit halten, da ist sich Adam sicher. Er starrt sie noch gedankenverloren an, als sie mit seinem Kaffee zum Tisch kommt.

„Schwarz und ohne Zucker."

„Richtig, woher weißt du das?"

„Das Internet weiß es." Sie setzt sich mit einem großen Glas einer klaren Flüssigkeit ihm gegenüber.

„Kein Kaffee für dich? Du trinkst lieber gleich Schnaps". Sein lahmer Witz lässt ihn selber schaudern.

„Ich trinke keinen Kaffee und auch keinen Schnaps. Das hier", sie zeigt auf das Glas „ist stilles Wasser. Aber lassen wir den Small Talk und kommen zur Sache. Was glaubst du, warum ich ausgerechnet dich zu diesem Gespräch gebeten habe?"

„Nun, wenn ich deine Textnachrichten richtig verstanden habe, gehörst du zu einer Gruppe von Klimaaktivisten, die glauben, dass die Bemühungen eine Klimakatastrophe zu verhindern und unsere Erde für zukünftige Generationen zu retten, bei Weitem nicht ausreichen. Ihr seid der Meinung, dass in der Vergangenheit Politiker und auch Bürger weltweit jämmerlich versagt haben und weiterhin versagen werden. Und dass nun die Zeit gekommen ist, radikalere Schritte einzuleiten."

Adam wartet auf eine Bestätigung seiner Annahme, aber Nerthus treibt ihn nur mit einer ungeduldigen Handbewegung an, fortzufahren.

„Wenn ich die Botschaften zwischen den Zeilen deiner Nachrichten richtig interpretiere, sind einige Schritte bereits eingeleitet worden und ich habe so eine Vorstellung, worum es sich dabei handeln könnte." Ein wissendes Lächeln huscht über Adams Gesicht. „Nun zu der Frage warum du mich zu diesem Gespräch gebeten hast. Meine Einstellung zum Zustand unsere Erde ist in der Öffentlichkeit bekannt. Ich setzte mich für viele Umweltschutzaktionen ein. Oft nehme ich sogar selber daran teil oder spende große Summen dafür und mache alles in den Social Media bekannt. Viele meiner Fans lieben mich dafür und ich glaube, dass ich schon massenhaft Leute zum Nachdenken angeregt habe und bestimmt auch eine Menge zum Umdenken. Du und deine Gruppe wollen meine Popularität nutzen", er streicht sich über seinen schwarzen Dreitagebart und grinst Nerthus süffisant an, „gar nicht so dumm für einen einfachen Schauspieler, oder?"

„Deine Ausführungen haben mir bis auf die überflüssig flapsige Frage am Schluss recht gut gefallen. Sie lassen mich hoffen, dass es zu einer Zusammenarbeit kommen könnte. Liege ich da falsch?" Nerthus` Gesichtszüge wirken zum ersten Mal entspannt, so als wüsste sie schon, dass er unter gewissen Voraussetzungen nicht Nein sagen würde.

„Prinzipiell liegst du nicht falsch. Ich bin auch der Meinung, dass viel zu wenig, viel zu spät getan wird. Aber dir muss natürlich klar sein, dass meine Mitarbeit sich nur auf legale Aktionen beschränken kann. Zumindest dem offiziellen Anschein nach. Wenn meine Vermutungen in Bezug auf eure bereits durchgeführten Aktionen richtig sind, darf ich mit solchen Sachen nicht in Verbindung gebracht werden. Ich kann dir aber garantieren, dass mich das unerwartete und plötzliche Ableben einiger klimaschädlicher Politiker und Industriebosse in den letzten Tagen nicht besonders schockiert hat. Nicht mal ein bisschen. Reicht dir das als Versicherung? Reicht dir das, um mir zu trauen?"

„Ja, Adam. Das tut es und es versteht sich von selbst, dass du nicht in illegale oder kriminelle Handlungen hineingezogen wirst." Das bernsteinfarbene Auge leuchtet und ein noch nicht gesehenes, flüchtiges Lächeln huscht über ihr Gesicht. Wie kann eine Frau mit nur einem Auge und diesen merkwürdigen Lichtenberg-Figuren so schön sein?

„Also gut, ich bin dabei, aber du kannst dir sicherlich denken, dass ich noch eine Menge Fragen habe." Er schaut sie auffordernd an.

„Ich werde deine Fragen beantworten, aber zuerst müssen wir über die, für die nächste Zeit geplanten Aktionen sprechen."

Nerthus legt Adam einen Zeitplan für die kommenden vier Wochen vor.

Heute ist der 1. August, der zweite Abend des Festivals, das insgesamt vier Tage von Mittwoch bis Samstag dauert. Das nächste Festival startet am 14. August in Süddeutschland und dauert ebenfalls vier Tagen, wieder von Mittwoch bis Samstag. Die großen Klimakonzerte sollen am Samstag, den 31. August, gleichzeitig in acht bis zehn internationalen Metropolen, unter anderem in Berlin stattfinden und in alle Welt übertragen werden.

Nerthus und die fünf weiteren Musikerinnen der *Goddesses of the Earth* haben am Vorabend schon bei einigen der auftretenden Bands für die Klimakonzerte geworben und erfreulich großes Interesse geweckt. Ein paar feste Zusagen für eine Teilnahme haben sie von ihren Kollegen bereits bekommen. Während Nerthus und Adam im Tourbus sitzen, rühren die fünf Kolleginnen auch heute wieder die Werbetrommel und die nächsten zwei Abende sind ebenfalls dafür vorgesehen. Auf dem Festival Mitte August werden mehrere der Bands, die das heutige Festival bestreiten, wieder auftreten. Mit allen Bandmitgliedern, die bis dahin bereits eine Zusage gemacht haben, werden dann erste Proben durchgeführt und weitere Bands sollen angesprochen werden.

Adams Dreharbeiten in Hamburg sind fast abgeschlossen. Er muss nur noch Montag und Dienstag, den 5. und 6. August auf dem Set erscheinen. Den Rest des Monats August hatte er sich auf Andeutungen hin, die Nerthus in ihren Textmessages gemacht hatte, vorsorglich freigeschaufelt. Da er in der Metal- und Rockszene als weltberühmter Fan sehr beliebt ist und auch selber ein bisschen Musik macht, soll er in den nächsten zwei Tage sein Gesicht zeigen und mit den Goddesses zusammen das Klimafestival anpreisen. Nach Beendigung seiner Dreharbeiten wird es seine Aufgabe sein, sich bei seinen Schauspielerkollegen und anderen medienaktiven Leuten für die Sache international einzusetzen.

AUGUST

Mo	Di	Mi	Do	Fr	Sa	So
			1	2	3	4
5	6	7	8	9	10	11
12	13	14	15	16	17	18
19	20	21	22	23	24	25
26	27	28	29	30	31	

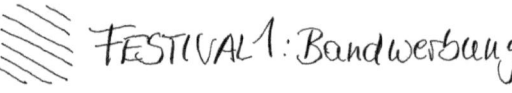 FESTIVAL 1: Bandwerbung

Dreharbeiten ADAM

 FESTIVAL 2: Bandwerbung
gemeinsame Bandproben

 KLIMAKONZERTE

KAPITEL 3

Plötzlich klopft es an der Tür.

„Ich bin's", ertönt eine Stimme von draußen.

Nerthus schaut auf und sagt: „Komm herein."

Die Tür fliegt auf und eine altersmäßig schwer zu schätzende Asiatin mit langen pinken Haaren steht im Rahmen.

„Das ist Fuji, unsere Drummerin", stellt Nerthus die zierliche Person vor.

„Können wir ihm trauen?", kommt Fuji ohne Umschweife zur Sache.

Nerthus schaut erst Adam und dann die Kollegin an und sagt: „Alle Anzeichen sprechen dafür."

Adams Gesichtsausdruck zeigt deutlich seine Entrüstung und er öffnet den Mund, um etwas zu erwidern, aber Fuji gebietet ihm mit einer herrischen Handbewegung zu schweigen, schaut ihn durchdringend an und sagt: „Hier geht es um sehr viel mehr als deinen Stolz, deshalb lass uns diese Angelegenheit ohne dein Dazwischengequatsche klären."

Adams Protestäußerungen ignorierend wendet sie sich an Nerthus: „Was hat deine Analyse erbracht?"

„Er entspricht unseren Vorstellungen."

„Mehr kannst du mir nicht sagen?"

„Hast du plötzlich Zweifel an meinen Fähigkeiten?"

„Nein, natürlich nicht", beschwichtigt Fuji. „Sorry, aber du weißt, dass ich schöne Männer hasse und trauen tue ich ihnen schon gar nicht."

Adam räuspert sich entrüstet, aber beide Frauen nehmen erneut keine Notiz von ihm.

„Also gut: Sein Puls und Blutdruck sind normal, ebenso seine Atemfrequenz und die elektrische Leitfähigkeit seiner Haut. Die Pupillen sind nicht geweitet. Die Augenbewegungen und das Zusammenspiel von Mimik und Gestik sind adäquat. Die Stimmanalyse zeigt auch keine Anomalien", fasst Nerthus zusammen.

„Aber er ist Schauspieler", gibt Fuji zu bedenken, „und wie ich leider zugeben muss, auch noch ein sehr guter. Könnte er nicht einige der Merkmale durch seine Schauspielkunst kaschieren?"

„Das habe ich schon mit einkalkuliert. Ich bin mir trotzdem zu 95 Prozent sicher."

„Hm, 5 Prozent Risiko", überlegt die Asiatin, „damit muss ich dann wohl leben. Tut mir echt leid Nerthus, aber ich musste nachfragen." Sie schaut jetzt etwas milder und ein verlegenes Lächeln umspielt ihre Lippen.

„Kein Problem Fu, wir müssen uns alle mit ihm an Bord wohlfühlen."

„Darf ich jetzt auch mal etwas sagen?", meldet sich Adam zu Wort. „Ihr sprecht über mich, als sei ich nicht anwesend."

„Das ist wohl neu für dich", wirft Fuji ein.

„Adam hat recht. Wir sollten ihn jetzt auch mal zu Wort kommen lassen", weist Nerthus die Drummerin zurecht.

„Danke. Über was für eine Analyse sprecht ihr da? Hast du mich", er schaut in Nerthus Richtung, „ohne, dass ich es gemerkt habe, an einen Lügendetektor angeschlossen?"

„Nein, Adam, das habe ich nicht. Wenn du so willst, könnte man sagen, dass ich unser Lügendetektor bin. Meine Sinneswahrnehmungen sind besser ausgeprägt als die der meisten Menschen. Ich kann Dinge hören, sehen, riechen und über meinen Tastsinn fühlen, die für andere Menschen unterhalb ihrer Wahrnehmungsgrenze rangieren."

„Interessant. Sehen, hören, riechen? Stinke ich?" Adam schnüffelt an seinem makellos weißen T-Shirt.

„Nein Adam, das tust du eben nicht. Die meisten Menschen schwitzen, wenn sie lügen und das kann ich riechen, aber du hast nicht geschwitzt."

„Und wie ist das mit dem Tastsinn? Um den einzusetzen, müsstest du mich doch anfassen. Dabei habe ich die ganze Zeit über das Gefühl, dass du alles tust, um jeder körperlichen Berührung aus dem Weg zu gehen. Die meisten Menschen, denen ich begegne, sind da ganz anders." Adam grinst und wackelt auffordernd mit den Augenbrauen.

Nerthus ignoriert seine Anspielung und sagt: „Als ich dir deine Kaffeetasse gereicht habe, haben sich unsere Fingerspitzen kurz berührt."

„Oh," Adam runzelt die Stirn, „jetzt, wo du es erwähnst, erinnere ich mich an einen kleinen Schlag. Den habe ich für elektrische Aufladung durch den Teppich gehalten. Und eine so kurze Berührung reicht für deine", Adam malt mit seinen Zeige- und Mittelfingern Anführungszeichen in die Luft. „Analyse?"

„Ja. Auf diese Weise spüre ich zum Beispiel Puls, Blutdruck und elektrische Leitfähigkeit der Haut."

„Wow! Und warum hast du solche Fähigkeiten?"

„Das ist eine längere Geschichte."

„Und?" Adam blickt sie auffordernd an. Als keine Antwort kommt, sagt er: „Ich sehe schon, das ist eine Geschichte, wenn ich Glück habe, für ein anderes Mal. Aber vielleicht könnt ihr mir wenigstens eure richtigen Namen nennen. Nerthus und Fuji sind ja wohl Künstlernamen. Nerthus ist, soweit ich weiß, der Name einer frühgermanischen Göttin. Also nehme ich an, dass Fuji nicht nur eine Filmfirma und ein Berg ist, sondern auch eine Gottheit aus deiner Kultur." Mit einem fragenden Ausdruck auf dem Gesicht zeigt er auf die kleine Asiatin.

„Fuji ist eine japanische Göttin des Feuers."

„Passt irgendwie! Und dein richtiger Name?" Adam lässt nicht locker.

„Muss ich, Nerthus?" Fuji runzelt die Stirn.

Adam wird ungeduldig. „Ihr erwartet von mir, dass ich mein Gesicht und meinen Namen in den Dienst einer Gruppe von Klimaaktivisten stelle, deren Namen ich nicht einmal kenne. Ich weiß so gut wie nichts über euch und eure Organisation. Wer dazugehört, wer möglicherweise dahinter steckt. Was ich weiß, ist, dass einige eurer Aktionen hochgradig kriminell sind. So sehr ich von der Dringlichkeit der Situation, in der sich unsere Erde befindet, überzeugt bin, bin ich aber doch nicht bereit blind in mein Verderben zu rennen. Es ging bis jetzt nur darum, ob ihr mir trauen könnt, aber kann ich euch überhaupt trauen?"

Er hat sich in Rage geredet und macht Anstalten aufzustehen, um den Raum zu verlassen.

Nerthus legt ihm eine mittlerweile behandschuhte Hand auf den Arm.

„Du hast recht, Adam. Wir sind sehr vorsichtig. Und außerdem sind nicht alle in unserer Organisation davon überzeugt, dass es eine gute Idee ist, dich an Bord zu holen."

„Und wessen Idee war es, mich dabei haben zu wollen? Darf ich das wenigstens fragen?"

„Meine", antwortet Nerthus und sieht ein Lächeln über Adams Gesicht huschen. „Wie schon gesagt, ist dein Einwand berechtigt, deshalb werden wir uns vorstellen. Aber wir benutzen untereinander nur unsere Künstlernamen. Auch in der übrigen Organisation kennen aus Sicherheitsgründen die meisten Mitglieder nicht die richtigen Namen der anderen und jeder und jede hat einen Aktionsnamen. Du kannst unsere Geburtsnamen nach der Vorstellung also ruhig wieder vergessen."

Bevor Adam etwas anmerken kann, nickt Nerthus auffordernd in Fujis Richtung.

„Na gut. Mein Name ist Kami Kato", gibt Fuji zögerlich preis, „ich komme aus Japan. Mein Vater ist Yuto Kato."

Adam stößt einen anerkennenden Pfiff aus. „Der Yuto Kato? Der CEO von *Kokato & Co.*?" Er kratzt sich am Kopf und sagt dann: „Das passt. *Kokato* hat im letzten Jahr viele klimapositive Umstrukturierungen vorgenommen. Die haben weltweit Aufsehen erregt. Dein Vater ist noch nicht lange an der Spitze von *Kokato*, oder?"

„Du hast recht. Er hat vor gut zwei Jahren die Führung übernommen, nachdem mein reaktionärer, umweltzerstörender Großvater Koki Kato, ganz unerwartet, aber doch erfreulicherweise von uns gegangen ist." Ein diabolisches Lächeln spielt auf Fujis Lippen. „Und Otosan hat sofort mit der Umstrukturierung begonnen. Ich bin sehr stolz, seine Tochter zu sein. Die gesamte Produktion läuft jetzt im cradle-to-cradle-Verfahren. Wir produzieren also CO_2 emmissionsneutral und unsere Produkte können vollständig recycelt werden. Außerdem bieten wir weltweiten Reparaturservice an, um Ressourcen zu schonen und Müll zu vermeiden. Das Ganze hat mich wahrscheinlich mein zukünftiges Erbe gekostet. Deshalb muss ich meinen Unterhalt jetzt als Drummerin verdienen." Fujis gutturales Lachen erstaunt Adam.

„Ist dein Vater dementsprechend auch Mitglied, der Organisation, die hinter euch steht?"

Fuji schaut ihn kalt an, „Ich kann entscheiden, mein Leben zu riskieren, indem ich dir vertraue, aber ich bin zu diesem Zeitpunkt nicht bereit, eine ähnliche Entscheidung für das Leben meines Chichioyas zu treffen."

„Das hört sich für mich ganz so an, als hättest du meine Frage mit ja beantwortet." Adam grinst.

„Vorsicht, Adam! Fuji ist zwar nur 1,52 Meter groß, aber umso gefährlicher und sie versteht nur ihre eigenen Scherze", wirft Nerthus ein.

„Was ich sagen will, Adam", nimmt Fuji den Faden wieder auf, „ich vertraue Nerthus mit meinem Leben, aber ich werde dich trotzdem im Auge behalten. Und du hast ja schon selbst festgestellt, dass bereits einige Aktionen durchgeführt worden sind, die nicht geltendem Recht und Gesetz entsprechen. Ich kann dir versichern, dass einem Verräter sehr plausible und völlig natürlich aussehende Unfälle zustoßen könnten."

KAPITEL 4

Erneut klopft es an der Tür. Zwei weitere Bandmitglieder betreten den kleinen Raum. Beide sind fast so groß wie Adam, beide sportlich und schlank, aber ansonsten unterschiedlich wie Tag und Nacht.

Die nordisch aussehende Blondine wendet sich an Fuji: „Hast du dich davon überzeugen können, dass man ihm", sie zeigt mit einer schnellen Handbewegung auf Adam, der schräg hinter ihr steht, „trauen kann?"

„Noch so eine Männerhasserin", murmelt Adam und zwirbelt gedankenverloren seine langen Haare in einen unordentlichen Man Bun.

„Oh nein, ganz im Gegenteil, ich stehe auf Männer. Sie haben durchaus Gebrauchswert, doch deshalb muss ich ihnen noch lange nicht trauen. Aber keine Sorge, ich werde mich nicht an dir vergreifen. Du bist nicht mein Typ. Ich stehe ausschließlich auf blonde Gitarristen. Und bei denen sind mir die Finnen am liebsten. Schwarze Haare und diese südländische Haut sind nicht meins. Außerdem trägst du viel zu enge Jeans. Da bleibt ja nichts der Fantasie überlassen."

„Wieso ..." Adam schaut ungläubig an sich herab.

„Shut up, Hel!", fährt die dunkelhäutige Neudazugekommene ihre blasse Kollegin lachend an. „Hallo, Adam Esera. Freut mich sehr, dich kennenzulernen." Sie streckt ihm ihre mit zahlreichen Totenkopfringen verzierten, langen, schlanken Finger entgegen. „Ich nehme an, die Tatsache dass, du hier schon zwei Stunden mit Nerthus im Tourbus bist und noch lebst, spricht dafür, dass wir dir trauen können. Ich bin Mami Wata aus Afrika. Ich habe dich vor der Bühne gesehen und gehe davon aus, dass du mitbekommen hast, dass ich die Rhythmusgitarristin bin. Und meine blasse Freundin", sie zeigt auf die blond gelockte Hünin, „ist Hel aus Schweden. Du hast sie ja singen hören."

„Freut mich, Mami Wata", erwidert Adam sichtlich entspannter und schüttelt ihre ausgestreckte Hand, „und was für eine Gottheit versteckt sich hinter diesem Namen?"

„Das ist Pidginenglish für Mutter des Wassers. Und bevor du fragst, Hel hier ist die nordische Herrscherin der Unterwelt." Mami Wata lässt ein kehliges Lachen ertönen.

„Herrscherin der Unterwelt", wiederholt Adam und mustert Hel mit einem anerkennenden Blick, „das passt zu deinen Growls und Screams, die wirklich durch Mark und Bein gehen. Ich habe noch nie eine Metalsängerin mit einer derartig mächtigen Stimme gehört."

Mit Genugtuung sieht er, dass sein Kompliment die kühle Nordlandschönheit ein wenig erwärmt hat. Der rosa Schimmer auf ihren Wangen ist aber schnell wieder verschwunden.

„Wir haben uns darauf geeinigt, dass Adam unsere Realnamen und in Maßen", Nerthus wirft einen beruhigenden Blick in Mami Watas Richtung, „unseren Hintergrund erfahren darf." Ohne weitere Kommentare von den anderen Musikerinnen abzuwarten, fährt sie fort: „Mami Wata heißt Lesedi Naledi Ngoepe und kommt, wie sie schon gesagt hat, aus Afrika. Sie möchte aufgrund ihrer persönlichen Geschichte nicht einem bestimmten

Land auf dem afrikanischen Kontinent zugeordnet werden, deshalb bezeichnen wir ihr Heimatland als Afrika. Und Hel ist aus Schweden und heißt Blix Bergström."

„Ihr seid eine wirklich internationale Truppe", bemerkt Adam.

„Warte bis du unsere Bassistin Sekhemet und Kali, unsere Lady mit dem Synthesizer kennenlernst. Aber wenn man dem, was so über dich geschrieben wird, glauben darf, bringen wir sechs nicht so viele Nationalität zusammen, wie du als einzelne Person." Mami Wata macht eine Handbewegung in Adams Richtung. Ihm gefällt die Art, wie sie ihre Aussagen mit ausladender Gestik untermalt. „Wenn ich mich nicht irre, kommt deine Mutter aus Samoa und dein Vater ist afrojapanischer Amerikaner, der außerdem noch europäische Wurzeln in Irland, Italien und Frankreich hat. Deine grünen Augen stammen bestimmt aus dem irischen Genpool. Stimmt´s?"

„Ich bin beeindruckt. Du bist gut informiert. Darf ich mir darauf etwas einbilden?" Adam wackelt anzüglich mit seinen Augenbrauen.

„Nein, darfst du nicht." Mami Wata lacht und zwinkert ihm zu. „Nerthus hat uns ein Dossier über dich zusammengestellt, das wir auswendig lernen mussten. Daher wissen wir auch, dass du verheiratet warst und drei Töchter im Alter von fünf, sieben und neun Jahren hast. Nach deiner desaströsen Scheidung versuchst du sie aus den Medien rauszuhalten, aber du besuchst sie so oft wie möglich. Nerthus hat sogar ein Video ausgegraben, indem du mit ihnen einen Urlaub in Samoa verbringst. Du bist ausgesprochen beliebt bei den Frauen, aber seit besagter Scheidung sehr vorsichtig, deine amourösen Beziehungen in der Öffentlichkeit zu zeigen. Du magst Hunde und Papageien und bist ein kompetenter Kitesurfer. Du spielst mehr schlecht als recht Gitarre und ..."

„Hey! Ich habe schon mit den ganz Großen auf der Bühne gestanden. Zum Beispiel mit ...“

„Die haben dich doch nur der Publicity wegen mit auf die Bühne gelassen“, fährt Fuji dazwischen und Adam merkt, dass die Drummerin im Gegensatz zur Bassistin nicht zum Scherzen aufgelegt ist. „Zurück zu Sekhemet und Kali. Wo sind die beiden überhaupt? Noch mit der Bandwerbung beschäftigt, oder beschäftigen sie sich schon wieder miteinander?“ Fuji verdreht die Augen.

„Nur kein Neid, Fuji. Die beiden sind das perfekte Pärchen. Du wirst irgendwann sicherlich auch noch ein Geschöpf ganz nach deinen Wünschen finden“, wirft Hel ein.

Bevor Fuji etwas erwidern kann, sagt Nerthus ruhig aber bestimmt: „Wir haben morgen einen anstrengenden Tag. Sekhemet und Kali werden sicherlich direkt in ihre Schlafkabine gehen. Ich möchte mit Adam noch ein paar Dinge klären, für die eure Anwesenheit nicht unbedingt nötig ist. Deshalb schlage ich vor, dass ihr zu Bett geht. Ich nehme an, keine von euch hat etwas dagegen, dass Adam in unserer Gästekabine schläft.“ Ohne eine Antwort abzuwarten, öffnet sie die Tür und die zuvor so aufgedrehten Musikerinnen verlassen schweigend den Raum.

Adam schaut sie erstaunt an: „Du scheinst die Truppe, wenn nötig, gut im Griff zu haben.“

„Genau. Und jetzt gerade war es nötig. Ich bin hier die Chefin und das wird von allen akzeptiert. Die Mädels können nach einem langen, anstrengenden Tag manchmal etwas zickig werden. Sie sind aber alle hervorragende Profis, als Musikerinnen und in allem, was sie sonst noch tun.“

„Okay.“ Er akzeptiert ihre Erklärung und fährt fort: „Du hast gesagt, ich könne in eurer Gästekabine schlafen. Eigentlich habe ich eine Buchung in einem Hotel hier in der Nähe gemacht.“

„Ich fände es besser, wenn du hier schlafen würdest. Dann verlieren wir nicht so viel Zeit." Sie schaut ihn unverwandt mit ihrem einen Auge an.

Adam hat nicht das Gefühl, dass er Nein sagen kann, obwohl er normalerweise immer ein komfortables Hotelzimmer vorziehen würde. Aber ihr Blick lässt keinen Widerspruch zu. Er fühlt sich wie eine Maus, gebannt im Blick einer Katze.

Ohne einen weiteren Kommentar von Adam abzuwarten, fährt Nerthus fort: „Wir hatten, bevor die Mädels hereingekommen sind, nicht die Gelegenheit, deine Aufgaben in den nächsten Wochen genauer zu besprechen." Sie weist mit ihrer behandschuhten Rechten auf den Terminplan, der noch auf dem Tisch liegt.

Adam zeigt auf ihre Hand und bemerkt: „Ich möchte dir erst noch eine Frage stellen. Als du mich das erste Mal ohne Handschuh berührt hast, habe ich diesen leichten, elektrischen Schlag bekommen. Beim zweiten Mal hattest du Handschuhe an und ich habe nichts gespürt. Trägst du die, um so eine elektrische Entladung zu vermeiden? Woher kommt die Spannung für diese merkwürdigen Stromschläge?"

„Das sind zwei Fragen."

„Komm schon, beantworte einfach beide. Besser noch drei, denn mir fällt noch eine Weitere ein. Alle haben ihre Namen genannt, nur du nicht. Wie heißt du wirklich?"

„Ich spreche nicht besonders gerne über mich." Nerthus schließt kurz ihr Auge. Als sie es wieder öffnet, meint Adam so etwa wie Scham darin zu sehen.

„Also gut, da das, was mir passiert ist, dazu geführt hat, dass ich einige Fähigkeiten habe, die sagen wir mal, ungewöhnlich sind und diese Fähigkeiten für unser Vorhaben nicht ganz unwichtig sind, würde ich dir über kurz oder lang sowieso einen Einblick gewähren müssen. Warum also nicht jetzt?", sie holt tief Luft. „Nertus ist, eine urgermanische Gottheit der Erde. Der Name ist adäquat, denn es geht ja um unsere Erde und wie Nerthus bin auch ich germanischen Ursprungs. Genauer gesagt bin ich hier in Deutschland geboren. Mein Geburtsname ist Lilli Ann Wagner. Aber diese Lilli Ann Wagner ist gestorben. Sie hatte vor eineinhalb Jahren einen, nennen wir es mal, Unfall.“

***

„Autsch!“ Adam schaut Nerthus entsetzt an, als sie ihre Geschichte beendet hat. „Du bist ... dich hat ...?“, stammelt er und zeigt mit zitterndem Finger auf Nerthus Gesicht.

Mit einem Nicken hebt Nerthus die goldene Augenklappe an. Adam starrt fassungslos in das schwarze Loch, das an der Stelle klafft, wo eigentlich ihr rechtes Auge sein sollte.

„Wow, danke so genau wollte ich es eigentlich gar nicht wissen.“

„Och, etwas zu zart besaitet? Ich hätte nicht gedacht, dass du so eine Mimose bist.“ Nerthus lässt ein seltenes Lachen hören.

„Nein, aber ich habe immer noch irgendwie gehofft, das Ding da“, er zeigt auf die goldene Klappe, die Nerthus mittlerweile wieder in Position gebracht hat, „sei ein Fake, eine Bühnenverkleidung.“

Nerthus schüttelt nur amüsiert den Kopf.

„Und das, was du als Lichtfiguren bezeichnest, sind Verbrennungen, die durch den Blitz entstanden sind?“, fragt Adam weiter.

„Lichtenbergfiguren, benannt nach Georg Christoph Lichtenberg, einem deutschen Physiker, der sie entdeckt hat. Sie sind oft an Einschlagsorten von Blitzen zu sehen, zum Beispiel im Gras oder in einem Feld oder auf Holz und manchmal auch auf der Haut. Bei den meisten Menschen, die getroffen wurden, gehen sie nach einer Weile wieder weg, bei mir aber, wie es scheint nicht."

„Ok, verstehe. Aber du hast gesagt, dass Lilli gestorben wäre? Für mich siehst du trotz des Lochs da drunter", er zeigt auf die Augenklappe „recht lebendig aus."

„Ja, aber die alte Lilli, die vor dem Blitzeinschlag so naiv vor sich hinlebte, existiert nicht mehr."

KAPITEL 5

Piep, Piep, Piep ein rhythmischer Signalton drang von Ferne zu ihr durch. Er schien näherzukommen. Oder wurde er einfach nur lauter? Allmählich bemerkte sie noch andere Geräusche. Ein leises Brummen und Ticken und ein zyklisches Rauschen. Es klang wie ein Blasebalg. Ihr Hals schmerzte. Sie wollte schlucken, aber irgendetwas steckte in ihrem Mund. Sie wollte danach greifen. Aber ihre Arme bewegten sich nicht. Sie gehorchten nicht dem Befehl, das Ding aus ihrer Kehle zu ziehen. Ebenso wenig die Augen. Sie wollten sich einfach nicht öffnen. Jetzt fiel ihr der Schmerz in ihrem rechten Auge auf. Unglaublich stechend, als ob jemand mit einer Nadel darin rumstochern würde. Sie wollte schreien. Aber auch ihre Lippen bewegten sich nicht. Der Piepton wurde schneller und arrhythmisch. Plötzlich schrillte eine Alarmglocke. Sie hörte nur noch hastige Schritte näherkommen. Dann kam Stille.

***

„Sind sie sicher, dass es die richtige Entscheidung ist?"

„Ja, wir sollten das Sedativ weiter reduzieren. Ich habe mir das EEG, das wir vorgestern, geschrieben haben, noch einmal genauer angesehen. Das war kurz bevor wir, sie fast verloren hätten. Die Aufzeichnung ist höchst ungewöhnlich. So etwas habe ich noch bei keinem meiner Komapatienten gesehen. Lassen Sie uns schauen, ob wir solche Hirnstrommuster bei noch geringerer Dosis wiederfinden."

Lilli wollte sagen: „Ich bin hier, ich bin wach." Aber ihr Körper gehorchte immer noch nicht. Das Gehirn funktionierte, aber der Rest war wie gelähmt. War gelähmt?

Plötzlich wurde ihr linkes Augenlid hochgezogen und ein grelles Licht blendete sie.

„Keine Pupillenreaktion, aber schauen Sie das EEG an. Die Ausschläge sind äußerst interessant. In diesem Gehirn geht doch noch einiges vor. Wenn ich daran denke, dass der Ehemann die Lebenserhaltung schon abschalten lassen wollte, wird mir ganz mulmig."

„Vorsicht, es könnte sein, dass sie uns auch hören kann."

Nachdem die Schwester das Krankenzimmer verlassen hatte, setzte sich die junge Ärztin auf den Hocker, der neben dem Bett ihrer Patientin stand und starrte die reglose Figur darin unverwandt an.

Dr. Katarina Huber arbeitete erst seit viereinhalb Jahren in der Fachabteilung für Koma der Klinik für Anästhesiologie. Aber das Thema der tiefen Bewusstlosigkeit faszinierte sie seit über 15 Jahren. Seit dem Tag, als ihre eigene Mutter nach einem schweren Autounfall nicht mehr wach wurde und sich mehr als acht Jahre in einem Wachkoma befand, bevor sie plötzlich verstarb. Katarina war zum Zeitpunkt des Unfalls ihrer Mutter 14 Jahren alt gewesen und hatte schon damals den Entschluss gefasst, Medizin zu studieren, um sich dann auf die Behandlung solcher Patienten zu spezialisieren. Ihrer eigenen Mutter, deren vegetativer Zustand sich in all den Jahren nicht änderte, hatte sie leider nicht mehr helfen können.

Aber die Patientin, die vor ihr im Bett lag, zeigte einen sehr ungewöhnlichen Verlauf. Einen Verlauf, der Grund zur Hoffnung gab.

In den ersten Wochen musste sie beatmet werden und das EEG hatte das Muster eines tiefen Delta-Komas gezeigt. Der Ehemann hatte sogar gefragt, ob es nicht humaner sei, die Lebenserhaltungsmaßnahmen abzuschalten. Lilli würde bestimmt nicht auf diese Weise vor sich hinvegetieren wollen, hatte er gesagt. Dr. Huber hatte sein Auftreten widerwärtig gefunden. Die Tochter war bereits volljährig und gegen ein Abschalten der Apparaturen. Daher hatte man sich darauf geeinigt, noch abzuwarten. Zu Recht, denn seit gestern musste Lilli nicht mehr beatmet werden und die Gehirnströme hatten sich verändert.

Zu den Delta-Wellen waren zuerst Beta-Wellen hinzugekommen, die eigentlich während eines normalen Wachzustands auftraten, doch die Patientin war weiterhin völlig bewegungslos. Dennoch nahm die Gehirntätigkeit weiter zu und das EEG zeichnete mittlerweile im hohen Maße Gamma-Wellen auf, ein Zeichen für starke Fokussierung, Konzentration und hohen Informationsfluss. Ihr Gehirn war aktiver als das eines wachen, gesunden Menschen und es zeigte unterschiedliche Reaktionen auf Berührung und das gesprochene Wort.

Dr. Huber holte ihr privates Tablet aus ihrem Spind. Sie hatte es immer dabei, um in der Mittagspause Podcasts zu hören. In den nächsten Stunden, bis weit nach Dienstschluss, spielte sie ihrer reglosen Patientin verschiedene Geräuschkulissen, Musik und Podcasts zu unterschiedlichsten Themen vor. Sie wusste aus Unterhaltungen mit der Tochter, dass Frau Wagner Physikerin war, sich für Klassik und Rockmusik interessierte und sehr naturverbunden war. Dementsprechend wählte sie die Beiträge.

In den nächsten Tagen experimentierte Dr. Huber weiterhin mit ganz verschiedenen Hörbeiträgen und erhöhte die Abspielgeschwindigkeit. Immer wieder verglich sie die Hirnstromaktivitäten und hatte bald das Gefühl, Muster zu erkennen, die ihr Aufschluss darüber gaben, welche Themen ihre Patientin zu interessieren schienen. Am sechsten Tag nach dem Auftreten der ersten Delta-Wellen kam sie morgens in das Krankenzimmer und schaute in das geöffnete bernsteinfarbene Auge von Lilli Ann Wagner. Das Auge verfolgte sie, als sie nähertrat und sich über das Bett beugte.

„Können Sie mich hören Frau Wagner?", fragte Dr. Huber.

Das Auge öffnete und schloss sich mehrfach hintereinander.

„Können Sie sich bewegen?"

Das Auge schloss sich und blieb eine Weile zu, um sich dann langsam wieder zu öffnen.

„Mehrfacher Lidschlag heißt ja und das Auge schließen heißt nein?", versuchte Dr. Huber die Kommunikationsmethode zu bestätigen, und Lilli antwortete mit Augenklappern.

In den folgenden drei Monaten experimentierte Dr. Huber weiter mit der Aufnahmefähigkeit ihrer Patientin. Sie kommunizierten mittels Ja/Nein-Fragen und die Ärztin fand schnell heraus, welche Radiosendungen und welche Musik Lilli wirklich hören wollte. Sie hatte kabellose Ohrhörer mitgebracht, damit die Patientin den Hörbeiträgen ungestört folgen konnte. Am meisten interessierten sie wissenschaftliche Beiträge zum Thema Klimawandel und Lernprogramme für Sprachen und Gitarrenspiel und alles, was mit der Auswirkung von Blitzeinschlägen auf den Körper zu tun hatte.

Dr. Huber war fasziniert von ihrer ungewöhnlichen Patientin, die darauf bestand, alle Beiträge in doppelter Wiedergabegeschwindigkeit zu hören. Lilli hätte am liebsten bis tief in die Nacht Podcasts gehört und zeigte ihren Unmut darüber, dass man ihr abends die Ohrhörer abnahm, indem sie ihr Auge nicht mehr öffnete und das Pflegepersonal komplett ignorierte. Die Pflegekräfte bestanden darauf, dass sie ihren Schlaf brauchen würde, aber die Auswertungen des Langzeit-EEG-Monitorings zeigten, dass sie auch ohne Audiounterhaltung nicht mehr als maximal drei Stunden pro Nacht schlief. Dr. Huber vermutete anhand der Hirnstrommessungen, dass Lilli in ihren nächtlichen Wachstunden das tagsüber Gehörte noch einmal überdachte und verarbeitete.

Ehemann und Sohn waren in der ganzen Zeit zweimal erschienen. Das erste Mal am Tag nach dem Unfall und das zweite Mal nach weiteren sieben Tagen. Als man die Familie ein paar Wochen später darüber informiert hatte, dass Ehefrau und Mutter nun zwar bei Bewusstsein sei, aber dass bei ihr ein Locked-in-Syndrom vorläge, zeigten die männlichen Mitglieder der Familie wenig Interesse und informierten die Klinik, man solle sie wieder kontaktieren, wenn Lilli richtig aufgewacht sei. Die Tochter nutze die Möglichkeit der Ja/Nein-Kommunikation mit Begeisterung und erschien mehrmals wöchentlich. Im dritten Monat des Klinikaufenthalts ihrer Mutter war sie allerdings zu einem Auslandssemester nach Australien aufgebrochen. Der Abschied war tränenreich auf Seite der Tochter gewesen. Dr. Huber war sich nicht sicher, ob Lilli nicht weinen konnte oder nicht wollte.

Über die Tatsache, dass Ehemann und Sohn sich nicht mehr zeigten, schien Lilli nicht kommunizieren zu wollen. Ebenso lehnte sie jegliche, psychologische Betreuung ab. Jedes Mal, wenn die Psychologin kam, hatte sie sich geweigert, ihr Auge zu öffnen und war, trotz des Redeschwalls eingeschlafen. Es schien so, als könne sie Schlaf von einer Sekunde zur nächsten mutwillig ein und ausschalten.

Anfangs hatten sich die Pflegekräfte darüber beklagt, dass sie von Zeit zu Zeit einen leichten elektrischen Schlag bekamen, wenn sie Lilli wuschen oder umbetteten. Das Problem hatte sich jedoch mit der Zeit gelegt. Aber sie vermieden es, wenn sie Lilli abends die Ohrhörer abnahmen, ihre Haut zu berühren, denn dabei war es doch noch einige Male zu unangenehmen Entladungen gekommen.

Dr. Huber hatte nie einen gewischt bekommen, was sie insgeheim freute und als ein Zeichen einer Art von Freundschaft oder zumindest einer Vertrauensbasis interpretierte. Diese wollte sie gerne ausbauen. Als sie jedoch am ersten Morgen des fünften Monats in das Zimmer ihrer Lieblingspatientin trat, war das Bett leer.

KAPITEL 6

„Bist du abgehauen?" Adam schaut Nerthus ungläubig an.

„Es war an der Zeit."

„Du warst gelähmt, wie hast du das geschafft?"

Nerthus zieht ihre eine Augenbraue belustigt hoch.

„Ok, ok, natürlich warst du nicht mehr gelähmt, sonst hättest du ja nicht verschwinden können."

„Genau, Adam. Ich konnte mich schon eine Weile wieder bewegen."

„Warum hast du das deiner Frau Dr. Huber nicht mitgeteilt?"

„Katarina Huber ist eine engagierte, enthusiastische Ärztin. Aber sie ist leider etwas naiv. Sie will das Beste für ihre Patienten, setzt sich weit über das, was man als ihre Pflicht betrachten könnte, ein und glaubt, dass ihre Kollegen das gleiche Ethos haben."

„Haben sie aber nicht?" Adam schaut sie auffordernd an.

„Zumindest nicht alle", fährt Nerthus fort. „Ich höre ein bisschen besser als die meisten Menschen. Ungefähr zwei Wochen vor meiner Selbstentlassung aus dem Krankenhaus hat sich der Oberarzt Dr. Becker vor meiner angelehnten Zimmertür, seiner Meinung nach leise, mit einem mir unbekannten Mann unterhalten. Sie sprachen darüber, dass sie mich in drei Wochen, wenn Dr. Huber in Urlaub gehen würde, heimlich in das Sanatorium des mir Unbekannten verlegen würden, um sich mein Gehirn genauer anzuschauen. Es wurde über operative Eingriffe, Gewebeprobenentnahme und Hirnelektroden gesprochen. Da habe ich beschlossen, dass es an der Zeit sei, mich wieder bewegen zu können. In den folgenden zwei Wochen habe ich heimlich meine Muskeln reaktiviert."

„Und wie macht man so was, wenn man gelähmt ist. Das hört sich ein bisschen zu simpel an", moniert Adam.

„Reine Willenskraft. Hast du den Film Kill Bill mit Uma Thurman gesehen?" Adam nickt. „Erinnerst du dich an die Szene, als die Braut aus dem Koma aufwacht und sagt: `Wackel mit deinem großen Zeh´ So ähnlich habe ich es auch gemacht. Ich habe nachts immer wieder versucht, meine Muskeln anzuspannen und nach einer Weile hat es gefruchtet. Ich hatte inzwischen Dr. Huber davon überzeugen können, dass ich die Überwachungsgeräte nicht mehr brauchte, und so ist es niemandem aufgefallen, dass ich mich entlassen habe."

„Wie bist du da raus gekommen? Was hast du dann gemacht? Bist du untergetaucht?" Adams Fragen überschlagen sich.

„Im Schrank meines Krankenzimmers waren ein paar Kleidungsstücke, die meine Tochter bei einem ihrer ersten Besuche, in der Hoffnung mich bald wieder mit nach Hause nehmen zu können, mitgebracht hatte. Erfreulicherweise war da auch noch meine Bauchtasche, die den Blitzeinschlag wider Erwarten unbeschadet überstanden hatte. In der Tasche gab es ein Geheimfach, in dem Lilli immer ein paar Hundert Euro Notfallgeld aufbewahrte."

„Du sprichst über dich in der dritten Person?" Adam schaut sie erstaunt an.

„Ich sagte dir doch schon, dass diese Lilli nicht mehr existiert." Nerthus trommelt genervt mit ihren Fingerspitzen auf den Tisch.

„Sorry. Du hattest also Geld und Kleidung und was hast du dann gemacht?", erwidert Adam hastig.

„Ich habe das Tablet von Katarina Huber, das mit einer SIM-Karte ausgestattet war, mitgenommen. Damit habe ich die Adresse einer alten Freundin, bei der ich noch etwas gut hatte, herausgefunden und bin bei ihr für die nächste Zeit untergeschlüpft." Nerthus macht eine kurze Pause und fixiert Adam unverwandt mit ihrem einen Auge.

„Ich war dem Tod von der Schippe gesprungen und wollte für mein Leben einen neuen Sinn finden. Ich wusste genau, was dieser neue Sinn war, aber mir fehlten Informationen und die richtigen Connections. Einer der Podcasts, die ich gehört habe, während meiner Locked-in Zeit, beschäftigte sich mit dem Zugang zum Darknet. In den Tiefen des Webs habe ich dann gesucht und gefunden, was ich wissen musste, und dort habe ich die richtigen Leute kennengelernt. Damit habe ich mich von meinem alten Leben, dem Leben von Lilli Ann Wagner völlig verabschiedet."

„Okaaay" Adam zieht das Wort in die Länge. „Aber was ist mit deiner Familie oder dem Krankenhauspersonal, Frau Huber und diesem Dr. Becker? Deine Lichtenbergfiguren und das fehlende Auge sind doch so ungewöhnlich, dass man dich leicht erkennen kann, vor allem, da du ja jetzt öffentlich auf der Bühne stehst. Hat niemand versucht, mit dir Kontakt aufzunehmen? Oder zur Presse zu gehen, um ein bisschen extra Taschengeld zu verdienen?"

„Als ich aus dem Krankenhaus abgehauen bin, habe ich ein Schreiben hinterlassen, in dem ich bestätige mich selbst entlassen zu haben. Später habe ich mich dann in den Computer des

Krankenhauses eingehackt und habe meine Krankenakte gelöscht. Das Personal unterliegt der Schweigepflicht, und wenn sie doch etwas an die Presse geben wollen würden, hätten sie keine Beweise. Gefährlicher hätte Dr. Becker werden können, aber der hatte einen ganz tragischen Autounfall."

„Und was ist mit Dr. Huber?"

„Sie hat gekündigt und ist mittlerweile eine von uns."

„Eine der Goddesses?" Adam schaut Nerthus überrascht an.

„Nein, natürlich nicht. Sie gehört mit zur Organisation. Sie arbeitet als Medizinerin in unserer Forschungsabteilung."

„Ihr habt eine Forschungsabteilung? Wo ist die denn und wo ist überhaupt der Sitz dieser Organisation?" Adam sieht den unwilligen Blick von Nerthus und lenkt ein. „Okay, lassen wir das. Ich weiß: Alles zu seiner Zeit. Aber was ist mit deiner Familie? Interessieren deine Angehörigen sich nicht für dich? Die müssten dich doch erkennen und sie unterliegen keiner Schweigepflicht."

„Mein Sohn und mein Mann haben mich im Krankenhaus nur mit Verbänden gesehen und wissen demnach nicht, wie ich jetzt aussehe. Außerdem gelte ich offiziell als vermisst. Meine Tochter weiß Bescheid. Sie wollte auch Mitglied der Organisation werden. Aber ich konnte sie davon überzeugen, dass es keine gute Idee wäre. Ich konnte ihr klar machen, dass sie mich möglicherweise erpressbar machen würde, wenn die falschen Leute wüssten, dass sie meine Tochter ist. Sie lebt mittlerweile dauerhaft in Australien, denn sie hat sich während ihres Auslandssemesters verliebt und ist dortgeblieben."

Adam nickt und versucht, ein Gähnen zu unterdrücken. „Sorry, deine Lebensgeschichte ist alles andere als langweilig, aber ich bin total erledigt." Er schaut auf seine Armbanduhr. „Es ist schon halb drei. Bist du gar nicht müde?" Er reibt sich verstohlen die Augen.

„Wie schon erwähnt brauchte ich während meines Locked-in-Syndroms wenig Schlaf und daran hat sich bis jetzt nichts geändert. Zwei bis drei Stunden innerhalb von 24 reichen und die kann ich auch noch aufteilen und mir nehmen, wie es gerade passt."

„Wow, ich wünschte, das wäre bei mir genauso."

„Möchtest du noch einen", Nerthus zeigt auf den Heißgetränkautomaten, „oder soll ich dir lieber deine Schlafkabine zeigen?"

„Ich glaube, ich muss passen. Die Schlafkabine wäre sehr gut", er grinst verlegen.

„Ok, komm mit." Sie öffnet die Tür des Besprechungsraums und tritt in den schmalen Gang. „Wir haben auf beiden Ebenen jeweils eine Doppelkabine, zwei Einzelkabinen und ein Bad. Die Doppelkabine auf dem unteren Deck teilen sich Sekhemet und Kali, unsere Turteltäubchen. Die Doppelkabine hier auf dem oberen Deck ist meine. Nicht weil ich hier die Chefin bin, sondern weil dort neben einem Bett ein kleines Tonstudio eingebaut ist. Ich schreibe dort unsere Songs. Das da", sie zeigt auf die Tür neben dem Besprechungsraum, „ist das obere Bad und dort schräg gegenüber ist die Gästekabine." Sie geht voraus und öffnet die Tür. „Hier in dem Schränkchen", sie öffnet mit leichtem Druck auf das Wandpaneel eine zuvor fast unsichtbare Tür, „findest du Waschsachen, Handtücher und ein Shirt zum Schlafen. Das Bettzeug ist in dem Kasten unter dem Bett."

Adam lässt sich auf das sofaartige, anthrazitgraue Bett plumpsen.

„Bequem und sehr schick für so einen relativ begrenzten Raum!"

Er wackelt anerkennend mit den Augenbrauen. Nerthus ist fasziniert, wie viele verschiedene Aussagen dieser Mann mit seinen wackelnden Augenbrauen machen kann. Sie schüttelt kurz den Kopf, um sich aus diesem eigentlich unwichtigen Gedankengang herauszulösen.

„Was ich noch sagen wollte, in der Kabine neben dir schläft Hel. Falls du nachts mal auf die Toilette musst, solltest du auf dem Rückweg auf keinen Fall die Tür verwechseln." Ein amüsiertes Grinsen spielt auf ihrem Gesicht. „Gute Nacht."

Als sie die Tür schließen will, sieht sie noch wie Adam, sein T-Shirt über den Kopf auszieht. Schickes Tattoo und hübsch anzusehende Abs und Pecs. Das Lächeln verschwindet aus ihrem Gesicht. Nicht für dich Nerthus! Denkt sie mit einer Spur von Bedauern und geht in ihre Kabine.

***

In ihrer Kabine, die genau wie der kleine Besprechungsraum abhörsicher ist, holt Nerthus ein Kryptohandy aus einem hinter der Wandverkleidung versteckten Save und wählt eine lange Nummer mit einer +81 Vorwahl.

„Konbanwa Nerthus", vernimmt sie eine wohltönende, männliche Stimme nach dem ersten Klingelton. „Ich habe auf deinen Anruf gewartet. Sprich!"

„Konbanwa Yuto-san", antwortet Nerthus und fährt auf Japanisch fort. „Adam Esera ist an Bord. Ich halte ihn für eine ideale Besetzung für unsere Mission."

„Gut und in wieweit ist er bereits unterrichtet?"

„Er ist nicht dumm. Er hat folgerichtig geschlossen, dass die Todesfälle in den letzten Tagen mit unserem Vorhaben zu tun haben. Ich bezweifle aber, dass er das gesamte Ausmaß überblicken kann. Mit dem, was er vermutet, scheint er aber keine Probleme zu haben, solange er nicht damit in Verbindung gebracht werden kann. Und das habe ich ihm zugesichert. Er weiß allerdings noch nichts von der Mission *mentale Umprogrammierung*. Ich kann noch nicht einschätzen, wie er auf dieses Konzept reagieren wird, und ich bin mir nicht sicher, ob er es überhaupt wissen muss. Wenn die Mission durchgeführt wird, ist seine Arbeit bereits getan und er ist nicht mehr wichtig für uns."

„Ich überlasse das deiner Einschätzung, Nerthus." Yuto Kato zögert einen Moment und fragt dann mit verhaltener Stimme: „Wie geht es meiner Tochter, macht sie Fortschritte mit ihrer Aggressionsbewältigung?"

„Fuji hat ihre Wutausbrüche und die daraus resultierenden Aktionen mittlerweile recht gut unter Kontrolle und kann sie in die gewünschte Richtung kanalisieren."

„Sehr gut." Nerthus hört Erleichterung in der Stimme eines der, ihrer Meinung nach, wichtigsten Männer dieser schwierigen Zeiten.

„Oyasumi Nerthus", sagt er und legt, ohne auf eine Antwort zu warten, auf.

Yuto Kato war einer der ersten Kontakte, die Nerthus nach ihrer Flucht aus dem Krankenhaus im Darknet geschlossen hatte. Damals war er noch im mittleren Management von *Kokato & Co.* und stand unter der Fuchtel seines herrschsüchtigen Vaters. Er hasste dessen aggressive Firmenpolitik und die daraus resultierenden Umweltverbrechen. Er wollte etwas dafür tun, dass seine Kinder eine Chance auf eine lebenswerte Zukunft bekamen. Im Darknet hatte er sich mit einer kleinen Gruppe Gleichgesinnter zusammengefunden, um effektive Methoden im Kampf gegen den Klimawandel zu entwickeln. Die Gruppe bestand noch nicht lange, aber es kursierten schon einige vielversprechende, wenn auch radikale Idee. Es fehlten allerdings noch die ausführenden Organe, als Nerthus Kontakt aufnahm.

Nerthus lächelt bei dem Gedanken an Yuto und wie er ihrem Leben den gewünschten Sinn gegeben hat. Aber die Zeit drängt und die Nacht hat nur noch ein paar kurze Stunden. Sie legt das Kryptohandy in den Safe zurück und verschließt die Holzverkleidung.

In der rechten hinteren Ecke der Kabine steht ihre hochgeschätzte Gibson Les Paul Guitarre. Sie schließt den kabellosen Kopfhörerverstärker an und spielt die ersten Akkorde des Songs, der, wenn er fertig komponiert ist, hoffentlich der wichtigste Song aller Zeiten wird.

KAPITEL 7

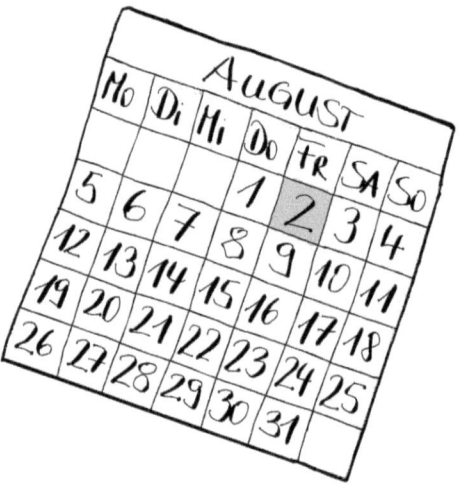

Als Adam am nächsten Morgen gegen halb acht wach wird, fühlt er sich trotz, der relativ kurzen Nacht, erstaunlich erholt und ausgeruht. Das wenn auch schmale Bett war sehr bequem und kein Geräusch, der normalerweise recht lauten Festivalumgebung war zu ihm vorgedrungen. Als er die Tür seiner Kabine öffnet, um ins Bad zu gehen, hört er mehrere Stimmen aus dem vorderen Teil des Oberdecks. Die Goddesses scheinen schon wach und aktiv zu sein. Er duscht im Eiltempo und schlüpft in seine Kleidung vom Vortag. Er ärgert sich, dass er gestern nicht vorsichtshalber wenigstens ein frisches T-Shirt mitgenommen hat. Ein kritischer Blick in den Spiegel zeigt ihm aber, dass sein weißes Shirt noch einigermaßen präsentabel ist und er schlingt den schwarzen Pullover wieder um die Schultern. Als er aus dem Bad tritt, empfängt ihn ein köstlicher Duft nach Kaffee und frischem Brot. Er geht seiner Nase nach und kommt zu einem loungeartigen Raum mit einer Sofalandschaft, die sich um einen Tisch in der Mitte gruppiert. Der Tisch ist reich gedeckt mit, wie es scheint, veganen Köstlichkeiten und die Göttinnen schlagen kräftig zu.

„Hm, das sieht sehr lecker aus und Kaffee scheint auch schon gekocht zu sein." Adam grinst in die Runde.

„Der Kaffee ist nur für dich, wir trinken das schwarze Gebräu nicht", ranzt ihn Fuji an. „Du weißt doch sicherlich, dass der Anbau von Kaffeebohnen sehr ressourcenintensiv und damit umweltschädlich ist?"

„Ähm, darüber habe ich, wenn ich ehrlich bin, noch nicht so viel nachgedacht. Aber da dieser hier nun schon mal gekocht ist, wäre es doch ein noch größeres Verbrechen ihn wegzuschütten." Adam wackelt wieder mit den Augenbrauen.

Bevor Fuji etwas Hässliches erwidern kann, hebt Nerthus beschwichtigend die Hände.

„Ich hoffe, du hast gut geschlafen, Adam. Bitte nimm dir etwas zu essen, während sich unsere letzten zwei Bandmitglieder vorstellen." Sie weist auf die beiden Frauen, die ihm gegenüber sitzen.

Die Musikerin mit den stachelig abstehenden, orangerotgefärbten Haaren, die Adam als die Bassistin der Band erkennt, sagt grinsend: „Ich bin Sekhemet die Göttin des Krieges und des Feuers." Sie fährt sich mit der Hand durch ihre feurigen Haarspitzen. „Ich bin aus Ägypten. Und das", sie zeigt auf die kleine, üppige Schwarzhaarige, die dicht neben ihr sitzt „ist meine heiß geliebte Kali, die Göttin des Todes und der Zerstörung, aber auch der Erneuerung. Sie hat mich zu neuem Leben erweckt." Sekhemet lacht kreischend auf und rollt mit den Augen. Kali streicht ihr mit einer anmutigen Handbewegung liebevoll und beschwichtigend über den Arm und schaut dann mit großen, gütigen Augen zu Adam auf.

„Hallo Adam, ich bin Amba Abhaya aus Indien. Ich spiele, wie du sicherlich gesehen hast, den Synthesizer und bin längst nicht so gruselig wie mich unsere Bassistin", sie schaut mit einem Blick voller Zärtlichkeit auf Sekhemet „immer erscheinen lassen möchte. Nicht wahr Nashwa mein Herz?" Nashwas und Ambas Finger verschlingen sich miteinander.

„Ihr seid noch nicht so lange ein Paar?", fragt Adam vorsichtig. Zwei gegensätzlichere Liebende scheinen kaum vorstellbar. Was mag die warmherzige Kali wohl an der schrillen Sekhemet finden?

„Das ist jetzt nicht so wichtig", kommt Nerthus einer Antwort von Sekhemet zuvor, die schon im Begriff ist, etwas zu sagen, und nun ihren Mund wieder zuklappt. „Die beiden wirken oft wie liebeskranke Teenager, aber wenn es darauf ankommt, ist absoluter Verlass auf sie. Sie sind genauso professionell und effizient wie wir alle."

„Ich hatte da keine Zweifel dran", bestätigt Adam mit vollem Mund.

„Gut. Dann können wir die Tafel aufheben und uns an unsere Arbeit machen", sagt Nerthus während, sie sich von ihrem Platz erhebt. „Ihr wisst, was ihr zu tun habt. Adam, kommst du bitte noch einmal mit in den Besprechungsraum?" Es klingt eher wie eine Ansage als wie eine Frage. Adam rettet schnell noch einen Apfel und sein halbgegessenes Brötchen vor den Göttinnen, die zügig zusammen den Tisch abräumen und folgt Nerthus in den Raum neben der Lounge.

Wieder stehen zwei der Klappstühle bereit und Nerthus weist Adam mit einer Handbewegung an, Platz zu nehmen. „Mehr Kaffee?"

„Nein ich werde es mal ohne versuchen, Fuji hat ja recht."

Nerthus zieht bewundernd ihre Augenbraue hoch und stellt ein Glas Wasser vor Adam hin.

„Wir sind gestern nicht mehr dazu gekommen, darüber zu sprechen, wie deine Aufgaben genau aussehen sollen. Außerdem müssen wir darüber reden, wie weit du bereit bist, zu gehen. Du hast drei Kinder, für die du alles tun würdest, die du aber auch aus allem heraushalten möchtest. Verständlich. Wenn ich es richtig verstehe, war deine Scheidung eine ausgesprochen hässliche Sache, aber deine Ex-Frau ist eine sehr gute Mutter und exzellent in der Lage für die Kinder zu sorgen."

„Ja, das stimmt wohl, aber ich weiß nicht, ob mir gefällt, wo du mit dieser Aussage hin willst." Adam reibt sich das Kinn: „Claudine würde ebenso wie ich alles für die Kinder tun. In diesem Punkt kann ich ihr trauen. Aber ich möchte weiterhin eine wichtige Rolle im Leben meiner Kinder spielen."

„Das ist absolut verständlich, aber es könnte der Zeitpunkt kommen, an dem du deinen Kindern auf längere Sicht mehr helfen kannst, indem du Dinge tust, die es dir unmöglich machen werden sie zu sehen."

Adam schluckt. „Darüber habe ich so noch nicht nachgedacht."

„Das ist zu diesem Zeitpunkt ok", versichert Nerthus. „Nun weiter zu deinen eigentlichen Aufgaben. Dazu muss ich allerdings etwas ausholen. In Bezug auf den Kampf gegen den Klimawandel gibt es drei Gruppen von Menschen. Zur ersten Gruppe gehören die, die bei ihrem Status quo bleiben und nichts verändern wollen. Dazu zählen die Leugner und die Nutznießer. Die zweite Gruppe besteht aus denjenigen, die sich der Problematik zumindest teilweise bewusst sind, die aber nicht wissen, was sie tun sollen oder der Meinung sind, dass erst einmal die Politiker und die Wirtschaftsführung aktiv werden müssen. Und die dritte Gruppe, die im Moment leider noch die Kleinste ist, umfasst die Menschen, die bereits gegen den Klimawandel vorgehen, weil sie die Problematik verstanden haben, oder weil die Folgen des Klimawandels sie in ihrem Lebensraum schon eingeholt haben. Diese Menschen haben ihren Lebenswandel zugunsten der Umwelt drastisch geändert, oder kämpfen sogar aktiv gegen die Klimakatastrophe in den verschiedenen Umweltorganisationen oder Aktivistengruppen. Soweit so klar?"

Adam nickt.

„Um die dritte Gruppe müssen wir uns nicht kümmern", fährt Nerthus fort, „sie muss nach unserer abschließenden Aktion nur koordiniert werden, aber das machen andere. Gruppe eins ist problematisch, denn sie besteht aus den Dummen und den Gierigen. Die Dummen sind die Leugner, die sich vehement gegen jegliche, wissenschaftliche Erkenntnis stellen und diese bestreiten. Egal was man zu so jemandem sagt, es kommt nicht durch. Die Gierigen sind nicht zu dumm, um die Problematik zu erkennen, aber zu skrupellos, um die richtigen Maßnahmen aus ihrer Erkenntnis abzuleiten. Diese Gruppe kann man nicht mit friedlichen Maßnahmen zu einer Veränderung ihres Verhaltens bringen. Um diese Gruppe musst du dich auch nicht kümmern. Für dich geht es um die zweite Gruppe. Wir wollen, dass diese Menschen zu Mitgliedern der dritten Gruppe werden, und dabei sollst du ihnen helfen. Wir haben einige sehr talentierte Designer und Filmemacher an Bord, die bereits auf Hochtouren an Informations- und Werbematerial arbeiten. In den nächsten Wochen gibt es einige große Shows, zu denen du eingeladen bist und da sollst du mithilfe des Werbe- und Filmmaterials unsere Message verkünden."

„Ok und wann bekomme ich das Material zu sehen?", will Adam wissen.

„Ein Großteil sollte spätestens morgen schon verfügbar sein. Ich ... einen Moment." Nerthus` Handy vibriert und nach einem Blick auf das Display nimmt sie den Anruf entgegen. Adam sieht, wie ihr Auge vor Wut zu funkeln beginnt: „Danke Mami Wata, wir kommen sofort." Sie winkt Adam, ihr zu folgen. „Du wirst jetzt einen Teil dessen zu sehen bekommen, was wir vorhin besprochen haben." Sie eilt, gefolgt von Adam, die Treppe hinunter. Als beide den Bus verlassen habe, schließt sie die hintere Tür und verriegelt sie durch das Auflegen ihre Hand auf das Touchpad.

KAPITEL 8

Schon von Ferne hören sie ein aufgeregtes und wütendes Stimmengewirr.

„Solche Ausbrüche im Backstagebereich sind doch eigentlich ungewöhnlich", wundert sich Adam.

„Die Mädels streiten mit Guls Nifigor dem Gitarristen von *Abominations*. Ich hatte ihnen gesagt, dass sie einen Bogen um ihn machen sollten, aber anscheinend konnte sich Fuji wieder nicht im Zaum halten." Nerthus runzelt ärgerlich die Stirn.

„Woher weißt du, dass der Streit zwischen Fuji und diesem Guls ist? Ich höre nur viele Stimmen durcheinander schreien."

„Du erinnerst dich schon, dass ich ein bisschen besser höre als du?", Nerthus seufzt, als würde sie mit einem begriffsstutzigen Mittelklässler sprechen, „und da ich besser höre, kann ich Stimmen auch besser unterscheiden."

„Ok, ok, aber diese kleine Frage kann ja nicht gleich der Grund für solche schlechte Laune sein."

„Verzeihung Adam du hast recht", räumt Nerthus scheinbar versöhnlich ein. „Ich vergesse manchmal, dass meine Mitmenschen viel Schlaf brauchen, und wenn sie dann endlich wach sind, fängt ihr Gehirn ganz langsam an zu arbeiten und dann meistens auch noch falsch. Und den Prozess garnieren sie dann auch noch mit dummen Witzen. Entschuldigung, dass ich so unsensibel bin und mit euren kleinen Macken nicht besser umgehen kann."

„Schon gut, vergiss es." Adam hebt die Hände und schüttelt den Kopf. „Dieser Guls Nifigor und die anderen Musiker von *Abominations* sind doch bekannte Klimawandelleugner. Ich finde, denen sollte man schon mal erklären, was Sache ist."

„Guls gehört in die Gruppe eins über die wir vorhin gesprochen haben. Ihm ist nicht zu helfen. Man kann mit ihm nicht diskutieren und argumentieren. Und genau das ist es, was Fuji gerade wieder tut. Wenn ich sie lassen würde, diskutierte sie stundenlang mit solchen Hohlköpfen, ohne etwas zu bewirken. Wir haben leider nicht mehr die Zeit, alle Idioten der Welt zu überzeugen. Hier und jetzt sollten wir uns um die Musiker kümmern, die wir für unsere Sache begeistern und einsetzen können. Alles andere regelt sich nachher sowieso von selbst."

Nerthus läuft nun zügig auf die sich verschärfende Auseinandersetzung zu. Adam hastet hinterher.

„Von dir dreckigen Ökohexe lasse ich mir sowieso nichts sagen!", brüllt Guls mit hochrotem Kopf und fuchtelt mit der Wurst, von der er gerade ein Stück abgebissen hat, gefährlich nah vor Fujis Nase herum. „Wenn wir alle nur noch Grünzeuch in uns hineinstopfen, so wir ihr Veganesen, dann haben die Tiere im Wald bald nix mehr zu fressen. Willst du deren Tod auf deinem Gewissen haben?", schreit er mit vollem Mund. Dabei fliegt ein Stückchen halbzerkaute Wurst in Fujis Gesicht. Hel stellt sich vor die kleine Japanerin, die kurz davor ist, ihre Beherrschung zu verlieren, und sagt: „Denk an deine richterliche Anordnung und die vielen Wutmanagementkurse, die du gemacht hast ..." Dann dreht sie sich zu Guls um und fragt mit eiskalter Stimme: „Möchtest du sonst noch etwas sagen?"

„Darauf kannst du Gift nehmen. Mir reicht's! Dieser ganze Klimascheiß ist doch sowieso nur gelogen. Die wollen uns nur ablenken, damit sie im Geheimen die Weltherrschaft an sich reißen können. Und ihr dämlichen Ökohuren fallt auch noch darauf rein. Man sollte euch mal richtig durchficken, damit ihr wieder zur Besinnung kommt, und wisst, wo ihr hingehört!" Dabei macht er einen Schritt auf Hel zu und streckt die Hand aus, um ihr an die Brust zu greifen. Ein hässliches Knacken ist zu hören, als Hels Handkante auf Guls Ellenbogen trifft. Guls geht schreiend in die Knie und umklammert seinen Arm.

„Bravo, jetzt müssen wir uns wenigstens heute Abend nicht ihre langweilige, stümperhafte Idiotenmusik anhören", ertönt eine Stimme aus der Menge der schaulustigen Musiker, die mittlerweile im Kreis um die Streitenden stehen. Zustimmendes Murmeln ist zu hören.

Zwei Security-Guards bahnen sich den Weg zu dem auf dem Boden liegenden *Abominations*-Musiker, der mit dem Zeigefinger seines gesunden Arms auf Hel zeigt und brüllt: „Diese Drecksfotze hat meinen Arm zertrümmert!"

Mittlerweile hat Nerthus, gefolgt von Adam, die Mitte des Kreises erreicht und tritt auf die Sicherheitskräfte zu, die Hel festhalten. Sie stellt mit Erleichterung fest, dass Hel ihr zuweilen feuriges Temperament unter Kontrolle zu haben scheint und sich nicht gegen den Zugriff der beiden Männer wehrt. Nerthus streckt ihre rechte Hand nach dem Unterarm des älteren Guards aus und Adam sieht, dass sie den Handschuh ausgezogen hat. Bei Berührung des Arms blitzt ein kleiner, blauer Funke auf, der Mann zuckt kurz zusammen und lächelt Nerthus dann an, die zurücklächelt und sagt: „Hallo Karl, du kannst die junge Frau loslassen. Guls hier", sie zeigt auf den wimmernden Musiker,

„hat sie sexuell belästigt, sie hat sich nur gewehrt. Da kommen schon die Sanitäter. Macht alle mal ein bisschen Platz. Lasst uns zur Bar gehen, ich gebe einen aus." Die versammelten Musiker nicken zustimmend und machen sich auf in Richtung Barstand.

Adam, der neben Fuji steht, fragt: „Hast du das gesehen? Der blaue Funke, der entstanden ist, als Nerthus den Sicherheitstypen angefasst hat?"

„Keine Ahnung wovon du redest, Adam."

KAPITEL 9

„Guls Nifigor ist wirklich ein Prachtexemplar der Gruppe eins. Ich bin immer wieder erstaunt, dass es diese Art von dummen Klimaleugnern immer noch gibt", wundert sich Adam, als er mit Nerthus wieder im Besprechungsraum des Tourbusses sitzt.

„Es gibt noch Dümmere", versichert Nerthus „aber schlimmer sind die Nutznießer, die ewig Gierigen."

Adam sieht die Verachtung in Nerthus` Gesicht.

„Du hast, bevor wir durch Guls unterbrochen wurden, gesagt, dass diese Gruppe nicht in meinen Aufgabenbereich fällt. Ich nehme an, dass du zu denen gehörst, die sich darum kümmern. Habe ich recht?"

„Das ist, wie du ganz richtig festgestellt hast, nicht dein Aufgabenbereich und fällt auch nicht in dein Need-to-know." Nerthus schaut ihn emotionslos an.

„Ich dachte, dass du dich entschieden hättest, mir zu trauen. Aber so wie es aussieht, scheint sich dein Vertrauen nur auf meine eng begrenzte Aufgabe, mein hübsches Gesicht für euch in der Öffentlichkeit zu präsentieren, zu beschränken. Was muss man tun, um ein richtiges Mitglied eurer Organisation zu werden?"

„Es gibt keine richtigen oder falschen Mitglieder. Es gibt nur unterschiedliche Aufgabenbereiche und nach diesen Aufgaben-bereichen richtet sich das Need-to-know. Du bist viel zu bekannt und durch deine Familie zu leicht zu erpressen, als dass du jede geheime Information erhalten könntest.“

„Ok, ok. Du bist knallhart.“ Adam schaut Nerthus unver-wandt an und fragt plötzlich: „Was bedeutet *to be cont*?“ Er sieht Erstaunen und Unbehagen in Nerthus` Gesichtsausdruck.

„Wie kommst du darauf?“, fragt sie vorsichtig.

„Wie es scheint, muss ich wohl wieder in Informationsvorlage gehen. Aber gut, vielleicht kommen wir dann weiter. Ich habe bereits angedeutet, dass ich annehme, dass die Todesfälle in der letzten Woche mit euch zu tun haben. Praktischerweise sind einige Personen, die in die Gruppe eins passen zu Tode gekommen. Und bei allen Todesfällen scheint auf die eine oder andere Weise eine Nachricht mit den Worten *to be cont* aufge-taucht zu sein.“

„Woher weißt du das? Das ist der breiten Öffentlichkeit nicht mitgeteilt worden. Nur wenige Leuten haben diese Information ganz gezielt erhalten“, fragt ihn Nerthus scharf.

„Ich habe einen alten Freund, der Journalist ist, und zwar ein sehr guter. Der hat es erwähnt.“

„Hast du ihm von unserem Treffen erzählt?“ Nerthus schaut ihn eindringlich an.

„Natürlich nicht. Du hattest mich gebeten, mit niemandem darüber zu reden, und bevor du fragst: Ich werde ihm auch in Zukunft nichts erzählen. Ich bin mir durchaus über den Ernst der Lage im Klaren. Also zurück zu der Nachricht, die an den Tat-orten gefunden wurde. TBC oder *to be cont* bedeutet to be conti-nued, Fortsetzung folgt. Soll das eine Warnung oder Drohung sein? An Personen in ähnlichen Positionen, wie die so tragisch Verstorbenen. Aber ich könnte mir vorstellen, dass *cont* noch eine weitere Bedeutung haben könnte. Vielleicht eine Abkürzung des Namens eurer Organisation? Liege ich da völlig falsch?"

„Wie heißt dein Freund?", fragt Nerthus, ohne auf Adams Ausführungen einzugehen.

„Nennen wir ihn der Vorsicht halber Ethan, Ethan Lane. Ich möchte nicht für sein vorzeitiges Ableben verantwortlich sein."

„Dann sag mir wenigstens, was er dir genau erzählt hat."

„Er weiß von vier Todesfällen, bei denen diese Nachricht aufgetaucht ist. Bei allen Verstorbenen handelt es sich um CEOs von Erdölkonzernen. Samar Hamad Al-Rayess von *ArabAOil*, David Forest von *So Agile*, Amad Safar von *CLAM* und Viktor Sorokin von *Maclo Russ*. Welcher von denen geht auf dein Konto?", keine Antwort abwartend fährt er fort: „Al-Rayess kann es nicht sein. Er ist bei einer Explosion umgekommen und mit ihm zusammen eine Person, die so stark verbrannt war, dass man nur noch ihr Geschlecht als weiblich feststellen konnte. Ist da was schiefgelaufen?"

„Nein, alles lief nach Plan."

„War die weibliche Leiche ein Kollateralschaden? Bedeutet euch das Leben Unschuldiger so wenig?" In Adams Gesicht spiegelt sich Aversion wieder. Nerthus spürt, dass sie ihm eine ehrliche Antwort geben muss, um ihn bei der Stange zu halten.

„Also gut, bei der Leiche handelte es sich um Hakima. Sie war eine von uns. Es war nicht möglich, Al-Rayess auf andere Art und Weise zu beseitigen. Sie hat sich freiwillig angeboten, denn sie hatte Brustkrebs im Endstadium und hätte nicht mehr lange zu leben gehabt. Sie wollte ihrem Tod einen Sinn geben. Erklärt das die Situation für dich hinreichend?"

„Das tut mir leid zu hören. Ich finde es immer noch schwer den Tod von Menschen im Allgemeinen und von Unschuldigen im Besonderen gutzuheißen." Er hebt beschwichtigend die

Hände. „Ich weiß, dass du der Meinung bist, dass es in Bezug auf die Klimakatastrophe nur wenige Unschuldige gibt. Da gebe ich dir recht. Ich selber bin einer von den Schuldigen, denn ich habe lange genug ein Leben mit einem viel zu hohen CO_2-Fußabdruck geführt."

„Und um das wieder gut zu machen, wirst du über ein paar Dinge hinwegschauen müssen, die sich nur schwer mit deinen moralischen Grundsätzen vereinbaren lassen." Nerthus zuckt mit den Schultern.

„Ich weiß. Zum jetzigen Zeitpunkt hat die Menschheit keine Chance mehr auf eine lebenswerte Zukunft, wenn wir nicht zu radikalen Methoden greifen." Er seufzt, schaut Nerthus in die Augen und sagt: „Keine kontraproduktiven Skrupel mehr! Ok zurück zu meiner Frage: Was bedeutet *cont*?"

„*CONT* steht für *Creators of a New Tomorrow*. Das ist in der Tat der Name der Organisation. Und du hast recht, die Nachricht *to be cont* ist als Warnung hinterlassen worden. Und sie hat auch schon Wirkung erzeugt. Lass uns erst mal bei den Erdölkonzernen bleiben. Diese schöne Erde verlassen haben auch Zhong Yazhen von *SinoEnergy* und Paul Hakon von *BOIL*. Und im Zusammenhang mit ihrem Ableben wurde ebenfalls diese Nachricht gefunden. Daraufhin haben einige andere CEOs bereits reagiert. Zum Beispiel Dolzessa Sprig von der *Sheron Cop.* hat als erste verkündet, sämtliche Frackingprojekte sofort einzustellen, und Jackson Fournier von *QIMMIQ Energy* hat bekannt gegeben, dass der Ölsandabbau in Kanada gestoppt wird und man sich von nun an auf den Ausbau erneuerbarer Energien konzentrieren wird. Es sind schon Leute vor Ort, die das überprüfen und Nachbesserungen einleiten."

„Wow, direkte Angst um das eigene Leben ist eben doch wirksamer als die Angst vor einer ungewissen Zukunft für unsere Nachkommen."

„Ja, wir haben etwas in Bewegung gesetzt und wir sind davon überzeugt, dass der Erfolg, den wir bis jetzt schon erzielt haben, die angewandten Methoden rechtfertigt."

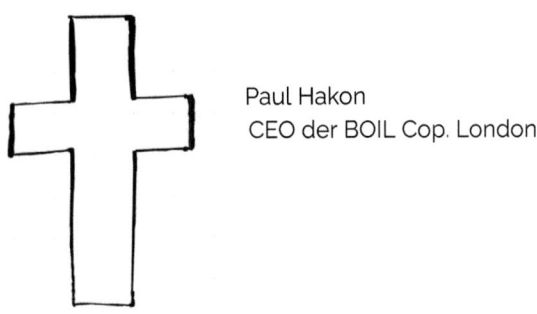

Paul Hakon
CEO der BOIL Cop. London

Paul Hakon sah die überaus attraktive Erscheinung in dem Moment, als sie durch die Schwingtür der Bar des Imperials trat. Sie trug ein körperbetontes, schwarzes Bleistiftkostüm, eine weiße Bluse mit tiefem, aber nicht zu tiefem Ausschnitt und High Heels. Klassisch elegant und genau sein Typ. Ihre honigblonden, dichten Haare fielen in lockeren Wellen über ihre Schultern und glänzten im Licht der Kronleuchter. Mit einer femininen Geste strich sie eine der weichen Locken hinter ihr linkes Ohr, neigte den Kopf ein wenig und ließ ihr Haar auf der rechten Seite über ihr Gesicht fallen. Sie kam mit schwingenden Catwalk-Schritten direkt auf seinen Tisch zu. Er war gerade im Begriff gewesen, die Rechnung zu bezahlen, denn seine Geschäftspartner hatten sich kurz zuvor verabschiedet.

Nun stand sie an seinem Tisch, legte die Hände auf die Rückenlehne des Stuhls rechts neben ihm und sagte:

„Paul Hakon, darf ich mich zu Ihnen setzen?"

Ohne seine Antwort abzuwarten, glitt sie in einer eleganten Bewegung auf den samtigen Sitz des Stuhls neben ihm, streifte mit ihrem Knie seinen rechten Oberschenkel und berührte mit zwei Fingern ganz leicht seinen rechten Handrücken. Es war ihm, als durchzuckte ihn ein leichter Stromschlag. Er starrte wie hypnotisiert zuerst auf ihre tiefrot lackierten Fingernägel und dann auf ihre leicht geöffneten Lippen, die in genau demselben Farbton angemalt waren.

„Ja gern ... ähm, aber Sie sitzen ja schon." Er ließ ein unsicheres Lachen hören.

Sein Tag war ausgesprochen erfolgreich gewesen. Nach längerer, zum Teil harter Verhandlung hatten alle beteiligten Parteien das Vertragswerk, welches er vorgelegt hatte, unterschrieben. Danach war man noch zum Essen und einem anschließenden Barbesuch ins Imperial gekommen, da Hakon dort residierte, wann immer er sich in London aufhielt. Alles war nach seinen Vorstellungen gelaufen. Eigentlich sollte er völlig entspannt und gelassen sein, doch diese Frau machte ihn unsicher und erregt zugleich.

„Kennen wir uns?", fragte er und merkte, dass ihm ganz warm wurde.

„Noch nicht, aber ich finde, dass es höchste Zeit wird." Sie hob die Hand, um den Kellner herbei zu rufen. „Eine Tasse weißen Tee hätte ich gerne, White Peonie bitte."

„Äh, ich weiß nicht, ob wir so was haben", stammelte der Kellner.

„Haben Sie. Ich trinke ihn hier morgens beim Frühstücksbuffet."

Bevor sich die Bedienung auf die Suche nach dem Tee machen konnte, bestellte Paul noch einen Wodka.

„Also, was verschafft mir die Ehre einer solch reizvollen Gesellschaft?"

„Oh, ich langweile mich hier im Hotel so alleine und da fielen Sie mir als ein distinguierter und ausgesprochen interessanter Mann auf. Und nun habe ich die Hoffnung, dass wir vielleicht noch ein anregendes Gespräch führen und den Abend mit einem kleinen Schlummertrunk ausklingen lassen könnten. Oder sind Sie abgeneigt?" Sie strich mit der linken Hand langsam ihren Hals hinab und ließ sie einen Moment auf ihrem Dekolleté ruhen, zog dann langsam ihre Kostümjacke aus und

Paul meinte zu entdecken, dass sie unter ihrer Bluse nichts zu tragen schien.

„Nein, nein, ganz im Gegenteil!", bemühte sich Hakon schnell zu versichern, der sein Glück nicht fassen konnte.

Sie unterhielten sich eine Weile angeregt über seine Karriere und seine Studienzeit, seine Hobbys und sein Boot und auf den ersten Wodka folgte ein zweiter und ein dritter. Paul Hakon war ihrem Charme völlig erlegen und lud Maria, wie sie sich nannte, noch auf einen Schlummertrunk auf sein Zimmer ein. Sie verabredeten, dass sie ihm in ein paar Minuten folgen würde, da sie noch etwas in ihrem Zimmer zu erledigen hätte.

Maria hatte am Nachmittag herausgefunden, an welchen Stellen Überwachungskameras in den Gängen installiert waren und wie man sie umgehen konnte. Sie ging zu ihrem Zimmer, aus dem sie eine kleine Packung Pralinen mitnahm und machte sich, die überwachten Bereiche vermeidend, auf den Weg zur Suite des CEOs.

Die Tür zu Hakons Zimmer war angelehnt und als Maria eintrat, sah sie, dass bereits eine Flasche Wodka und zwei Gläser auf dem kleinen Couchtisch standen. Der CEO lud sie mit einer Handbewegung ein, neben ihm auf dem eleganten, schwarzen Ledersofa Platz zu nehmen. Maria reichte ihm die kleine Pralinenschachtel mit der Bemerkung, dass sie eine Kleinigkeit mitgebracht habe.

„Oh, das sind in der Tat meine Lieblingspralinen, die versüßen den Abend noch mehr." Er öffnete die silbrige Schachtel und bot Maria eins der schokoladigen Konfekte an. Diese lehnte, mit der Begründung Schokolade verursache bei ihr Kopfschmerzen ab, animierte Hakon aber, sich selbst zu bedienen.

Nachdem die ersten zwei Pralinen in seinem Mund verschwunden waren, rückte sie näher an ihn heran, nahm seine Krawatte ab und öffnete die obersten Hemdknöpfe. Sie strich mit Zeige- und Mittelfinger langsam entlang der Kontur seiner Schlüsselbeine und merkte, wie er wohlig schauderte. Dann zog sie ihren engen Rock etwas höher und setzte sich im

Reitersitz auf seinen Schoß. Mit lasziver Langsamkeit öffnete sie die Knöpfe ihrer Bluse, die sie nun von ihren Schultern gleiten ließ. Sie beugte sich vor und streifte seine Lippen und Wangen mit ihren Nippeln. Hakon stöhnte auf und ließ seine Hände fast schüchtern ihre Schenkel hinaufgleiten, um festzustellen, dass sie kein Höschen trug.

„Hast du unten in der Bar auch keinen Slip getragen?", wollte Hakon mit belegter Stimme wissen.

„Ja, ich hatte dich schon von der Empfangshalle aus gesehen und wusste sofort, wie ich mir den Ausgang des Abends vorstelle. Dann habe ich mein Höschen ausgezogen und mir die ganze Zeit vorgestellt, wie es sich anfühlen würde, wenn du mich zwischen meinen feuchten Schenkeln berühren würdest." Sie lächelte ihn herausfordernd an und strich mit ihrem Zeigefinger über eben jenen feuchten Bereich.

„Möchtest du kosten, wie bereit ich für dich bin?", fragte sie und schob ihm den feuchten Finger in den Mund.

Dann öffnete sie den durchgehenden Reißverschluss ihres Rocks, ließ das Kleidungsstück zu Boden gleiten und saß mit weit gespreizten Beinen, nackt bis auf ihre halterlosen Seidenstrümpfe und Heels auf seinem Schoß.

***

Nerthus zog ihre Kleidung wieder an, holte ein halb leeres Medikamentenblister Tadalafil aus ihrer Handtasche und legte es auf den Tisch. Aus dem Badezimmer holte sie eine Box Kosmetiktücher und stellte sie daneben. Sie zupfte ein paar Tücher heraus und legte sie unter Hakons linke Hand. Danach zog sie das Kondom von seinem erschlafften Penis, ließ den Inhalt auf seinen Bauch und die Innenseite seiner rechten

Hand tropfen. Das Kondom und die fast leere Pralinenschachtel steckte sie in ihre Handtasche. Mit der Fernbedienung schaltete sie den Fernseher ein und wählte einen Pornokanal. Dann klebte sie ein Post-it mit der Aufschrift *to be cont* auf die Kosmetiktuchbox. Zuletzt stellte sie ihr unbenutztes Wodkaglas in die suite-eigene Bar zurück. Sie ging zu Tür, drehte sich um und betrachtete zufrieden ihr Werk. Der Tod ließ ihn unbedeutend und harmlos aussehen. Vorsichtig verließ sie das Zimmer und gelangte ungesehen durch die Tiefgarage hinaus zu dem dort schon wartenden Auto.

KAPITEL 10

Adam ist sprachlos. Nerthus sieht das ungläubige Entsetzen in seinen Augen und holt tief Luft: „Lilli Ann Wagner war alles andere als eine kaltblütige Killerin. Auch wenn der Unfall einiges in meinem Kopf unstrukturiert und die Anfälligkeit für Skrupel reduziert hat, so musste auch ich akzeptieren, dass ich Dinge tun muss, die zumindest zu anfangs Überwindung kosteten."

„Du sagst, `ich musste´. Das ist Vergangenheitsform, bedeutet es, dass du jetzt überhaupt keine Skrupel mehr hast?"

„Adam, ich bemühe mich so offen wie möglich mit dir zu sein, aber es gibt Grenzen."

„Ok, ok. Aber ich möchte trotzdem wissen, wer von den anderen Ölbaronen noch auf dein Konto geht?"

„Ich versuche Flugreisen zu vermeiden. Um effektiv zu sein, ist das leider nicht immer möglich, aber in diesem Fall war es machbar, meine Zielpersonen auf anderem Wege zu erreichen. Außer *BOIL* hat auch *CLAM* seinen Hauptsitz in London und dort weilte zum Zeitpunkt seines Ablebens auch dieser Geschäftsführer. *Maclo Russ* sitzt in Moskau."

„Ähm ... interessant." Adam weiß nicht so genau, wie er auf diese Informationen reagieren soll. Er schaut Nerthus nachdenklich an: „Zurück zu Hakon. Ich nehme an, dass das Tadalafil etwas mit seinem Ableben zu tun hatte."

„Richtig. Es war hoch dosiert in den Pralinen. Tadalafil ist ein Potenzmittel, das in zu hohen Dosen genommen zu Herzproblemen führen kann. Hakon hatte eine leichte Herzschwäche. Das Mittel in dieser Dosierung, zusammen mit dem Alkohol, einer leichten, elektrischen Stimulation und der doch erheblichen, körperlichen Anstrengung waren zu viel für sein Herz."

„Er ist sicherlich glücklich gestorben." Adam versucht gelassen zu grinsen.

„Oh ja, er war erstaunt über seine eigene Virilität und wollte gar nicht mehr aufhören. Wir haben uns lange und ausgiebig amüsiert, bis es dann zu viel für ihn wurde."

„Ach, es hat dir Spaß gemacht?" Adam schaut sie verblüfft an.

„Warum denn nicht. Ich mag Sex. Er war nicht hässlich und noch ganz gut in Schuss. Außerdem war er sehr bemüht, mich zu befriedigen. Und der Moment, in dem der Exitus eintritt, ist immer unglaublich befriedigend. Sexuell und emotional. Ein Feind weniger."

„Du machst mir Angst."

„Das ist gut so." Nerthus sieht ihn mit einem schwer zu interpretierenden Lächeln an.

„Aber gehst du nicht ein riesiges Risiko ein, dass dich jemand durch dein ungewöhnliches Aussehen erkennt und mit den Vorfällen in Verbindung bringt? Und was ist mit DNA-Spuren?"

Nerthus schüttelt den Kopf: „Ich trage einen sehr dünnen Silikon-Ganzkörperanzug mit Perücke, ein Glasauge und eine gefärbte Kontaktlinse, die zum jeweiligen Ersatzauge passt. Der Anzug ist undurchsichtig, daher sind die Lichtenbergfiguren nicht zu sehen und DNA-Spuren gibt es auch so gut wie nicht. Niemand weiß, dass ich auf seinem Zimmer war. Wenn sich jemand daran erinnert hätte, dass wir zusammen in der Bar gesessen haben, dann hätte man wohl angenommen, dass ihn die angeregte Unterhaltung mit einer heißen Blondine zu seinen Onanierexzessen animiert hat. Die Todesursache erschien somit offensichtlich und war für die Familie sehr peinlich. Daher wurde nicht weiter nachgeforscht."

„Wenn ihr einerseits versucht, den Tod natürlich erscheinen zu lassen, dann ist der Zettel mit der *cont*-Nachricht doch ein Widerspruch und ein Risiko."

„Das stimmt. Ich war zuerst absolut dagegen und bin mir immer noch nicht sicher, ob die Verunsicherung und Angst, die damit verbreitet wird, das Risiko wert ist, aber ich wurde über-stimmt."

„Und die anderen Morde? Tötet ihr alle auf die gleiche Art und Weise?"

„Nein, du weißt ja schon, dass Al-Rayess von Hakima mit Sprengstoff getötet wurde. Jede von uns arbeitet nach ihrer eige-nen Methode und passt diese auf die jeweilige Situation an. Diese Methoden werden vorher nicht abgesprochen, um den Kreis der Mitwisser und damit das Risiko, dass Informationen in die falschen Hände geraten, zu minimieren."

„Du hast gesagt: Jede von uns ... Gibt es bei euch nur weib-liche Killer?" Adam schaut Nerthus erstaunt an.

„Nein, es gibt wohl auch ein paar Männer, aber die, die ich persönlich kenne, sind alle Frauen. Für uns ist es oft einfacher, an die Zielperson heranzukommen."

„Ok. Aber ich möchte noch mal zurück zur Methode kommen. Du tötest also immer durch", Adam macht eine unbe-stimmte Handbewegung, „durch Sex?"

„Der Tod tritt nicht immer während des Sexualakts ein, aber in den meisten Fällen spielt Sex eine gewisse Rolle."

„Und das macht dir überhaupt nichts aus?" Adam schaut sie immer noch ungläubig an.

„Es ist einfacher, wenn der, nennen wir ihn mal Sexualgegner, attraktiv ist. Aber ich kann auch über einige körperliche Unzulänglichkeiten hinwegsehen."

„Ok, aber gäbe es denn keine anderen Methoden, diese Umweltkriminellen auszuschalten?" Adam schüttelt irritiert den Kopf.

„Töten ist ok? Aber töten durch Sex ist nicht akzeptabel? Du hast interessante Moralvorstellungen." Nerthus schaut ihn amüsiert an.

„Nein, aber ... ", Adam zuckt ratlos mit den Schultern. „Es gefällt mir irgendwie nicht, dass du dich dem aussetzen musst", sagt er leise.

„Das ist eine rührende, aber völlig überflüssige Empfindung, denn die Aussicht auf den Tod meines Opfers gibt mir einen gehörigen, sexuellen Kick. Außerdem ist es eine sehr effektive Methode. Ich habe die höchste Trefferquote."

Adam steht auf und schaut sich ratlos im Raum um. „Sorry, aber ich brauche jetzt etwas Stärkeres zu trinken. Habt ihr etwas anderes als Kaffee oder Wasser?"

Nerthus zeigt auf die Wand neben dem Heißgetränkeautomaten. „Drück dort auf das Paneel."

Mit einem leisen Klick öffnet sich eine Tür und eine kleine Bar wird sichtbar.

„Wow, das ist mein Lieblingswhisky." Adam nimmt eine der Flaschen und einen Whisky Tumbler aus dem Schränkchen. Nerthus nickt wissend.

Nach einem ordentlichen Schluck des Single Malts, fragt Adam vorsichtig: „Du bist eine ausgesprochen attraktive Frau und daran ändern auch sicher ein Silikonanzug und eine Perücke nichts, aber kannst du bei allen Männern so einfach landen, sie so einfach verführen wie den CEO von *BOIL*?"

„Es ist nicht immer Wollust auf den ersten Blick", Nerthus lacht, „aber sobald ich eine Chance habe, sie zu berühren, sind sie mir sehr zugeneigt."

„Du hast mich schon berührt und ich muss zugeben, dass ich dich sehr sexy finde, aber ich glaube, dass ich dir nicht sexuell verfallen bin."

„Wenn ich dich berühre, um deinen Blutdruck oder Puls zu analysieren, passiert etwas anderes, als wenn ich dich berühre, um dich sexuell gefügig zu machen."

„Kannst du mir den Unterschied mal zeigen?", er streckt lachend seine Hand aus und wackelt wieder mit seinen expressiven Augenbrauen.

„Oh nein, ich brauche dich für etwas anderes und bei klarem Verstand."

„Schade, vielleicht können wir ja, nach erfolgreicher Beendigung unserer Mission noch mal darauf zurückkommen."

KAPITEL 11

Enzo Souza Borges zieht seine Schuhe aus und schlüpft in die weißen Lufthansa-Slipper. Aus dem First Class Amenity Kit fischt er die Schlafmaske, setzt sie auf und fährt seinen Sessel in Liegeposition. Zehn Stunden Flug von Sao Paulo nach Frankfurt und dann noch circa fünf Stunden mit dem Auto in nördliche Richtung. Er hat kurz überlegt, ob er einen Anschlussflug nach Hamburg nehmen sollte, dann hätte die Autofahrt nur noch knappe 50 Minuten gedauert, aber durch die Wartezeit auf den Weiterflug, hätte die Zeitersparnis am Ende nur eine Stunde betragen. Außerdem wäre sein Name auf einer weiteren Passagierliste aufgetaucht, was ein unnötiges Risiko mit sich gebracht hätte. Stattdessen wird nun in Frankfurt am Flughafen eine Luxuslimousine mit vertrauenswürdigem Fahrer und den von ihm zuvor georderten Ausrüstungsgegenständen im Kofferraum auf ihn warten. So weit, so gut. Enzo ist zufrieden, aber Schlaf will sich trotzdem noch nicht einstellen.

Der Gedanke, dass Tiago immer noch nicht ganz von der Richtigkeit dieser Mission überzeugt ist, ärgert Enzo. Aber auch Tiago kann sich auf Dauer nicht der Realität verschließen. Er hat in den letzten zwei Wochen darauf beharrt, dass ihr ältester Bruder Heitor nur vermisst sei, dass er vielleicht mit einer seiner Geliebten einen kleinen Ausflug macht. Heitor hat in der Tat die Angewohnheit sich von Zeit zu Zeit mit der jeweilig favorisierten Gespielin eine Auszeit zu gönnen, sehr zum Leidwesen seiner Frau und dem Vorstand von Carne Brasileira SA. Aber niemals würde er zwei Wochen lang verschwinden, da ist sich Enzo ganz sicher. Gerade im Moment wäre seine Anwesenheit als Vorstandsvorsitzender der Firma wichtig, denn Carne Brasileira sorgt zurzeit mit großflächigen, illegalen Rodungen in geschützten Gebieten des Amazonasregenwaldes wieder international für negative Schlagzeilen. Eine weitere gewinnbringende Rinderfarm soll dort aufgebaut werden. Irgendwer muss ja schließlich den erfreulicherweise immer noch ungebremsten Fleischhunger der Welt stillen und deshalb mischt Carne B. ganz vorne mit. Heitor weiß, wie man mit den entsprechenden Stellen umgehen muss, um den ökologischen Aufschrei ohne Folgen für die Firma verhallen zu lassen. Heitor schätzt seine Sexhäschen sehr, aber er schätzt das Familienunternehmen noch viel mehr. Deshalb konnte es einfach nicht sein, dass er sich amüsiert und die sich anhäufenden Probleme ignoriert.

Sein letztes Lebenszeichen war ein Anruf aus einem Hotel in Rio. Heitor rief jeden Morgen, egal wo er sich befand, in der Firma an, aber nun bestand seit zwei Wochen Funkstille. Enzo hat am nächsten Tag sofort jemanden in das Hotel schicken lassen. Aus seiner Zeit bei der *ABIN* hat er immer noch hervorragende Kontakte. Einmal Geheimdienst, immer Geheimdienst. Er schmunzelt bei dem Gedanken an seinen Job bei der Agencia Brasileira de Inteligencia. Er hat seine Arbeit geliebt, aber nicht alle sind mit seinen Methoden einverstanden gewesen. Die Familie, allen voran sein ältester Bruder, hat ihn aufgefangen, als sein Vorgesetzter ihn freigestellt hatte. Heitor hatte sein Potenzial erkannt und ihn zum Sicherheitschef von Carne gemacht. Deshalb ist er es Heitor schuldig, sich der Sache persönlich anzunehmen. Er nickt mit dem Kopf, als wolle er sich selbst zustimmen.

In dem Hotel in Rio war zuerst nichts gefunden worden. Heitors Gepäck war verschwunden und von seiner Gespielin war keine Spur. An der Rezeption war nur zu erfahren, dass Heitor bei Ankunft das Hotel für zwei Tage bezahlt hatte, und man sei davon ausgegangen, dass er dann ausgezogen wäre. Enzo hat das Hotelzimmer anmieten lassen und ist sofort nach Rio gereist, um sich dort selber umsehen zu können. Er hatte am Spiegel im Badezimmer ein Post-it mit der Aufschrift ´to be cont` gefunden. Und seine Tatortspezialisten haben eine geringe Spur Blut in einer der Fliesenfugen der Dusche gefunden. Ein DNA-Vergleich ergab, dass es sich um Heitors Blut handelte. Tiago argumentierte, dass es viele nachvollziehbare Gründe geben könnte, warum das Blut ihres Bruders in der Dusche gefunden wurde. Aber Enzo war sich sicher, dass Heitor ermordet wurde und man die Leiche hatte verschwinden lassen.

Sein Kontakt bei der *ABIN* hatte Informationen über zwei weitere vermisste Personen gefunden, an deren letztem Aufenthaltsort ebenfalls ein Post-it mit dieser merkwürdigen Zeile gefunden wurde. Einer der beiden Vermissten war der Geschäftsführer einer Firma, die illegale Bohrungen zur Erschließung von Öl und Gasvorkommen im Amazonasgebiet durchführt. Der andere hatte irgendwas mit Palmölplantagen in Indonesien zu tun. Die drei Verschwundenen, oder wie Enzo glaubt, Ermordeten hatten eine Gemeinsamkeit: Die Firmen, die sie vertraten, betreiben ein höchst klimaschädigendes Geschäft. Die Verantwortlichen für die Morde sind nach Enzos Meinung unter den Klimafanatikern zu finden, von denen es viel zu viele gibt. Wo sollte man also anfangen zu suchen?

Enzo flog zurück nach Sao Paulo und dort kam ihm der Zufall zu Hilfe. Nun ist er auf dem Weg, um die Mörderin seines Bruders zu erledigen. Mit diesem positiven Gedanken schläft er dann doch endlich ein.

KAPITEL 12

„Und wie sind die CEOs von *CLAM* und *Maclo Russ* aus dem Leben geschieden?" Adam kann nicht anders, als nachzufragen.

„Du siehst nicht so aus, als wolltest du das wirklich wissen."

„Doch ich ... "

„Das war keine Frage, sondern eine Feststellung. Wir haben nicht die Zeit, über jedes Detail der Operation zu sprechen. Im Moment ist es wichtiger, dich auf deine Interviews vorzubereiten."

„Was gibt es da vorzubereiten? Ich weiß, was ich sagen will und was gesagt werden muss. Ich habe schon viele Interviews zum Thema Klimawandel und seinen Folgen gegeben."

„Und mit welchem Resultat?" Nerthus schaut ihn herausfordernd an.

„Ähm ..." Adam ist sich unsicher, was sie hören möchte. „Also, ich habe sehr viel Zustimmung erhalten. Leute aus aller Herren Länder haben mir beigepflichtet."

„Das ist wunderbar. Und welche Konsequenzen haben die Menschen, die dir zugestimmt haben, gezogen?"

„Das kann ich so natürlich nicht sagen", gibt Adam zu.

„Und weißt du auch, warum du das nicht sagen kannst?" Ohne auf eine Antwort zu warten, fährt Nerthus fort. „Du kannst es nicht sagen, weil die Konsequenzen nicht spürbar sind. Einige und vielleicht sogar viele, dieser Menschen werden ihren Alltag verändert haben. Sie werden vielleicht weniger Fleisch essen, oder weniger Auto fahren oder nicht mehr fliegen. Löbliche Entscheidungen, die vor 40 oder 50 Jahren etwas bewirkt hätten. Aber heute reicht das nicht mehr. Du hast auf den Social Media fast 800 Millionen Follower. Das sind annähernd 10 Prozent der Weltbevölkerung. Wenn diese Menschen ihr Verhalten zugunsten des Klimas grundlegend verändert hätten, wäre das zu spüren. Deshalb reicht das, was du bis jetzt getan hast, nicht aus."

Bevor Adam etwas erwidern kann, klopft es an der Tür und Mami Wata kommt herein.

„Chesslow hat die ersten Informationsmaterialien vorbeibringen lassen. Sie sehen recht gut aus." Sie legt einen Stapel Broschüren und Plakate auf den Tisch und lächelt Adam aufmunternd zu.

Als sich die drei gerade den Flyern zuwenden wollen, fliegt die Tür ohne vorheriges Klopfen auf und Fuji stürmt herein, flüstert Nerthus etwas ins Ohr und verlässt eilig den Raum.

„Gibt es Probleme?", fragt Adam, der Nerthus' Blick nicht deuten kann.

„Etwas, um das ich mich sofort kümmern muss", sagt Nerthus verhalten. „Schau dir bitte in meiner Abwesenheit, die Broschüren an, vielleicht merkst du dann schon, worauf ich hinaus will und wie wir vorgehen müssen."

„Ich kann dich gerne begleiten, vielleicht kannst du meine Hilfe gebrauchen."

„Mir ist bedeutend mehr geholfen, wenn du dich mit dem Informationsmaterial vertraut machst", antwortet Nerthus abrupt, weist Mami Wata mit einer Handbewegung an, sie zu begleiten, und verlässt ebenfalls den Raum.

Adam ist versucht, ihr heimlich zu folgen. Kann sich aber des Gefühls nicht erwehren, dass sie es sofort merken und nicht gutheißen würde. Irgendetwas ist definitiv nicht in Ordnung. Unkonzentriert fächert er den dünnen Stapel von Flyern auf und stellt fest, dass es mehrere verschiedene sind. Auf den ersten Blick haben sie auf jeden Fall ein ansprechendes Design und er sollte sich dahinein vertiefen. Aber er kann seine Gedanken nicht von Nerthus losreißen. Er zieht sein Telefon aus der Hosentasche und schaut sich das kurze Video an, dass er während eines von Nerthus E-Gitarrensoli gedreht hat.

Gleich die ersten Töne kreieren wieder dieses Killergänsehautgefühl, dass er das ganze Konzert über hatte. Langsame, blusige Teile wechseln mit schnellen Läufen ab, in denen sie Vollgas gibt. Ihre Phrasierung ist Spot on, mit der perfekten Kombination aus Bending und Vibrato. Außergewöhnliche Riffs enden in langen, getragenen, völlig sauberen Tönen, die Tränen in die Augen treiben. Die Kamera verweilt einige Zeit auf ihren Fingern, die über das Griffbrett zu tanzen scheinen und wandert dann hoch zu ihrem Gesicht. Wieder ist Adam fasziniert von dem Feuerwerk an Emotionen, dass sich im Mienenspiel der Frau widerspiegelt, die sich ihm gegenüber selbst als eine eiskalte Killerin beschreibt.

Diese Kombination aus hochemotionaler Musikerin und kaltblütiger Attentäterin erscheint Adam absolut unvereinbar. Und wo ist die naive Lilli Ann Wagner geblieben, die Nerthus in ihrer Erzählung über ihre eigene Vergangenheit beschrieben hat?

Er kann nicht glauben, dass man, selbst unter extremen Umständen, sein früheres Ich vollständig ablegen kann.

Er selbst hat sich seit seinen Teenagertagen stark verändert. Aufgewachsen im Süden der USA, mit einem gemischt ethnischen Hintergrund, musste er als Kind und Jugendlicher eine Menge Mobbing über sich ergehen lassen. Der samoanische Nachname seiner Mutter; seine Eltern waren nicht verheiratet gewesen und sein zweiter Vorname, Enele; ebenfalls aus der Kultur mütterlicherseits, hatten einige Klassenkameraden dazu animiert, ihn Insel-Nigger zu nennen. Andere fokussierten sich ganz auf den afrikanisch-japanischen Anteil seiner Abstammung und nannten ihn Jap-Ape oder Nip-Nigger. Promenadenmischung und Bastard waren auch sehr beliebt. Und ein besonders gewitzter Klassenkamerad hatte seinen europäischen Hintergrund herausgefunden und alternierte, ganz nach Tagesform, zwischen Froschfresser, Spaghetti oder Paddy. Adam hatte als schmächtiger Jugendlicher und Außenseiter meistens den unteren Weg gehen müssen und war oft mit zerrissener Kleidung, blauen Flecken und zweimal sogar mit gebrochenen Rippen nach Hause gekommen. Seine Mutter hatte Angst vor der Einwanderungsbehörde und flehte ihn an, sich unauffällig zu verhalten. Mit 15 wurde er dann von John, einem Freund seines verstorbenen Vaters unter die Fittiche genommen. Der erklärte ihm, dass die Angst seiner Mutter vor der Ausländerbehörde völlig unbegründet sei, da sowohl seine Mutter als auch er die amerikanische Staatsbürgerschaft besaßen. Mit 16 durchlebte er einen kräftigen Wachstumsschub und begann, in Johns Sportstudio zu trainieren und mit siebzehn traute sich keiner der Mitschüler mehr an ihn heran. Die Mädchen fingen an, ihn zu umgarnen und die Jungen, einschließlich seiner selbst, taten so, als hätte es nie einen Enele Nip-Nigger gegeben. In den nächsten Jahren hatte Adam versucht, dieses jüngere, gemobbte Ich zu vergessen. Fast erfolgreich, aber irgendwann musste er es als einen Teil seiner selbst akzeptieren, denn die Erinnerung an diesen verängstigten Jungen hatte er, so sehr er sich auch bemühte, nie ganz auslöschen können. Denn immer wieder tauchte er in seinen Träumen in die Rolle dieses verängstigten Teenagers, oder er wurde in Erzählungen anderer erwähnt. Außerdem gab es Fotos und Erinnerungsstücke aus dieser Zeit, von denen seine Mutter sich nicht hatte trennen wollen. Und da waren die Menschen, die ihn in dieser Zeit begleitet hatten.

Seine Verwandlung vom Spottobjekt zum Klassenliebling war nicht wie Nerthus' Transformation durch einen Blitzschlag erfolgt, sondern langsam, über Jahre hinweg. Aber selbst, wenn seine Veränderung schlagartig abgelaufen wäre, hätte in diesem anderen Adam ein bisschen Enele überbleiben müssen, tief im Inneren, genau wie ein Teil Lilli in Nerthus zu finden sein sollte. Ob sie Lilli wenigstens ein bisschen vermisst. Aber ihm ist klar, dass er sich nicht trauen wird, sie zu fragen.

Mit einem Seufzer wendet er sich wieder den Faltblättern auf dem Tisch zu. Bei genauerer Betrachtung scheint es sich zum einen um Infomaterial für die Aktivisten zu handeln, zum anderen um Flyer mit Informationen für die Bevölkerung.

Er schaut sich zuerst näher an, was er im Geiste als interne Aktivisteninfo bezeichnet. Es ist eine Liste von Bullet-Points, die in vier Themengruppen aufgeteilt sind. Zu jedem Bullet-Point gibt es eine Kurzerklärung und einen Weblink. Die Weblinks führen alle zu einer Webseite, hinter der er die *Creators of a New Tomorrow* vermutet. Er öffnet die Seite auf seinem Mobiltelefon und findet dort weitere Informationen zu den angesprochenen Punkten. Ein beeindruckendes Informationsportal für alle, die sich für die Klimaproblematik interessieren, mit Quellenangaben und weiterführenden Links.

Eigentlich hat er das Gefühl, zu dem Thema schon so gut wie alles zu wissen, aber er liest die Bullet-Points der Aktivisteninfo durch, um sie als Gedankenstütze und Wissensauffrischung für seine Fernsehauftritte und Diskussionsrunden zu benutzen.

INFORMATIONEN FÜR DIE KLIMADISKUSSION

I. WAS SIND TREIBHAUSGASE UND WAS MACHEN SIE?

Sie absorbieren die von der Erdoberfläche zurückgestrahlte Sonnenwärme und halten sie in der Erdatmosphäre fest. Das führt zu Erwärmung.

Kohlendioxid CO_2: 80% der Emissionen, Verweildauer 50 bis 200 Jahre, entsteht durch: Verbrennung, Zerfall von Biomasse, Atmung.

Methan CH_4: kurzlebiger als CO_2, absorbiert aber wesentlich mehr Sonnenwärmen, entsteht bei der Produktion und dem Transport von Erdgas, Erdöl und Kohle, Tierzucht, Fischerei, Zersetzung organischer Abfälle, Auftauen des Permafrostbodens und Verlagerung in den Meeresböden.

Lachgas N_2O: entsteht durch: Verbrennung fossiler Brennstoffe, stickstoffhaltige Düngung, mikrobielle Aktivitäten im Boden.

Fluorierte Treibhausgase: enthalten in Kühlschränken, Klimaanlagen, Isolierungen, Feuerlöschern, Wärmepumpen.

II: VERMEIDUNG VON TREIBHAUSGASEN

Verbot von fossilen Brennstoffen und gleichzeitiger globaler Ausbau erneuerbarer Energiequellen: Solar, Wind, Wasser, Biomasse, Erdwärme.

Ausbau der Herstellung von grünem Wasserstoff für Schwerlastverkehr, Flug- und Schiffsverkehr

Elektrifizierung des Privatverkehrs

Ausbau des öffentlichen, klimaneutralen Verkehrs

Weltweite, vegane Ernährung und Verbot von Viehzucht

Stop der Brandrodungen

Weltweite Geburtenbeschränkung auf 1 Kind pro Elternteil

Verbot von Ressourcenverschwendung, z.B. Lebensmittelvernichtung, Einwegplastik, Vernichtung von Retouren und Neuwaren ...

Reisebeschränkungen und Flugverbote bis CO_2 neutraler Verkehr gewährleistet ist.

Verzicht auf Zement, der für 8 Prozent des jährlichen CO_2-Ausstoßes verantwortlich ist, alternative Bauformen mit umweltfreundlichen Baustoffen, wie z.B. Hanfbeton, Geopolymerbeton, Holz, Lehm, Natursteine ...

III: BESEITIGUNG VON CO_2 AUS DER LUFT
Moorvernässung: trockengelegte Moore wieder vernässen, da sie effektive CO_2-Speicher sind. Moore die 3% der terrestrischen Erdoberfläche ausmachen, speichern doppelt so viel CO_2 wie die Biomasse aller Wälder, die 27% bedecken.

Aufforstung unter Berücksichtigung der Klimaveränderung

Wiederherstellung von Seegraswiesen und Mangrovenwäldern

Beschleunigte Verwitterung: Silikat und Karbongestein als Gesteinsmehl in den Boden eingebracht nehmen CO_2 auf.

CCS (Carbon Capture and Storage): CO_2 wird bei der industriellen Entstehung direkt aus der Luft gefiltert und in poröse Gesteinsschichten gepresst und gelagert.

Pflanzenkohle: Pflanzenreste und Bioabfälle werden ohne Zufuhr von Sauerstoff verbrannt (Pyrolyse). Die entstehende Pflanzenkohle ist ein CO_2-Speicher, der zur Verbesserung der Bodenqualität genutzt werden kann. Mit den Nebenprodukten kann z.B. Bioplastik hergestellt werden.

IV: UNSERE GRUNDSÄTZE

Wir sind für:

Eine sinnvolle Kombination der unter II. und III. genannten Methoden.

Verstärkung der Forschungsbemühungen.

Müllgebühren für Industrie und Privathaushalte nach Menge und Problematik berechnen.

Vollständige Umstellung der Landwirtschaft auf ökologische Produktion.

Wir sind gegen:

RM (Radiation Management) wie z.B. reflektierende Aerosole, Veränderung der Wolken, da es zu wenig Forschungsergebnisse zu den langfristigen Auswirkungen gibt.

Emissionshandel, da er nicht kontrolliert wird und über 90% der Zertifikate keinen Klimavorteil haben.

Subventionen von fossilen Brennstoffen

Steuererlasse und Steueroasen für Konzerne

Wir wollen aufbauen:

Ein weltweites Netzwerk für Arbeitsplätze: Durch das Verbot verschiedener Industrien werden Arbeitsplätze wegfallen, die durch das Entstehen neuer Arbeitsplätze in den Industrien für erneuerbare Energien und alternative Produkte ausgeglichen werden können. Die Umverteilung dieser Arbeitsplätze muss koordiniert werden.

Weltweite Organisation zur Schaffung neuer Wohnräume: Menschen werden durch den klimabedingten Verlust von Wohnraum und die Umverteilung von Arbeitsplätzen umsiedeln müssen. Dafür müssen grüne Städte und Dörfer gebaut werden.

Schaffung neuer Lebenskonzepte, die die Menschen auf eine veränderte Lebensform vorbereiten.

Weitere Informationen zu den einzelnen Punkten findet ihr auf unserer Webseite unter den aufgeführten Links.

KAPITEL 13

Die Liste erscheint Adam fundiert und sinnvoll ausgearbeitet zu sein, aber er bezweifelt, dass sich genügend Menschen davon überzeugen lassen werden, solche gravierenden Einschnitte in ihr Leben zuzulassen. Heute beklagt ja schon jeder, dass ihm zu viel zugemutet wird, obwohl bis jetzt kaum Einschränkungen existieren. Freiwillig werden sich die meisten Vorhaben nicht durchführen lassen. Die größten Ökoverbrecher aus der Welt zu schaffen, ist sicher hilfreich, aber nicht genug. *CONT* muss noch andere Asse im Ärmel haben. Was könnte es sein? Auflösung unabhängiger Staaten? Abschaffung von ...

Plötzlich fliegt die Tür auf und Nerthus stürmt in den Raum. Mami Wata und Fuji, die ihr gefolgt sind, bleiben außen im Gang stehen. Nerthus knallt eine Tageszeitung vor Adam auf die Broschüren, fixiert ihn mit eisigem Blick und tippt mit dem schwarz lackierten Nagel ihres Zeigefingers auf die Überschrift.

TAGEBLATT

Musik als Deckmantel für Ökoterror?   *Von Evan Lang*

Sind die Musikerinnen der kometenhaft aufgestiegenen Band Goddesses of the Earth in Wirklichkeit Ökoterroristinnen?

Laut einer verlässlichen Insiderquelle scheinen die sechs exotisch anmutenden Erdgottheiten nicht nur ihre Instrumente und ihr Publikum mit bombastischem Metalkrach zu quälen, sondern noch andere Übeltaten im Sinn zu haben. Wir sind einer heißen Fährte auf der Spur.

Adam kann gerade noch einen Teil des Artikels entziffern, bevor Nerthus die Zeitung mitsamt dem darunter liegenden Infomaterial vom Tisch fegt.

Mit katzenhafter Geschwindigkeit katapultiert sie den Tisch in die Ecke und steht direkt vor Adam. Er spürt ein brennendes Gefühl in der Brust und ihm stockt der Atem als er Nerthus Zeigefinger sieht, der auf seinen Solarplexus gerichtet ist und aus dessen Spitze kleine, blaue Blitze zünden.

„Nerthus!", schreit Mami Wata, „Stop!"

Nerthus schüttelt sich, als würde sie aus einer Trance erwachen, zieht ihren Finger zurück, atmet tief durch und sagt nach einer kurzen Pause mit dunkler Stimme: „Hast du damit etwas zu tun?"

Adam ist es, als könne er nicht sprechen, bis ihm auffällt, dass er die ganze Zeit den Atem angehalten hat. Er schnappt nach Luft und kommt langsam wieder zu klaren Sinnen.

„Ich habe keine Ahnung, wovon du sprichst", sagt er mit schwacher Stimme.

„Evan Lang klingt verdächtig ähnlich wie dein Journalistenfreund Ethan Lane. Willst du mir etwa erzählen, das sei ein Zufall?"

„Nein, es ist kein Zufall. Evan Lang und Ethan Lane sind ein und dieselbe Person. Evan Lang ist sein richtiger Name."

„Und wie kommt dein Freund darauf, einen solchen Artikel zu schreiben?"

„Ich weiß es nicht." Adam zuckt unsicher mit den Schultern.

„Und das soll ich dir glauben?"

„Du bist doch diejenige, die spüren kann, ob jemand lügt." Adam fühlt das Recht auf seiner Seite.

„Dazu muss ich dich aber anfassen und das kann ich nicht, wenn ich wütend bin. Nicht ohne dich ernsthaft zu verletzen", zischt Nerthus zurück.

„Es sah vorhin so aus, als wäre es genau dein Wunsch mich zu verletzen."

Adam sieht, wie Nerthus` Finger ihm wieder näher kommt.

„Nerthus!" Mami Wata mischt sich wieder ein. „Adam, wann und wo hast du Evan Lang zuletzt gesehen?"

„Letzten Montag, bevor ich zu den Dreharbeiten nach Hamburg geflogen bin. Er war auch am Flughafen und sagte, dass er nach Paris wollte."

„Hast du ihm erzählt, dass du nach Deutschland fliegst?" Mami Wata stellt weiterhin die Fragen, nachdem Nerthus, die sich in die gegenüberliegende Ecke zurückgezogen hat, ihr ein Zeichen gegeben hat.

„Ja, ich habe gesagt, dass ich zu einem Dreh muss. Ich habe unser Treffen für einen Zufall gehalten und bin deshalb nicht auf die Idee gekommen, meinen Reiseplan vor ihm zu verheimlichen. Außerdem sind die Drehpläne und Orte kein Geheimnis."

„Aber du hast ihm nicht erzählt, dass du zu diesem Festival fährst?", fragt Mani Wata weiter.

„Nein. Und das habe ich Nerthus gegenüber schon einmal beteuert."

„Kann es sein, dass er gar nicht nach Paris geflogen ist, sondern dir nach Hamburg und dann hierher gefolgt ist?", will die Musikerin nun wissen.

„Das weiß ich nicht. Ich habe ihn auf jeden Fall nicht mehr gesehen." Adam zuckt unwillig mit den Schultern.

„Und wie soll er ohne dich die Verbindung zwischen uns und dem mutmaßlichen Ökoterrorismus hergestellt haben?", schaltet sich Nerthus wieder ein.

„Ich. Habe. Keine. Ahnung!", sagt Adam nachdrücklich und fährt mit lauter werdender Stimme fort: „Ich habe dir ganz klar gesagt, dass ich hinter den Zielen eurer Organisation stehe. Aber statt mir zu glauben, bedrohst du mich mit deinem Blitzfinger. Ich möchte eine lebenswerte Zukunft für meine Kinder. Wenn dir diese Aussage nicht reicht, dann scheine ich dich nicht überzeugen zu können und verschwende hier nur meine Zeit." Adam steht auf und wendet sich der Tür zu.

„Dir ist klar, dass ich weiß, wo deine Familie, wo deine Kinder leben?" Nerthus spricht den Gedanken nicht weiter aus.

Adam wirbelt herum und steht Nerthus direkt gegenüber. „Du dreckige Bitch! Komm schon, bring mich mit deinen Elektroschockfingern um, dann kannst du dir sicher sein, dass ich euch nicht verraten werde, aber lass meine Familie aus dem Spiel."

Sie starren einander an, keiner bricht den Blickkontakt für endlos lange Sekunden. Adam geht ohne seine Augen abzuwenden rückwärts zur Tür und sagt: „Ich schlafe heute im Hotel." Im Hinausgehen wendet er sich an Fuji und Mami Wata: „Falls ihr diese, diese ... ", er fuchtelt mit dem Finger in Nerthus` Richtung „Scheiße, ihr könnt mich alle mal!", und stürmt aus dem Bus.

Nerthus atmet langsam aus. Ihre Gesichtszüge entspannen sich. Sie schiebt den Tisch wieder in die Mitte des Raumes, hebt das Infomaterial und die Poster auf, legt alles ordentlich auf den Tisch und setzt sich davor.

„Und du meinst, ich hätte Probleme mit meiner Aggressionsbewältigung!" Fuji setzt sich ihr gegenüber und fragt: „Könnte es vielleicht sein, dass du in diesem Fall etwas zu weit gegangen bist? Glaubst du denn wirklich, dass er etwas mit dem Zeitungsartikel zu tun hat?"

„Nein, hat er nicht. Er lügt nicht."

„Warum dann dieses ganze Theater? Seine Familie zu bedrohen, ist schon der Hammer", meldet sich Mami Wata zu Wort.

„Er war auf dem Weg, sich in mich zu verlieben. Ich musste seine Gefühle abkühlen."

„Bist du sicher, dass es nur seine Gefühle sind, die du abkühlen musstest, nicht vielleicht auch deine eigenen?", fragt Fuji und flüchtet kichernd aus dem Raum.

Mami Wata schaut Nerthus besorgt an, verkneift sich aber jeden Kommentar zu Fujis Bemerkung und fragt stattdessen: „Was passiert, wenn er abreist?"

Nerthus zuckt mit den Schultern und wendet sich ihrem Telefon zu.

„Ich muss ein paar Sachen mit Chesslow klären", sagt sie und verlässt den Raum.

***

„Wenn es nicht Adam war, der mit dem Journalisten gesprochen hat, wer war es dann?", fragt Mami Wata, als Nerthus nach ein paar Minuten wiederkommt.

„Das gilt es herauszufinden. Schau mal, ob du Fotos von Evan Lang online findest und wenn ja, druck ein paar aus, damit wir sie herumzeigen können. Sag den Mädels, dass wir uns um 17:45 Uhr hier treffen. Wir werden gemeinsam um 18 Uhr ein Interview geben, indem wir eine Stellungnahme zu den Vorwürfen abgeben."

„Wird dieser Evan das Interview führen? Das könnte unangenehm werden, wenn er die falschen Fragen stellt."

„Keine Sorge Mami Wata. Er arbeitet nur von Zeit zu Zeit als freier Mitarbeiter für den Tageskurier. Chesslow hat eine Journalistin bei der Zeitung gefunden, die der Umweltsache gewogen ist und sie ist sehr an einem Statement von uns interessiert."

Nachdem sich Mami Wata mit den Fotos von Evan Lang bewaffnet auf die Suche nach ihren Kolleginnen gemacht hat, verharrt Nerthus eine Weile lang reglos am Tisch. Hat Fuji mit ihrer Bemerkung eventuell recht? Adam ist ein sehr attraktiver Mann, dessen Charme selbst sie sich nur schwer entziehen kann. Shit! Sie braucht keine emotionalen Verwirrungen. Nach dem Blitzeinschlag war sie sich sicher, nie wieder in eine Gefühlsfalle zu tappen, war sich sicher die sentimentale und emotionale Lilli hinter sich gelassen zu haben.

Als sie aus dem Koma aufgewacht war, hatte sie ein eiskaltes Gefühl im Herzen. Nichts schien mehr wichtig. Dass ihr Mann sich nicht um sie kümmerte, nahm sie als Erleichterung wahr und auch das Desinteresse ihres Sohns berührte sie nicht. Lediglich die Tatsache, dass sie sich um die Sicherheit ihrer Tochter Gedanken machte, zeigte dass noch ein Rest menschlicher Emotionen in ihr existierte. Ansonsten war da nichts außer einem

Gefühl von endloser Leere. Suizid war für kurze Zeit ein reizvoller Gedanke gewesen. Aber sie hatte einen direkten Blitzeinschlag in den Kopf überlebt, ohne Folgeschäden davonzutragen. Ganz im Gegenteil hatte sie noch ein paar interessante Fähigkeiten dazugewonnen. Suizid erschien daher wie eine Verschwendung. Deshalb hatte sie damals die Entscheidung getroffen, ihre Fähigkeiten sinnvoll einzusetzen. Nerthus wurde geboren und ein Plan mit einem klaren Ziel entstand. Dieses Ziel durch einen Mann in Gefahr zu bringen, war ein absurder Gedanke, denn die Perfidität eines Mannes hatte erst ihre Verwandlung induziert und den Plan möglich gemacht. Nein, Fuji musste sich irren.

KAPITEL 14

„Nerthus?" Hel schaut zur Tür hinein.

„Ja? Komm herein. Was ist los? Du siehst bleich aus."

„Ich muss dir etwas sagen." Hel beißt auf ihre Lippe und schaut zu Boden. Eine ungewöhnliche Reaktion für die sonst so coole Sängerin.

„Und?"

„Es geht um den Zeitungsartikel von diesem Lang. Ich bin schuld daran."

„Was hast du getan?", fragt Nerthus leise.

„Da war dieser Gitarrist ... "

„Hel!" Nerthus wird laut, „was ist passiert?"

„Gestern Abend, als wir im Backstage Bereich mit den Mitgliedern der anderen Bands gesprochen haben, tauchte da plötzlich ein Typ auf. Er kam direkt auf mich zu und stellte sich als Eetu Laine vor. Er sei Musiker einer Band, von der ich zugegebenermaßen noch nie etwas gehört hatte. Aber er wirkte authentisch auf mich und er war irgendwie cool und ... " Sie stockt und schüttelt den Kopf. „Nerthus, ich bin so blöd. Ich habe meine Libido wieder nicht unter Kontrolle bekommen ... "

„Darf ich raten, er ist blond und groß und langhaarig. Dazu der finnische Name und er hat dir bestimmt erzählt, Gitarrist zu sein."

„Ja, so wars. Sorry."

„Und was ist dann passiert?"

„Na ja, wir haben uns gut unterhalten, ein bisschen was getrunken. Er hat eine sehr sexy Art, Komplimente zu machen, und ich bin mit ihm in sein Campingmobil gestiegen. Wir hatten geilen Sex und dann bin ich eingeschlafen." Hel zögert.

„Was hast du ihm erzählt?" Nerthus atmet tief ein.

„Nichts. Wirklich nichts Nerthus. Du musst mir glauben. Sex hin oder her, so blöd bin ich dann doch nicht." Sie wartet einen Moment auf eine Reaktion von Nerthus, die sie nur durchdringend anstarrt. „Aber als ich heute Morgen aufgewacht bin, war er weg. Da hatte ich schon eine ungute Ahnung. So tief schlafe ich normalerweise nicht und ich hatte beim Aufwachen Kopfschmerzen und ein nebeliges Gefühl im Kopf."

„Warum hast du mir heute Morgen nicht sofort davon erzählt?", fragt Nertus scharf.

„Ich hatte gehofft, dass das ungute Gefühl nur eine Einbildung war, aber als Mami Wata das Foto von dem Journalisten rum gezeigt hat, war mir klar, dass Eetu Laine in Wirklichkeit Evan Lang ist. Er muss eine Perücke getragen haben. Wobei ich nicht ganz verstehe, wieso die Perücke auf seinem Kopf gehalten hat. Wir haben etwas heftiger ... "

„Danke Hel, das interessiert mich jetzt nicht. Wenn du ihm nichts gesagt hast, wie konnte er dann die Verbindung zwischen uns und den Vorfällen herstellen?"

„Ich bin mir ziemlich sicher, dass er mir etwas in den Drink getan hat, den er mir in seinem Wohnmobil gemixt hat. Vielleicht hat er mich ausgefragt, ohne dass ich es gemerkt habe.

Scheiße, ich bin so blöd!" In Hels Gesicht steigt Röte auf und Nerthus ist sich nicht sicher, ob es Scham oder Wut ist.

„Geh ins Sanitäts-Camp, lass dir Blut abnehmen und bring es wieder hierher. Ich organisiere einen Kurier, der es ins Labor bringt, vielleicht ist es ja noch möglich, etwas nachzuweisen."

„Nerthus, wenn du möchtest, dass ich die Band und die Organisation verlasse, gehe ich sofort. Ich spreche mit niemandem und tauche unter. Ich ... "

„Das ist Unfug Hel und es würde uns mehr schaden als nutzen. Wissen die anderen schon Bescheid?"

Hel atmet erleichtert auf: „Danke Nerthus. Ich mache das wieder gut." Sie hält kurz inne. „Mami Wata hat sofort gemerkt, dass ich geschockt war, als sie mir das Foto gezeigt hat. Fuji war auch dabei. Sekhemet und Kali wissen es noch nicht."

„Ok. Ich werde die beiden informieren, bevor wir das Interview geben. Wir sollten diesbezüglich alle auf dem gleichen Wissensstand sein. Lass dir jetzt Blut abnehmen, die Zeit drängt."

Nachdem Hel den Tourbus verlassen hat, schreibt Nerthus eine E-Mail an Adam. Eine kurze Information, dass man nun wisse, dass er nicht für den Zeitungsartikel verantwortlich gewesen sei. Ohne Entschuldigung, damit Adam noch ein bisschen schmollen kann und nicht sofort zurückkommt. Morgen wäre der richtige Zeitpunkt für seine Rückkehr.

***

Um 17:45 Uhr sind alle Mitglieder der *Goddesses of the Earth* im Loungebereich des Busses versammelt. Nerthus klärt Sekhemet und Kali sachlich über die Eetu Laine/Evan Lang Situation auf und gibt die Informationen, die sie von Chesslow über die Journalistin des Tageskuriers erhalten hat, weiter. Rebecka Blohmberger ist 35 Jahre alt, wählt, seit sie wählen darf Grün, unterstützt Fridays for Future, spendet regelmäßig an Organisationen wie Greenpeace oder Sea Shepherd und sympathisiert insgeheim mit den Klimaklebern. Sie scheint in ihren Artikeln für den Tageskurier auszureizen, was eben noch möglich ist, ohne ihren Job zu verlieren.

Um Punkt 18 Uhr steht Rebecka Blohmberger in Begleitung des Sicherheitschefs des Festivals vor dem Tourbus. Sie wird hereingebeten und Nerthus stellt sich und die anderen Mitglieder der Band vor. Man tauscht einige Nettigkeiten aus. Ein Kaffee für Rebecka wird gekocht. Fuji verkneift sich ihren Umweltsünder-Kaffee-Kommentar. Die Journalistin gesteht bis jetzt kein Metalfan gewesen zu sein, aber von der Musik der Band, die sie heute Mittag nach Vereinbarung des Interviewtermins, zum ersten Mal auf YouTube angehört hat, recht angetan, um nicht zu sagen, begeistert zu sein. Man spricht kurz über die letzte Sea-Shepherd-Aktion auf den Färöer-Inseln. Die Stimmung ist locker. Rebecka schaltet ihre Rekorder-App ein und beginnt:

„Ihr habt um eine Möglichkeit zur Gegendarstellung bezüglich des Artikels von Evan Lang gebeten."

Nerthus bejaht und gibt an, dass der Artikel die Bandmitglieder zu Unrecht mit kriminellen Handlungen in Verbindung bringt und sie daher auf einen Widerruf der Falschmeldung drängen möchten.

Rebecka nickt und sagt: „Darf ich kurz zusammenfassen, was Evan Lang in seinem Artikel geschrieben hat?", ohne auf eine Antwort zu warten, fährt sie fort: „In der letzten Woche sind weltweit mehrere Geschäftsführer von Erdölkonzernen, aus der Fleisch- und Papierindustrie und von Palmölplantagen ums Leben gekommen oder verschwunden. Ebenso erging es einigen Leitern von illegalen Öl- und Gas-Bohrungen im Amazonasgebiet und Brandrodungen ebenfalls im Amazonas und in Indonesien. Evan gibt an, dass dahinter eine Organisation von Klimaaktivisten steht, zu der ihr, die *Goddesses of the Earth* Beziehungen habt. Er behauptet, Insiderinformationen zu haben. Dabei soll es sich um eine Aussage der Sängerin Hel handeln. Hel was kannst du dazu sagen?"

„Ich kenne niemanden mit dem Namen Evan Lang und ich habe kein Interview zu diesem Thema gegeben", antwortet Hel.

„Evan behauptet, er habe eine Tonaufnahme und Fotos."

„Wir wissen alle, dass es heutzutage Möglichkeiten gibt, beides zu fälschen", mischt sich Nerthus ein.

„Warum sollte Evan das tun?"

„Profilierungssucht?", schlägt Hel vor.

„Hast du die Tonaufzeichnung gehört oder die Fotos gesehen?", wendet sich Nerthus an Rebecka.

„Nein, aber unser Chefredakteur, sonst hätte er den Artikel nicht freigegeben."

„Hätte er diese dann nicht an die Polizei weitergeben müssen, da es sich ja um den Vorwurf eines Verbrechens handelt?", will Nerthus wissen.

„Evan wollte erst noch etwas überprüfen. Er sagte, er müsse nach Südamerika und würde sich in ein paar Tagen melden. Er arbeitet als freier Mitarbeiter für uns und ist bekannt dafür, sehr sorgfältig zu recherchieren. Bis jetzt hat es noch nie Probleme mit der Richtigkeit seiner Recherchen gegeben."

Nerthus legt Rebecka beruhigend die Hand auf den Arm. Der Gesichtsausdruck der Journalistin entspannt sich. „Wir wollen gar nicht implizieren, dass Evan Lang vorsätzlich Lügen verbreitet. Es wird sich wahrscheinlich um ein Missverständnis handeln. Wir würden gerne eine Stellungnahme zu unserer Haltung in Bezug auf den Klimawandel abgeben."

Nerthus beschreibt im Folgenden ausführlich, dass sie sich natürlich alle dafür einsetzen, den Klimawandel aufzuhalten und sich demgemäß auch in ihrer Musik und ihren Songtexten ausdrücken, dass sie Umweltorganisationen mit Aktionen und Spenden unterstützen, Petitionen unterschreiben, dass sie versuchen ihr Leben und ihre berufliche Aktivität so klimaneutral, wie möglich zu organisieren, sich vegan ernähren und dass sie an eine friedliche Klimarevolution glauben, dass sie hoffen, die Menschen mit ihrer Musik zu erreichen und eine Botschaft senden können, die besagt, dass gemeinsam mit friedlichen Mitteln eine Katastrophe verhindert werden kann. Rebecka verspricht einen Artikel zu schreiben, der diese gewaltfreie Botschaft wiedergibt und verabschiedet sich um 19:30 Uhr überschwänglich bei den Goddesses, die ihr noch zwei Freitickets für das nächste Konzert versprochen haben.

KAPITEL 15

„Glaubst du, dass sie, wie versprochen morgen wirklich einen positiven Artikel über uns schreiben wird?", fragt Mami Wata Nerthus.

„Sie wird keinen Negativen schreiben, aber darauf kommt es letztendlich nicht an."

„Ich dachte, das wäre der Sinn dieser ganzen Farce", meldet sich Fuji zu Wort.

„Diese ganze Farce, wie du es nennst, war hauptsächlich dazu da, um herauszufinden, was für Beweise sie haben, und wie Evan Lang weiter zu agieren gedenkt. Mit dem, was wir erfahren haben, können wir arbeiten und die nötigen Schritte einleiten. Ich kümmere mich darum", erwidert Nerthus und fährt fort: „Ich denke, es wäre sinnvoll, wenn ihr euch im Backstagebereich blicken lasst. Mittlerweile dürften auch einige Musiker den Zeitungsartikel gesehen haben. Ihr solltet für Gespräche und Fragen für die Musiker, die bei dem finalen Konzert mitmachen wollen, zur Verfügung stehen. Wir sehen uns morgen beim Frühstück."

Mami Wata, Fuji, Hel, Sekhemet und Kali verlassen den Tourbus.

Nerthus verriegelt den Bus von innen, geht in ihren Schlafbereich, holt das Kryptohandy aus seinem Versteck und wählt die Nummer mit der +81-Vorwahl. „Konbanwa Nerthus", erklingt die wohltönende Stimme.

„Konbanwa Yuto-san", antwortet Nerthus.

„Der Zeitungsartikel scheint bis jetzt nur in der einen deutschen Zeitung aufgetaucht zu sein. Meine Quellen sagen, dass Mr. Lang versucht hat, den Artikel auch bei größeren internationalen Zeitungen unterzubringen, aber dass man nach mehr Beweisen gefragt hat, die er zu dem Zeitpunkt noch nicht liefern konnte. Der Tageskurier scheint da etwas weniger Skrupel zu haben, was die Verlässlichkeit von Quellen angeht. Es hat schon einige kontroverse Artikel im Zusammenhang mit der Klimakrise gegeben. Hast du herausfinden können, wie Evan Lang euch mit den Morden in Verbindung bringen kann?"

„Er hat Hel, so wie sie es darstellt, unter Drogen gesetzt und besitzt angeblich eine Tonaufzeichnung von einem Gespräch mit ihr und wahrscheinlich kompromittierende Fotos von ihm und Hel, die beweisen sollen, dass er engeren Kontakt zu ihr hat. Hel kann sich an das Gespräch nicht erinnern, daher wissen wir nicht, was er genau aufgenommen hat."

„Glaubst du, dass Hel bezüglich der Drogen die Wahrheit sagt? Ist sie ein Sicherheitsrisiko?", fragt Yuto Kato.

„Ich bin mir ziemlich sicher, dass sie die Wahrheit sagt. Aber ich habe trotzdem eine Blutprobe von ihr an das Labor geschickt, um herauszufinden, ob ihre Vermutung stimmt. Ich bin überzeugt davon, dass ihr so etwas nicht wieder passieren wird. Sie jetzt aus der Band zu entfernen, würde die Vorwürfe in den Augen der Öffentlichkeit eher bestätigen, außerdem ist sie sehr beliebt bei den anderen Bands und beim Publikum. Und sie als Musikerin so kurz vor den Klimakonzerten zu ersetzen, wäre äußerst schwierig."

„Also gut", Nertus hört Yuto Kato tief einatmen, „dann belassen wir alles, wie es ist. Konntest du in Erfahrung bringen, wo Evan Lang ist?"

„Die Journalistin sagte, er sei auf dem Weg nach Südamerika. Ich würde annehmen, dass er nach Brasilien fliegt", erwidert Nerthus.

„Ich informiere unsere Vertrauensperson in Rio und lasse Einsatzpersonal nach Sao Paulo und in die Aktionsregionen im Amazonasgebiet schicken."

„Ich würde vorschlagen", Nerthus zögert einen Moment, „dass wir Lang erst einmal nur festsetzen. Er scheint ein intelligenter, aufmerksamer Mensch zu sein, der uns vielleicht noch nützen könnte."

„Keine Sorge Nerthus, die Richtlinie ausschließlich unumgängliche Eliminierungen durchzuführen, besteht weiterhin. Melde dich morgen um die gleiche Zeit. Falls ich vorher Informationen erhalte, sende ich dir das übliche Zeichen."

„Danke Yotu-san." Damit ist das Gespräch ohne weiteres Abschiedszeremoniell beendet.

Nerthus legt das Handy an seinen Platz zurück und wendet sich ihrer Gitarre und dem Song für das Abschlusskonzert zu.

KAPITEL 16

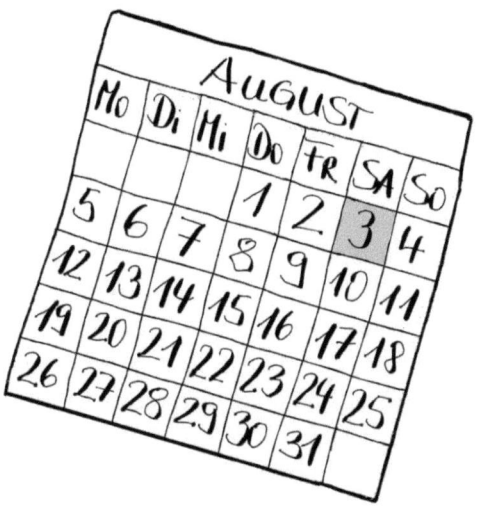

Enzo ist am Ortseingang aus der Limousine gestiegen und geht nun die Hauptstraße entlang in Richtung der kleinen Kneipe. Er zieht das schwarze T-Shirt mit dem merkwürdigen Schriftzug über seiner Brust glatt. Die Schrift sieht kantig und brutal aus und gefällt ihm gut, auch wenn ihm der Name der Band nichts sagt. Obwohl es noch recht früh am Morgen ist, schlendern schon einige Leute durch den Ort. Alle tragen ähnliche schwarze Kleidung und niemand schaut ihn merkwürdig an. Crazy Metalheads. Er löst das Zopfgummi und schüttelt seine Haare aus. Wenn Tiago ihn jetzt sehen könnte, würde er sich nicht über die langen Haare lustig machen. Eine bessere Tarnung gibt es nicht.

Beim Betreten der Kneipe erkennt er die Frau von dem Foto, das er nach der Landung seines Flugzeugs per E-Mail erhalten hat. Sie sitzt wie verabredet am hintersten Tisch, neben dem Zugang zu den Toiletten. Auch sie trägt ein T-Shirt mit dem gleichen Schriftzug. Zwei Fans, die sich auf ein Bier treffen. Zwei frisch Gezapfte stehen schon auf dem Tisch.

„Hast du die Sachen besorgt, die abgesprochen waren?", fragt Enzo.

„Es ist alles hier in diesem Rucksack", sie reicht ihm einen schwarzen Rucksack mit aufgedruckten Totenköpfen.

„Sehr passend", grinst Enzo und zeigt auf das Muster.

Enzos gute Stimmung ignorierend fährt die Frau fort: „Im Rucksack ist ein T-Shirt mit Security-Aufdruck und ein Zugangsausweis mit der entsprechenden Sicherheitsnummer. Auf dem Lageplan, der in der vorderen Tasche steckt, ist der Standort mit einem roten Kreuz markiert. Der beste Zeitpunkt ist heute Abend zwischen 22-23 Uhr. Da heute der letzte Abend des Festivals ist, gibt es eine Überraschungsshow auf der Hauptbühne, bei der alle anwesend sein werden."

„Sehr gut. Ich bin zufrieden."

„Ich habe mich an unsere Absprache gehalten. Was ist mit der Zusage, die ihr mir gemacht habt?" Seine Gesprächspartnerin schaut ihn ängstlich an.

„Wenn alles so funktioniert, wie besprochen, dann halten wir uns an unseren Teil der Abmachung. Wir sind Ehrenleute", grinst Enzo sein Gegenüber an. Sie will aufstehen, aber Enzo legt seine Hand auf ihren Arm. „Schön hierbleiben. Bis heute Abend zehn Uhr ist es noch lange. Wir könnten ein bisschen Spaß haben."

„Ich muss zurück, sonst vermisst man mich." Sie macht sich los und verlässt hastig die Kneipe.

KAPITEL 17

Adam klopft an die hintere Tür des Busses. Nach drei endlos lang erscheinenden Minuten, in denen er zwei weiterer Klopfattacken durchgezogen hat, öffnet sich endlich die Tür. Nerthus steht im Rahmen, schenkt ihm ein seltenes Lächeln und sagt: „Ah Adam, du kommst genau zur richtigen Zeit, wir wollten gerade mit dem Frühstück anfangen."

Ihm ist nicht ganz klar, was er erwartet hat, aber definitiv nicht ein komplettes Ignorieren des Streits vom Vortag. Nachdem er gestern aus dem Bus gestürmt war, hatte er das Gefühl, als müsse ihm das ganze Adrenalin im nächsten Moment aus den Ohren spritzen. Sein erster Impuls war gewesen dringend etwas zu zerstören oder sich besinnungslos zu besaufen. Aber die Vernunft hatte gesiegt, er war ins Hotel gefahren, hatte sich seine Sportklamotten angezogen und dann die Geräte im hoteleignen Fitnessstudio traktiert. Als er dann später Nerthus emotionslose Textnachricht las, hatte er sich glücklicherweise schon ein wenig beruhigt und konnte dem Impuls widerstehen, das Telefon gegen die Wand zu knallen. Aber das Ganze war trotzdem ein emotionales Desaster gewesen und er hatte nicht geantwortet. Beim Aufwachen heute früh war sein erster Impuls noch bis zum Abend Funkstille zu bewahren, aber die Neugierde herauszufinden, was wirklich passiert ist, ob der Zeitungsartikel größere Probleme kreiert hat und wie es insgesamt weitergehen soll, war zu groß. Also steht er nun vor ihr und bringt nur ein lahmes: „Schön, aber ist das alles, was du mir zu sagen hast?", heraus.

„Ganz im Gegenteil! Es gibt viel zu besprechen. Einiges ist passiert, seit du gestern einfach verschwunden bist." Nerthus schaut ihn aufmunternd an und streckt eine Hand nach ihm aus, um ihn in den Bus zu ziehen.

„Oh nein!", er weicht zurück, „du manipulierst mich nicht mit deinen Blitzfingern. Und außerdem bin ich nicht einfach verschwunden, sondern ich bin gegangen, weil du mich beschuldigt hast, ein Verräter zu sein. Und was mich wirklich angepisst hat, ist, dass du meine Familie bedroht hast. Ich fände es mehr als angemessen, wenn wir darüber jetzt und hier sprechen würden."

„Aber ich habe dir doch geschrieben, dass der Zeitungsartikel nicht deine Schuld war. Komm schon, dein Tee wird kalt."

„Ihr habt schon Tee für mich gekocht? Woher wusstet ihr, dass ich kommen würde?", Adam ist fassungslos. Das gibts doch wohl nicht. Sie hält seine Kooperation für eine Selbstverständlichkeit. Völlig unabhängig davon, was sie ihm an den Kopf schmeißt. „Hey, so einfach ist das nicht ..."

Aber Nerthus ist schon wieder die Treppe zum Oberdeck hinaufgestiegen und ihm bleibt nichts anderes übrig, als seinen Groll fürs Erste runterzuschlucken und ihr zu folgen. Hel, Fuji, Mami Wata und Nerthus sitzen schon auf ihren Plätzen, als er oben ankommt, nur Kali und Sekhmet scheinen noch nicht aufgetaucht zu sein. Ob die Turteltauben wieder anderweitig beschäftigt sind?

Der Tisch ist abermals reich gedeckt mit den üblichen Köstlichkeiten und auch der Duft der leckeren Grilled Almost Cheese Sandwiches mit der Tomatenmarmelade steigt ihm wieder appetitanregend in die Nase und besänftigt sein Gemüt ein bisschen.

Ob es auf so einem Festival wohl einen veganen Cateringservice gibt, oder ob die Goddesses abwechselnd Küchendienst haben? Nerthus kann er sich allerdings nicht so richtig als Küchenfee vorstellen.

„Adam, schön, dass du wieder da bist", er wird in seinen Überlegungen von Hel unterbrochen und sieht sie erstaunt an.

„Ich bin schuld an dem Artikel", gibt Hel ganz unumwunden zu und erzählt ihm von den Umständen, die zum Erscheinen des Artikels geführt haben. „Dass Lang und du euch am Flughafen getroffen habt, war wahrscheinlich wirklich nur ein Zufall. Es tut mir leid, dass du verdächtigt wurdest."

„Wow, nach deinem abweisenden Verhalten bei unserem ersten Treffen bin ich jetzt doch beeindruckt von deinen offenen Worten. Vielen Dank", sagt Adam und blickt Hel anerkennend an.

„Ich kann dich immer noch nicht leiden", mischt sich Fuji böse grinsend ein. Adam spart sich den Versuch, die Bemerkung und das Grinsen zu interpretieren. Stattdessen sagt er: „Ich habe eine Weile mit dem Gedanken gespielt, abzureisen und euch den Stinkefinger zu zeigen. Aber die Sache ist zu wichtig und deshalb habe ich zuerst ausgiebig geflucht und dann voller Selbstmitleid geschmollt. Und dann habe ich mich zusammengerissen und die Zeit genutzt, um etliche meiner Promifreunde und Kollegen zu kontaktieren. Ich habe ihnen von den großen Konzerten erzählt. Einige sind sehr interessiert, sich einzubringen. Hier ist eine Liste mit Namen." Er zieht einen Zettel mit einer beachtlichen Aufstellung von Namen und Kontaktdaten aus der Hosentasche und legt ihn auf den Tisch.

„Nicht schlecht", sagt Mami Wata und schaut ihn bewundernd an. Wenn nur Nerthus ihn einmal so anschauen würde. Trotz seiner Wut über ihre Anschuldigung und der Enttäuschung, dass sie sich nicht zu einer Entschuldigung durchringen konnte, fasziniert sie ihn nach wie vor. Aber ihm ist klar, dass er genau diese Faszination vor ihr verbergen muss.

Plötzlich ertönt ein Summen und der zuvor schwarze Bildschirm an der Wand gegenüber dem Eingang erwacht zum Leben und zeigt eine Eilmeldung eines internationalen Nachrichtensenders. Zu sehen sind gewaltige Schlamm- und Wassermassen, die Häuser wegreißen oder unter sich begraben. Die Kameradrohne steigt in die Höhe und lässt das ganze Ausmaß der Katastrophe erkennen. Eine Stadt mittlerer Größe wird vor den Augen der Zuschauer ausradiert.

Eine neue Kameraeinstellung zeigt einen gebrochenen Staudamm weiter oberhalb der Stadt. Dem Nachrichtenticker ist zu entnehmen, dass es sich um den Damm des Ranjit-Sharma-Stausee im Norden Indiens handelt. Nach sturzflutartigen Regenfällen hatte der Damm den zusätzlichen Wassermassen, des durch das Tauwasser verschiedener Gletscherseen ohnehin schon stark angestiegenen Stausees, nicht mehr standhalten können und war an mehreren Stellen großflächig gebrochen. Ein Experte der Betreiberfirma konstatiert, dass der Monsun dieses Jahr ungewöhnlich früh angefangen habe und dass es sich um die stärksten Regenfälle, seit Menschengedenken handele. Außerdem hätte der Eintrag des Wassers durch das Abschmelzen der Gletscher im Himalaja in diesem Jahr ebenfalls Rekordhöhe erreicht.

Die Goddesses diskutieren darüber, ob die Katastrophe als neuester Beweis für den Klimawandel mit in ihre Argumentation bei den Diskussionen mit Klimaleugnern aufgenommen werden soll, als Sekhemet im Loungebereich auftaucht.

„Sekhemet, du siehst aus, als hättest du einen Feuer speienden Drachen verschluckt. Was ist passiert?", fragt Fuji.

Die Bassistin zeigt auf den Fernsehschirm im Hintergrund, auf dem noch Bilder aus Indien zu sehen sind und sagt mit zitternder Stimme: „Kali ist abgefahren. Sie will zurück nach Indien. Ihr Bruder hat angerufen. Die Eltern waren dort in Punajabrat. Sie sind gestern dorthin gefahren, um eine Freundin der Familie zu überzeugen, die Stadt zu verlassen. Sie hatten wohl schon eine Befürchtung, dass so etwas passieren würde. Der Bruder kann sie nicht erreichen und befürchtet das Schlimmste." Sekhemet berichtet im Weiteren, dass Kali keinen Moment verlieren wollte und sofort in ein Taxi gestiegen ist, um zum nächsten Flughafen zu fahren. Sie hofft, den erstmöglichen Flug nach Indien besteigen zu können.

„Warum hat sie mir nicht Bescheid gesagt?", fragt Nerthus. „Ich hätte Chesslow bitten können sich um eine Flugverbindung zu kümmern. Das wäre sicherlich effektiver gewesen, als einfach kopflos loszufahren. Das ist gar nicht Kalis Art."

„Sie war extrem besorgt. Es geht schließlich um ihre Eltern! Kali hat ein weiches Herz. Du kennst sie nicht so gut wie ich", verteidigt Sekhemet aufgebracht Kalis Abreise.

„Warst du dabei, als Kalis Bruder angerufen hat?", fragt Nerthus ungerührt.

„Nein, Kali hat mich angerufen und mir Bescheid gesagt."

„Wo war sie denn heute schon so früh? Ohne dich." Nerthus schaut skeptisch.

„Ich bin erst durch ihren Anruf wach geworden. Sie sagte, sie hätte schlecht geschlafen und wollte etwas Luft schnappen, mich aber nicht wecken. Sie ist immer so rücksichtsvoll. Wahrscheinlich war ihre Nacht so schlecht, weil sie schon Vorahnungen hatte. Kali ist unglaublich spirituell."

Nerthus fragt nicht weiter nach, sondern versucht, Kali telefonisch zu erreichen. Kali antwortet aber nicht.

„Ich habe ihr gesagt, dass ich sie nach Indien begleiten will, aber da war sie schon unterwegs. Sie hat mich gebeten, euch zu informieren und um Verständnis für ihre Abreise zu bitten. Sie will, sobald sie ihre Eltern gefunden hat, wiederkommen. Aber ich fahre jetzt zum Flughafen, um zu ihr zu fliegen und für sie da zu sein. Ich muss sie doch unterstützen!"

„Das wirst du nicht tun", sagt Nerthus scharf. „Wenn Kali gewollt hätte, dass du sie begleitest, hätte sie dich dazu aufgefordert. Sie weiß, wie wichtig deine Aufgabe hier ist. Sie würde nicht wollen, dass du deinen Posten verlässt. Denn das, was ihren Eltern möglicherweise passiert ist, hat genau mit dem zu tun, was wir hier bekämpfen wollen. Du handelst in ihrem Sinne, wenn du hierbleibst."

Sekhemet nickt nur und lässt sich auf die Sitzbank sinken. Adam ist wieder außerordentlich erstaunt über das Ausmaß des Einflusses, den Nerthus auf das Verhalten ihrer Kolleginnen hat. Die ansonsten so feurige Sekhemet schaut nur auf ihre Hände und die anderen schweigen. Es scheint so, als würden sie warten, bis das Gespräch wieder freigegeben wird. Selbst Fuji gibt keine bissigen Kommentare von sich.

„Ihr solltet in den Backstagebereich gehen", wendet sich Nerthus an die verbliebenen vier Musikerinnen. „Die Flutkatastrophe in Indien ist ein guter Anknüpfungspunkt, um für unsere Konzerte zu werben." Sie schaut auf ihr vibrierendes Handy. „Chesslow hat mir gerade ein paar aktuelle Zahlen zum diesjährigen Monsun und zum Zustand der Gletscher im Himalaja geschickt, die leite ich euch weiter. Die könnten bei Diskussionen mit Zweiflern sinnvoll sein. Wir treffen uns heute Abend um spätestens 21 Uhr hier, berichten von den Geschehnissen des Tages und gehen dann gemeinsam zur Abschiedskundgebung."

KAPITEL 18

Nachdem alle bis auf Adam gegangen sind, schickt Nerthus eine Text-Nachricht an Chesslow mit der Bitte, sich prophylaktisch nach einer geeigneten Ersatzmusikerin umzuschauen.

„Wer ist eigentlich dieser Chesslow? Er erscheint mir wie eine Mischung aus John Bosely und Q", fragt Adam.

„Das, was wir hier tun, hat wenig Ähnlichkeit mit Charlie's Angels oder James Bond."

„Okay, schon gut." Adam hebt beschwichtigend die Hände. „Er scheint nur immer zur Hand zu sein, wenn ihr etwas braucht."

„Genau das ist sein Job. Er ist unser Assistent."

„Und wo ist dieser Assistent?"

„Im Hauptquartier."

Adam weiß es besser, als weitere Fragen zu diesem Thema zu stellen.

Nerthus und Adam gehen in den Besprechungsraum. Adam möchte wissen, wie die Planung für die Klimakonzerte am 31. August aussieht. Nerthus fragt ihn, ob er schon mal etwas von den Live Aid-Konzerten, die 1985 zugunsten Afrikas statt-fanden, gehört hat. Damals wurden zwei parallele Konzerte in London und Philadelphia durchgeführt. Über einen Zeitraum von 16 Stunden traten Bands abwechselnd auf den zwei Bühnen auf. 20 Jahre später, im Vorfeld einer G8-Konferenz zum Thema Schuldenerlass und Entwicklungshilfe für Afrika, gab es eine ähnliche Aktion unter dem Namen Live 8. An insgesamt elf Orten auf vier Kontinenten wurden Konzerte gespielt. 1985 wurden Spenden für Afrika gesammelt, 2005 ging es um Unterschriften für eine Petition, die den Regierungschefs der G8-Staaten übergeben wurden. Die Klimakonzerte sollen einem ähnlichen Konzept folgen. In acht bis zehn Metropolen sollen gleichzeitig Konzerte stattfinden, die in alle Welt ausgestrahlt werden. Am Ende spielen die Topakts zusammen das Abschlusslied. Während der Konzerte sollen Videos mit der Klimabotschaft eingespielt werden.

„In welchen Metropolen werden die Konzerte stattfinden?", möchte Adam wissen.

„Für Berlin, Washington, Buenos Aires, Tokio, Ahmedabad, Melbourne, Johannesburg und Kairo haben wir schon Zusagen. Mit Moskau und Beijing wird noch verhandelt."

„Wie erfolgreich waren diese Live-Aid-Konzertaktionen damals? Mich interessiert wie viele Menschen weltweit erreicht werden konnten", fragt Adam.

„1985 wurden circa 1,5 Milliarden Menschen bei einer Weltbevölkerung von 4,85 Milliarden, erreicht. 2005 waren es circa 2,5-3 Milliarden bei einer Bevölkerungszahl von 6,5 Milliarden."

„Und wie sähe das heute aus?"

„Ungefähr 75 Prozent der Weltbevölkerung haben Internetzugang. Das sind über 6 Milliarden Menschen", erklärt Nerthus.

„Nicht schlecht." Adam zögert mit seiner nächsten Frage: „Aber reichen ein paar Rock- und Metalsongs und einige Videos wirklich, um die Menschheit auf einen neuen Weg zu bringen? Da müsst ihr doch noch ein paar andere Asse im Ärmel haben, oder?", er grinst Nerthus verschwörerisch an und lässt seine Augenbrauen wieder tanzen.

Unbeeindruckt von seiner Gesichtsakrobatik antwortet sie: „Auf den Konzerten werden nicht nur Rock- und Metalsongs gespielt. Es sind schon einige Popstars und für jeden Veranstaltungsort ein klassisches Orchester rekrutiert worden um so viele Menschen, wie möglich anzusprechen."

„Okay, aber das alleine wird meiner Meinung nach auch nicht reichen. Um unser Überleben auf dieser schönen Erde zu sichern, werden die Menschen ihre Lebensweise radikal verändern müssen. Und so was mögen Menschen nun mal gar nicht. Sobald sie sich einschränken oder auf ihren lieb gewonnenen Kram verzichten sollen, fangen sie an zu meutern und zeigen mit dem Finger auf den andern und sagen, dass der schuld sei und erst mal verzichten soll. Ansonsten ändern die ihr Verhalten doch nur, wenn etwas für sie dabei rausspringt", sagt Adam mit einem ironischen Unterton in der Stimme.

„Du hast völlig recht und deshalb müssen wir die Menschen davon überzeugen, dass sich ihr Leben verbessern wird." Nerthus nimmt eine Broschüre aus dem Stapel des Informationsmaterials, der noch am anderen Ende des Tisches liegt. „Das hier ist die Broschüre, die unter der Bevölkerung verteilt wird. Bei Großveranstaltungen, in Fußgängerzonen, Schulen, Supermärkten und so weiter. Wir haben ein riesiges Verteilernetz aufgebaut und fangen eine Woche vor den Klimakonzerten mit der Verteilung weltweit an. Bei den Konzerten werden sie natürlich auch ausliegen."

Sie legt die Broschüre vor Adam auf den Tisch. Sie ist quadratisch ungefähr 20 mal 20 Zentimeter mit Fensterfalz. Sie lässt sich in der Mitte öffnen. Die beiden Flügel klappen nach links und rechts wie ein Fenster oder ein Triptychon auf. Im geschlossenen Zustand sieht man auf dem linken Flügel eine

Gruppe von Menschen, die im oberen Bereich von Waldbränden und im unteren Teil der Seite von Überschwemmungen umgeben ist. Auf dem rechten Flügel befindet sich dieselbe Gruppe von Menschen, umrahmt von begrünten Häusern und einem üppigen Gemüsegarten, durch den ein Bach fließt. Am Kopf der beiden Seiten steht der Schriftzug: So oder so?

Öffnet man die Broschüre, findet man auf dem linken Innenflügel eine Liste von Problemen, die die Menschheit in der Zukunft erwarten wird, wie zum Beispiel Landverlust durch steigende Wasserspiegel und Verwüstung, Verkürzung der Lebenszeit durch Umweltverschmutzung, kriegerische Auseinandersetzungen im Kampf um knapp werdende Ressourcen und als Verursacher die Treibhausgase, erzeugt durch Industrie, Verkehr und Viehzucht.

Auf dem rechten Innenflügel befindet sich eine Liste von Maßnahmen, um den Klimawandel zu stoppen, wie zum Beispiel: Umstrukturierung von Industrie und Verkehr, Abschaffung der Viehzucht, Wiederaufforstung und Moorvernässung.

Auf der quadratischen Innenseite ist ein Zukunftsbild dargestellt, dass durch die Vermeidung und Entfernung von Treibhausgasen und die Veränderung des Lebensstils zu erreichen ist. Neue Städte und Kommunen, die den Lebensmittelpunkt anders definieren, neue Ernährungsformen, sichere Arbeitsplätze in der Ökoindustrie, umweltfreundliche Reisemöglichkeiten und Freizeitaktivitäten.

Die Rückseite ziert ein cooles Logo und eine Liste von Links zu den einzelnen, angesprochenen Themen, die auf die entsprechenden Unterseiten der *CONT*-Webseite führen.

„Cooles Design und informativer Inhalt. Ich muss zugeben, dass es Lust auf eure schöne neue Welt macht. Aber ich habe immer noch meine Zweifel, dass nach dem Lesen dieser Lektüre", Adam schwenkt die Broschüre, „alle Menschen sofort ihre heiß geliebten Umweltsünden aufgeben werden. Außerdem geht ihr meiner Meinung nach viel zu sanft mit den Menschen um. Nur ein Viertel der Broschüre zeigt die Auswirkungen, die der Klimawandel auf uns haben wird, wenn wir jetzt nicht sofort aktiv werden. Müssten da nicht viel mehr von den Katastrophen zu sehen sein, damit den Leuten klar wird, wie dringend die ganze Situation ist?"

„Sollte man meinen, aber das menschliche Gehirn arbeitet ganz anders. Wir Menschen bauen mentale Barrieren auf, um uns zu schützen. Wir distanzieren uns von den Problemen, indem wir uns vormachen, dass sie zeitlich oder örtlich weit weg sind. Das, was doch zu uns durchdringt, führt kurzfristig zu Angst und Schuldgefühlen, an die wir uns aber ebenfalls aus Selbstschutz schnell gewöhnen und die wir dann verdrängen können.

Außerdem besteht eine kognitive Dissonanz zwischen dem, was wir tun und dem, was wir wissen. Zum Beispiel fahren wir Auto, obwohl wir wissen, dass die Abgase unsere Lebensgrundlage zerstört. Statt unser Verhalten zu verändern, rechtfertigen wir es, leugnen Forschung, unterdrücken unser eigenes Bewusstsein und um so weitermachen zu können wie bisher, suchen wir nach Informationen und Forschungsergebnissen, die unsere Werte und Vorstellungen bestätigen.

Wenn in der Broschüre überwiegend die Katastrophen dargestellt werden, bauen die meisten Betrachter die genannten Barrieren auf, fühlen sich nicht direkt betroffen, sehen keinen Grund ihr Verhalten zu ändern und aktiv zu werden." Nerthus zeigt auf die Mittelseite der aufgeklappten Broschüre: „Auswege daraus können zum einen sein, dass man die notwendigen Veränderungen so darstellt, dass sie als sozialverträglich wahrgenommen werden. Außerdem müssen die Menschen sie für einfach durchsetzbar halten und darüber hinaus wollen sie sich von den Regierenden unterstützt fühlen. Man muss eine positive Geschichte erzählen und Fortschritte aufzeigen. Genau das macht die Broschüre hier."

Adam lacht und schüttelt den Kopf: „Das kann ja wohl nicht alles sein."

„Natürlich nicht. Die Broschüre soll ein positives Gefühl und Hoffnung vermitteln. Würde sie negative Emotionen hervorrufen, wären die Menschen nicht bereit, sich mit unserer Webseite zu beschäftigen. Die Webadresse und die Bereitschaft die Webseite aufzurufen, ist das, was wir im Kopf der Menschen verankern wollen."

„Und was genau ist auf der Webseite zu sehen, dass die Menschheit dazu bewegen wird, ihr zerstörerisches Verhalten zu verändern?" Adam schaut ungläubig.

„Dieser Teil der Website ist noch nicht veröffentlicht. Ich werde es dir zeigen, sobald es so weit ist."

„Ok", sagt Adam zögerlich, „aber was ist mit den Filmen, die im Hintergrund während der Konzerte laufen sollen?"

„Die werden nach einem ganz ähnlichen Konzept produziert wie die Broschüren. Zusätzlich werden subliminale Botschaften eingefügt."

„Subli... was?"

„Subliminale Botschaften sind Botschaften, die das Unterbewusstsein beeinflussen", erklärt Nerthus.

„Meinst du Bilder, die so kurz eingeblendet werden, dass man sie nicht wirklich sieht, aber trotzdem unterbewusst wahrnimmt? Wie damals in den 1950er-Jahren, als man die Leute dazu bringen wollte, im Kino Cola und Popcorn zu kaufen. Ich dachte, das wäre eine Falschmeldung gewesen. Dass das Ganze gar nicht funktioniert hätte."

„Es war eine Falschmeldung und man war wirklich der Meinung, dass diese Bilder keine Wirkung hätten. Mehr als 50 Jahre später hat man aber herausgefunden, dass man durchaus eine Wirkung erzielen kann. 23 Millisekunden lange Einblendungen können das kognitive System anregen, wenn zuvor eine Aufmerksamkeit für das Thema geweckt wurde. Und genau das werden wir auf den Konzerten tun", führt Nerthus aus.

„Die Menschen werden manipuliert?"

„Tu nicht so entrüstet! Die Menschen werden auf die eine oder andere Art und Weise tagtäglich manipuliert. Hier manipulieren wir sie, sich selbst zu retten." Nerthus` Stimme wird hart.

„Ja schon gut. Ich weiß", beschwichtigt Adam.

„Die Wahrnehmung und Bewertung von Ereignissen und Zuständen kann durch Steuerung der Gefühle viel besser in die gewünschte Richtung gelenkt werden als durch Darstellung von Fakten. Der Mensch ist im Allgemeinen ein Herdentier. In der Anonymität der Menge gibt er seine persönliche Verantwortung auf und liefert sich den ansteckenden Gefühlen der Masse aus. Das haben nicht wir erfunden, das wussten schon die großen Demagogen der Geschichte, nicht zuletzt Hitler. Wir werden das Massengefühl aber nicht zu unserer eigenen Bereicherung oder Machtausübung benutzen, sondern um das Überleben der Menschheit zu sichern."

Adam zögert einen Moment: „Was ist mit Religion?"

„Meinst du, ob man sie verbieten sollte?"

„Nein, ich frage mich, ob man eine neue Religion erschaffen sollte."

„Die Idee hatten wir auch schon." Bevor Nerthus weiter ausführen kann, vibriert ihr Telefon. Chesslow am anderen Ende der Leitung teilt ihr mit, dass in Hels Blutprobe Spuren von Natrium-Thiopental, welches als Wahrheitsserum eingesetzt wird und Scopolamin, dass die Willenskraft des Opfers lähmt und das Erinnerungsvermögen ausschaltet, gefunden wurden. „Sehr gut, das bestätigt mein Gefühl, dass Hel die Wahrheit gesagt hat und wir ihr trauen können, außerdem haben wir damit etwas gegen Evan Lang in der Hand. Er kann nichts gegen uns unternehmen, ohne dass er sich selbst gefährdet. Habt ihr ihn schon lokalisieren können?"

Nerthus hört eine Weile zu, verabschiedet sich knapp und bündig und beendet das Gespräch. Adam schaut sie aufmunternd an, aber Nerthus sagt nur: „Du solltest zu den anderen in den Backstagebereich gehen und Hel die Information bezüglich der Blutprobe überbringen. Außerdem wäre es sinnvoll, wenn du noch etwas Präsenz zeigen und die Mädels bei der Bandwerbung unterstützen würdest."

KAPITEL 19

Mami Wata, Hel und Fuji kommen in den Besprechungsraum und teilen mit, dass sich Sekhemet entschuldigen lässt, weil sie versuchen möchte, Kali zu erreichen, von der sie seit dem frühen Morgen nichts mehr gehört hat.

Alle setzen sich und Mami Wata fängt an, vom Tag zu berichten:

„Wir sind von ein paar Leuten auf den Zeitungsartikel angesprochen worden. Aber es hat sich eher um ungläubige Reaktionen gehandelt. Keiner konnte sich wirklich vorstellen, dass wir zu radikalen Aktionen in der Lage wären. Die meisten hatten von den Todesfällen bis dato überhaupt nichts gehört und einige haben sogar die Meinung geäußert, dass man der Menschheit mit der Eliminierung dieser Subjekte einen Gefallen getan hätte. Wir mussten uns daher nicht rechtfertigen oder irgendetwas abstreiten. Die meisten stehen hinter uns und haben auf die Zeitung und den Autoren des Artikels geschimpft."

„Jake Dogger, der Sänger von *Dangerous Puppies*, hat sogar vorgeschlagen, dass wir die Killer ausfindig machen und zu den Endkonzerten auf die Bühnen holen sollten, um ihnen einen Orden zu verleihen." Fuji lacht.

„Er ist dafür bekannt, ein merkwürdiger Scherzkeks zu sein. Wichtig ist aber, dass die Stimmung unter den Musikern zu unseren Gunsten ist und wir nicht unter Verdacht stehen. Wegen der Katastrophe in Indien ist die Gemütslage natürlich ganz anders." Mami Wata erzählt von der Bestürzung und Anteilnahme unter den Musikern. Einige hätten sogar gefragt, ob sie irgendetwas tun könnten, als sie hörten, dass Kalis Eltern möglicherweise betroffen sein könnten. Die meisten seien davon überzeugt gewesen, dass diese Sturzflut auf jeden Fall mit dem Klimawandel zusammenhängen würde. Nur einige wenige Hardcore-Leugner aus dem Dunstkreis von Guls Nifigor seien anderer Meinung gewesen, hätten aber einen Sicherheitsabstand zu Hel eingehalten.

„Fränki Becker von den *Kaputten Klauns* hat mich geisteskranke Grünfotze genannt, aber auch er ist außer Reichweite geblieben." Hel lacht und die anderen stimmen ein. „Einer seiner Kollegen ist dummerweise nicht vorsichtig genug gewesen und hat ein Thaigericht mit Garnelen gegessen. Oder sagen wir lieber, versucht es zu essen, bis es ihm im hohen Bogen aus der Hand geflogen ist."

Nerthus schaut in Fujis Richtung: „Das geht doch bestimmt wieder auf dein Konto, oder?"

„Eigentlich habe ich ihm nur erklärt, dass Garnelen in Schleppnetzen gefangen werden und dass das extrem schädlich für die Umwelt ist. Nicht nur wegen des frei werdenden Kohlendioxids, sondern auch wegen des enorm hohen Beifangs und der Dolly Ropes. Der Vollpfosten war dann dumpf genug, zu sagen, dass Dolly Ropes sich nach einer sexy Blondine anhört, die er gerne mal klarmachen würde. Aber ich bin trotz allem ganz ruhig geblieben", erzählt Fuji stolz, „und habe ihm völlig sachlich erklärt, dass Dolly Ropes Plastikzeug ist, was die Schleppnetze bei ihrem Grundkontakt schützen soll und was sich beim

Schrappen über den Meeresboden abreibt. Und damit das Meer verseucht, Strände verschmutzt und Tiere töte."

„Stimmt. Sie hat es genau so gesagt, ohne zu fluchen oder ihn dabei zu beschimpfen", bestätigt Hel, „Sie war total beherrscht. Allerdings nur bis der Trottel dann sagte, dass er die hübschen bunten Plastikfäden am Strand immer total geil fände, weil sie die langweilige Natur aufpeppen würden. Danach haben die Garnelen, wie gesagt Flügel bekommen."

„Wie oft habe ich dir schon gesagt, dass es keinen Sinn macht sich mit den Schwachmaten, die es leider auch unter den Metalheads und Metal-Musikern gibt, auseinanderzusetzen. Das ist reine Zeitverschwendung. Konzentriere deine Energie und deinen Enthusiasmus lieber auf die, bei denen du etwas erreichen kannst!" Nerthus schüttelt den Kopf, atmet tief durch und wendet sich wieder allen zu. „Zurück zum Thema! Es ging um den Artikel: Wir wissen nicht, wer dadurch alles auf uns aufmerksam geworden sein könnte. Daher müssen wir besonders vorsichtig sein, wie wir uns verhalten und ausdrücken und die Augen offen halten. Ist das klar?" Sie schaut Fuji noch einmal eindringlich an, die nun betreten auf ihre Stiefel schaut. Dann fährt sie fort: „Habt ihr im Zusammenhang mit der Flutkatastrophe etwas mit den Zahlen, die Chesslow zusammengestellt hat, anfangen können?"

„Die meisten, mit denen wir gesprochen haben, waren, wie schon gesagt sowieso der Meinung, dass die Sturzflut mit dem Klimawandel zu tun hat", bestätigt Mami Wata, „aber es ist immer gut, wenn man so etwas noch mal mit Fakten untermauern kann, und das hat auch in diesem Fall die letzten Zweifler überzeugt."

Um 22 Uhr treffen sich alle Musiker, die nach ihrem Auftritt in den letzten Tagen nicht bereits abgereist sind auf der Hauptbühne. Als die Veranstalter des Festivals erfahren hatten, dass Adam Esera als Gast vor Ort ist, haben sie ihn ebenfalls zu der Abschiedsveranstaltung eingeladen. Der Sprecher des Veranstaltungsteams verkündet, dass man sich entschieden hat, das übliche Programm der Abschiedsveranstaltung diesmal zu verändern. Dann bittet er die anwesenden Musiker und das Publikum, zuerst eine Schweigeminute einzulegen, um der Opfern der Flutkatastrophe in Indien zu gedenken, deren Zahl sich bereits auf über 10.000 beläuft. Er spricht den Angehörigen der Verstorbenen sein Mitgefühl aus und seine Hoffnung, dass die vielen Vermissten wieder unversehrt mit ihren Familien, Liebenden und Freunden vereint werden können. Nach der Schweigeminute bittet er Adam und Nerthus zu sich ans Mikrofon: „Wir sind sehr stolz, dass Adam Esera ein Gast unseres Festivals ist. Ihr alle kennt ihn und wisst, dass er sich in vielfältiger Weise für den Schutz unseres Planeten einsetzt. Neben ihm hier steht Nerthus, die Gitarristin der *Goddesses of the Earth*. Am Donnerstag hat uns alle der Auftritt der Erdgottheiten fasziniert und mitgerissen. In ihrer Musik setzen sie sich mit dem Klimawandel und seinen Folgen auseinander und rufen uns auf, aufzustehen und aktiv zu werden. Adam und Nerthus organisieren zusammen die Klimakonzerte, die am 31. August weltweit stattfinden werden. Die im Angesicht dieser schrecklichen Sache in Indien noch eine ganz andere Bedeutung bekommen haben. Adam und Nerthus, erzählt uns allen hier doch bitte etwas über diese Konzertaktion."

Nerthus lässt Adam den Vortritt, der kurz über den geplanten Ablauf der Konzerte und die Veranstaltungsorte spricht. Danach übergibt er das Mikrofon an Nerthus. Sie bittet die Musiker, die mit ihr auf der Bühne stehen und deren Bands sich schon für die Konzerte gemeldet haben, näher ans Mikrofon zu kommen und wendet sich ans Publikum: „Ihr habt unsere Auftritte in den letzten Tagen gesehen und gehört. Wir hoffen, dass wir euch gerockt haben und ihr mit uns richtig feiern konntet. Angesichts der schrecklichen Nachrichten aus Punajabrat hoffen wir auch, dass ihr uns unterstützt in unserem Kampf gegen die Zerstörung unserer Erde, und dass ihr zu unseren Klimakonzerten kommt und eure Freunde mitbringt. Außer den Musikern, die ihr hier seht, haben noch etliche andere Bands zugesagt", sie nennt die Namen der Bands, „und wir hoffen, dass noch viele weitere zusagen werden. Aber am wichtigsten seid ihr. Wir zählen auf euch! Wir brauchen euch! Mother Earth braucht euch!" Im Publikum werden Tausende Fäuste mit dem Metal Gruß in die Luft gereckt und mit einer ohrenbetäubenden Kakofonie aus Pfiffen und Schreien proklamiert das Publikum seine Zustimmung. Ein Bühnentechniker reicht Nerthus ihre Gitarre und sie spielt den Song, bei dem am Donnerstag das Publikum ekstatisch mitgegangen war, und wieder schwenken die Fans ihre Feuerzeuge und die Handy-Taschenlampen.

KAPITEL 20

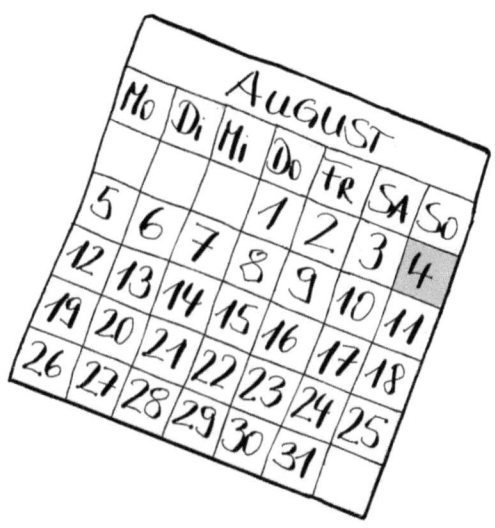

„Mein Fahrer ist da." Adam stellt die leere Teetasse auf den Loungetisch und schiebt sich den Rest seines Frühstückscroissants in den Mund. Mami Wata, Sekhemet und Hel stehen auch auf und verabschieden Adam mit einer Umarmung. Fuji streckt sich auf der Bank aus und knurrt: „Hau schon ab!", fügt aber mit einem Grinsen hinzu: „Pass auf dich auf, wir brauchen dich noch."

Nerthus begleitet Adam nach unten zum Ausgang.

„Wir sehen uns dann also in zehn Tagen, am 14. August. Kontakt wie besprochen über Chesslow." Adam zögert: „Aber warum kann ich dich eigentlich nicht direkt kontaktieren?"

„Es ist effektiver so. Wir haben alle in den nächsten eineinhalb Wochen jede Menge zu tun und sind viel unterwegs. Chesslow kann den Austausch wichtiger Informationen am einfachsten koordinieren und sicherstellen, dass alle das erfahren, was für sie essenziell ist."

„Aber vielleicht gibt es Dinge, die ich nur mit dir besprechen möchte, die für niemand anderen relevant sind."

„Was sollte das sein? Außerdem kannst du jeder Meldung einen Adressaten hinzufügen. Falls du mich angibst, erreicht mich deine Nachricht garantiert."

Adam sieht unzufrieden aus und macht keine Anstalten zu gehen. Nerthus zeigt auf den Wagen der Filmproduktionsfirma und sagt: „Dein Fahrer wartet." Unentschlossen schaut Adam Nerthus an und hebt die Arme, als wolle er sie umarmen, aber sie kommt ihm mit einer ausgestreckten, behandschuhten Hand zuvor und es bleibt ihm nichts übrig, als diese zu schütteln. Nerthus dreht sich, ohne Adams Abfahrt abzuwarten, um und steigt wieder in den Bus. Als sie den Wagen wegfahren hört, atmet sie langsam aus. Shit! Der Kerl geht ihr unter die Haut. Da hilft kein dementieren.

Die anderen haben in der Zwischenzeit den Frühstückstisch abgeräumt und alle Sachen reisetauglich verstaut. Nerthus setzt sich wie üblich ans Steuer, schaltet das LED-Panel mit dem Bandlogo aus und bringt den Bus auf den Weg in Richtung

Berlin. Sekhemet und Mami Wata sitzen auf den beiden Beifahrersitzen und Fuji und Hel haben die zwei Sitze gewählt, die sich hinter dem Fahrersitz befinden und von ihm durch einen Tisch getrennt sind. Die Stimmung im Bus ist gedämpft. Sekhemet hat immer noch nichts von Kali gehört und ist äußerst besorgt. Mami Wata versucht sie zu beruhigen. Hel und Fuji starren aus dem Fenster, in Gedanken schon bei den Aktionen der nächsten Tage.

Nerthus macht eine kurze, nicht mehr als eine Minute dauernde Alpha-Meditation und merkt sofort, wie sie sich entspannt und sich alle ihre Sinne öffnen. Sie liebt diesen geistig wachen, aber gleichzeitig gelösten Zustand, bei dem ihr Wahrnehmungsvermögen auf dem Höhepunkt ist. Ein Zustand, in dem sie sich am wohlsten fühlt und den sie für sich, als wünschenswerte Seinsform definiert hat.

Es ist ein herrlicher, sonniger Morgen. Der blaue Himmel mit seinen locker verteilten Quellwolken wirkt hoch und endlos weit. Die grüne Landschaft gleitet lautlos vorbei. Auf dem Mittelstreifen der Autobahn blühen Wildblumen und die Welt scheint fast in Ordnung zu sein.

Der riesige Bus surrt leise vor sich hin und scheint schwerelos über eine Autobahnbrücke zu gleiten, als Nerthus plötzlich ein kaum wahrnehmbares Vibrieren spürt. Bruchteile von Sekunden später hört sie vier direkt aufeinander folgende, dumpfe Knalle. Geistesgegenwärtig geht Nerthus vom Gas und hält das Lenkrad ruhig. Das große Fahrzeug bricht erst leicht nach links aus und dann stark nach rechts. Durch schnelles und kontrolliertes Gegenlenken gelingt es Nerthus, den Bus so weit zu stabilisieren, dass er das Brückengeländer nur touchiert und nicht durchbricht. In den nächsten, endlos wirkenden Sekunden schlingert der Bus weiter die Brücke entlang, neigt sich gefährlich auf die rechte Seite und scheint nur von Nerthus` Willenskraft getrieben, aufrecht zu bleiben und dem Verlauf der Straße zu folgen. Am Ende der Brücke zieht er dann endgültig nach rechts. Er rutscht die steile Böschung hinunter in ein Maisfeld, schlittert ein Stück weiter und kippt auf seine rechte Seite. Ein weiterer, diesmal lauter Knall ist zu hören und aus dem hinteren Teil des Busses schlagen Flammen heraus.

Die Luft entweicht langsam aus den Airbags, die Nerthus wie einen Kokon umgeben und sie kann den Notrufknopf am Armaturenbrett aktivieren. Chesslows Stimme ertönt über den Lautsprecher der Musikanlage: „Ihr hattet einen Unfall? Wie viele Insassen gibt es und wie viele sind davon verletzt." Nerthus schaut sich um: „Fünf Insassen. Soweit ich es beurteilen kann, sind zwei verletzt, eine davon schwer. Der Bus brennt im hinteren Teil. Beeilt euch."

„Wir schicken einen Rettungshubschrauber."

Nerthus löst vorsichtig ihren Sicherheitsgurt und stützt sich mit den Füßen an der Mittelkonsole ab. Im mittleren Beifahrersitz hat sich Mami Wata, die unverletzt scheint, ebenfalls abgeschnallt und drückt ein Tuch, das sich zusehends roter färbt, auf Sekhemets Hals.

„Wie sieht es aus?", fragt Nerthus.

„Nicht gut. Sie verliert viel Blut. Der Drachenanhänger, den sie immer trägt, ist durch den Seitenairbag in ihren Hals gedrückt worden. Wir müssen sie hier herausholen. Du musst versuchen, die Blutung zu stoppen oder zumindest zu verlangsamen."

Nerthus schaut sich kurz zu Hel und Fuji um und fragt: „Kommt ihr zurecht?" Fuji bejaht und hilft Hel, die im Gesicht und an der Hand blutet, sich abzuschnallen. Mit einem gewaltigen Tritt beider Füße drückt Nerthus die Windschutzscheibe aus ihrer Fassung und klettert nach draußen. Mami Wata hat inzwischen Sekhemet aus ihrem Sitz heben können und gemeinsam ziehen sie die Bassistin aus dem Bus. Fuji und Hel folgen. Einige Schaulustige stehen am oberen Ende der Böschung und schauen unschlüssig auf den brennenden Bus herunter. Mami Wata und Fuji tragen Sekhemet vom Bus weg tiefer in das Feld hinein, während Nerthus ihre Finger auf die Wunde am Hals hält.

Einige Minuten später landet ein Rettungshubschrauber auf einem Feldweg, der direkt an das Maisfeld angrenzt. Die drei Insassen steigen aus und bahnen sich einen Weg durch die hohen Pflanzen. Zwei von ihnen gehen direkt zum Bus und beginnen mit Spezialschaum den Brand zu löschen. Die dritte Person ist Dr. Katarina Huber, die sich sofort um Sekhemet kümmert. In der Ferne sind Sirenen von Polizei und Rettungswagen zu hören. Als Katarina Huber Sekhemet für transportfähig erklärt, tragen Mami Wata und Fuji diese zum Hubschrauber und heben sie vorsichtig hinein. Nerthus nimmt auf dem Pilotensitz Platz und hebt ab.

„Wo soll ich hinfliegen?", fragt sie.

„Zu unserer Basis westlich von Hamburg. Ich habe Sekhemets Verletzungen durchgegeben und das Ärzteteam wird dort schon auf uns warten. Ich glaube, dass ihre Chancen durchzukommen nicht schlecht sind. Du hast die Blutung stoppen können. Ich hoffe nur, dass genug Blut zum Hirn gelangt." Dann wendet Huber sich an Hel: „Wie geht es dir?"

„Ich glaube, ich habe mir den Unterarm gebrochen und ein paar Schnittverletzungen im Gesicht. Die Sachen, die auf dem Tisch lagen, sind mir vor den Arm und ins Gesicht geflogen, aber das ist alles nicht so schlimm", sagt Hel, aber ihre fahle Gesichtsfarbe straft sie Lügen.

„Wie kommen der Techniker und der Pilot zurück?", will Fuji wissen.

„Ein Wagen ist schon unterwegs, um sie später abzuholen. Sie sollen versuchen herauszufinden, was passiert ist, bevor die Polizei eintrifft und die Sache übernimmt", erklärt Dr. Huber.

„Ich weiß, was passiert ist", sagt Nerthus.

KAPITEL 21

Zwölf Minuten später landet Nerthus den Helikopter auf dem Landeplatz der Privatklinik Kramer-Kohlhaus. Ein Ärzteteam nimmt die schwer verletzte Bassistin in Empfang. Dr. Huber eilt hinterher, nachdem sie Nerthus versichert hat, dass sie sich sofort bei den Musikerinnen melden wird, wenn es Neuigkeiten gibt. Ein Krankenpfleger geleitet Hel ebenfalls ins Gebäude.

„Eine männliche Krankenschwester, blond und mit Tattoos. Vielleicht sollte eine von uns mitgehen und auf Hel aufpassen, damit sie unter Narkose nicht wieder unsere Geheimnisse preisgibt", frotzelt Fuji.

„Darüber müssen wir uns keine Sorgen machen. Dr. Kramer ist einer von uns und hat ein loyales Team rekrutiert. Diese Klinik ist eine von zwei Kliniken in Deutschland, auf die CONT Zugriff hat. Wir hatten Glück, dass der Unfall in der Nähe passiert ist und wir daher den Transport hierher einfach rechtfertigen können", erklärt Nerthus.

„Und was machen wir jetzt?", fragt Mami Wata.

Nerthus zeigt auf eine weiße Metalltür auf der linken Seite des Klinikgebäudes und geht darauf zu. Mami Wata und Fuji eilen hinterher. An der Wand neben der Tür hängt ein Keypad.

Nerthus gibt einen PIN-Code über die Tastatur ein. Das elektronische Türschloss entriegelt sich und die Tür springt auf. Ein kurzer Flur wird sichtbar, an dessen Ende eine Treppe ist, die in den Keller führt.

„Ich habe keine Lust, mich im Keller zu verstecken", nörgelt Fuji beim Hinuntergehen. Nerthus zuckt nur mit den Schultern und öffnet eine von drei Türen im unteren Flur. Ein großer, aber stilvoll und gemütlich eingerichteter Raum wird sichtbar. Bequeme Sessel sind zu kleinen Sitzgruppen arrangiert. An der Wand, die der Tür gegenüberliegend, befindet sich eine Entertainmentanlage, die keine Wünsche offenzulassen scheint. Daneben steht ein Getränkekühlschrank mit Wasser und verschiedenen Säften in Glasflaschen sowie ein Wasserkocher und mindestens 20 unterschiedliche Teesorten. Auf dem angrenzenden Kühltresen ist ein kleines, scheinbar frisch zubereitetes Buffet angeordnet.

„Akzeptabel?", fragt Nerthus, aber Fuji hat sich schon einen Teller geschnappt, den sie gierig belädt.

„Ich habe ein paar Dinge zu klären. Entspannt euch. Ich melde mich, sobald ich weiß, ob Sekhemet überleben wird und wie wir weiter vorgehen."

Ohne auf Fragen zu warten, geht sie in den gegenüberliegenden Raum und schließt die Tür. Auf einem Tisch, der in der Mitte des Raumes steht, liegt ein Laptop und ein Kryptohandy. Sie öffnet den Computer und aktiviert ein abhörsicheres Online-Meeting. Auf dem Bildschirm erscheint zuerst das Gesicht von Chesslows und dann das Katarina Hubers. Kurze Zeit später wählt sich Yuto Kato in das Meeting ein.

Dr. Huber berichtet, dass Sekhemet im OP ist und dass man sie in ein künstliches Koma versetzt hat. Im Moment sei man dabei, eine Gefäßprothese in die linke Halsschlagader einzusetzen. Nerthus habe Sekhemet das Leben gerettet, indem sie die

Blutung durch abdrücken und veröden der Carotis gestoppt habe, aber gleichzeitig sei das Gehirn unterversorgt gewesen und man könne noch nicht absehen, ob und wenn ja, in welchem Zustand Sekhemet erwachen würde.

„Du hast richtig gehandelt Nerthus, ohne dein Eingreifen wäre sie verblutet", versichert Katarina Huber.

„Ich weiß."

Die Ärztin verabschiedet sich aus dem Meeting mit der Zusage die anderen Teilnehmer über Veränderungen in Sekhemets Zustand auf dem Laufenden zu halten.

Yuto Kato fragt Nerthus, was ihrer Meinung nach zu dem Unfall geführt hat. Nerthus berichtet von der leichten Vibration und den darauf folgenden vier dumpfen Geräuschen.

„Ich bin mir sicher, dass die vier hinteren Reifen mit sehr geringem Zeitabstand einer nach dem anderen geplatzt sind. Sie wurden gesprengt. Die Vibration entstand durch die Einleitung der Zündung."

„Unsere beiden Leute vor Ort sind der gleichen Meinung", bestätigt Chesslow. „Sie haben Bruchstücke von einem Zünder mitnehmen können bevor die Polizei an der Unfallstelle aufgetaucht ist. Die beiden haben sich unter die Schaulustigen gemischt und konnten dann unbemerkt verschwinden. Sie haben weiterhin gesagt, dass sie es für ein Wunder halten, dass du es geschafft hast, den Bus so lange geradeaus zu steuern. Viel wahrscheinlicher wäre es ihrer Meinung nach gewesen, dass er das Geländer durchbrochen hätte und in den Fluss gestürzt wäre. Das war eine reife Leistung deinerseits."

Nerthus ignoriert das Kompliment. „Es gab noch eine fünfte Explosion. Ich halte das für den stümperhaften Versuch, die vier vorherigen Explosionen zu vertuschen. Die Polizei wird sicherlich bald Fragen haben", gibt Nerthus zu bedenken. „Wissen die Ordnungshüter schon, dass wir hierher geflogen sind?"

Chesslow bejaht und berichtet, dass Dr. Kramer, die Polizei, sobald sie auftaucht, in Empfang nehmen wird. Der Klinikleiter wird die Beamten erst einmal vertrösten, da die Musikerinnen noch untersucht werden müssten. „Zwei Krankenpfleger werden gleich zu euch hinunterkommen und einige imaginäre Verletzungen verbinden, um der Polizei gegenüber zu rechtfertigen, dass ihr alle mit dem Hubschrauber mitgeflogen seid, statt an der Unfallstelle auf sie zu warten. Um auf die Fragen der Polizei vorbereitet zu sein, wäre es wichtig zu wissen, was die Schaulustigen gesehen haben könnten und eventuell an die Polizei weitergegeben haben."

Nerthus berichtet, dass die Personen, die aus ihren Autos ausgestiegen waren, wahrscheinlich aus Angst vor weiteren Explosionen, am oberen Ende der Böschung stehen geblieben sind. Wer den Hubschrauber verlassen hat und wer danach wieder eingestiegen ist, war für diese Leute durch den aufsteigenden Rauch und die hohen Maispflanzen nicht zu erkennen.

„Du weißt, wie du mit der Polizei umgehen musst?"

Nerthus nickt.

„Hast du eine Vorstellung, wer für den Anschlag verantwortlich sein könnte? Hat der Zeitungsartikel etwas damit zu tun?", fragt Yuto und Nerthus sieht zum ersten Mal so etwas wie Unruhe in dem Gesicht, des sonst so beherrschten Japaners.

„Nein und nein. Aber Kali ist verschwunden. Angeblich sind ihre Eltern von der Flutkatastrophe betroffen und sie scheint nach Indien geflogen zu sein. Sie ist normalerweise eine sehr besonnene Person, hat aber in dieser Situation untypisch kopflos gehandelt."

„Nicht alle Menschen haben deine Nerven und deine Beherrschung", wendet Yuto ein.

Nerthus schaut skeptisch.

Yuto beauftragt Chesslow, Nachforschungen einzuleiten, ob es sich bei dem Anschlag um einen Vergeltungsakt aus den Kreisen der kürzlich Verstorbenen oder einen Präventivschlag eines Geheimdienstes handeln könnte. Dann wendet er sich noch einmal an Nerthus: „Gibt es irgendetwas, was die Polizei im Bus finden könnte, das auf *CONT* hinweist?"

„Nein. Die Informationsbroschüren, die zu diesem Zeitpunkt noch nicht veröffentlicht werden sollen, befanden sich mit dem Kryptohandy und dem Wanzendetektor in meiner Schlafkabine im hinteren Teil des Busses. Der dürfte durch die fünfte Explosion und das daraus resultierende Feuer völlig zerstört worden sein." Genau wie meine wundervolle Gitarre, denkt Nerthus und verspürt ein ungewöhnlich trauriges Gefühl von Verlust.

Es klopft an der Tür.

„Das werden die Krankenpfleger sein", sagt Chesslow und beendet die Telefonkonferenz.

Nerthus verlässt den Raum, öffnet die gegenüberliegende Tür und fordert die Pfleger, mit einer Handbewegung auf, ihr zu folgen. Nerthus erklärt ihren beiden Kolleginnen kurz die Vorgehensweisen, dann machen sich die Pfleger an ihre Arbeit. Mit Verbänden, Schienen, künstlichem Blut und Schminke werden Nerthus, Mami Wata und Fuji in leicht verletzte, aber behandlungsbedürftige Patienten eines schweren Verkehrsunfalls verwandelt. Nerthus nimmt die Augenklappe ab und setzt eins ihrer verhassten Glasaugen ein. Einer der Pfleger hat die Lichtenberg-Figuren bereits überschminkt und klebt nun noch ein Pflaster auf, dass das Glasauge halb verdeckt und es somit kaschiert. Danach folgen sie den Pflegern durch die dritte Tür des kleinen Flurs und gehen eine Treppe hinauf in das Innere des Krankenhauses. Fuji, die eine Schiene am rechten Unterschenkel trägt, um eine Prellung vorzutäuschen, wird in einen Rollstuhl gesetzt.

Dann werden sie zum Büro von Dr. Kramer gebracht, in dem schon zwei Polizisten warten.

Dr. Kramer teil mit, dass Sekhemet die Operation überstanden habe, sich aber noch im künstlichen Koma befände und abzuwarten sei, in welchem Zustand sie daraus erwachen wird. Wenn überhaupt. Hel sei im Moment im OP und würde an einer Fraktur der linken Ulna operiert. Die Musikerinnen zeigen sich schockiert und emotional mitgenommen.

Nachdem Dr. Kramer auf Anweisung der Polizisten den Raum verlassen hat, bittet der ältere der beiden Polizisten, ein grauhaariger, etwas korpulenter, jovial aussehender Mann, die Musikerinnen sich auszuweisen und sein jüngerer Kollege nimmt die Daten auf. Nerthus gibt zu verstehen, dass sie die Einzige ist, die fließend Deutsch spricht und erklärt sich bereit, den Unfallhergang zu schildern. Während Nerthus erzählt, scheint Mami Wata gedankenverloren aus dem Fenster zu schauen, von Zeit zu Zeit wischt sie sich eine Träne von den Wangen und Fuji fummelt an ihrer Schiene herum und gibt vor, Schmerzen zu haben.

„Also kurz bevor der Bus ins Schlingern geraten ist, haben sie ein dumpfes Geräusch gehört. Ist das richtig?", fragt der Ältere nach.

„Ja ja, es war so irgendwie ein dumpfes, knallendes Geräusch, etwas lang gezogen, oder vielleicht auch eher mehrere Geräusche, die ineinander übergehen, die ganz schnell aufeinandergefolgt sind", antwortet Nerthus.

„Also nicht nur ein Geräusch?"

„Das ist schwer zu sagen, aber es hatte etwas Rhythmisches. Wissen Sie, ich bin Gitarristin. Rhythmus ist mein Leben. Für mich sind in allen Situationen des Lebens, immer und überall, Rhythmen zu hören und spüren. Deshalb bin ich mir ziemlich sicher, dass es mehrere Geräusche waren. Und als wir dann unten auf der Wiese umgekippt sind, gab es noch einen Knall. Der war aber ganz anders, auch viel lauter und tiefer in seiner Frequenz. Der hatte gar nichts Rhythmisches. Das war einfach nur ein Knall und dann kam direkt das Feuer. Wir hatten totale Angst. Wir wussten ja, dass der Benzintank nicht explodieren kann, weil das ja ein E-Bus ist oder war, aber man weiß ja nie denn ...", plappert Nerthus.

„Okay, okay", gebietet der Polizist dem aufgeregten Redeschwall ein Ende. „Es sieht so aus, als seien alle vier hinteren Reifen geplatzt. Sie sagten, ihre Geschwindigkeit hätte bei 100 Stundenkilometern gelegen. Es ist ein Wunder, dass Sie den Bus unter Kontrolle halten konnten."

„Ja ich weiß, ich bin auch ein bisschen stolz darauf." Nerthus lacht verlegen. „Ich habe Spaß an großen Fahrzeugen und deshalb habe ich einige Intensivtrainings gemacht. Das ist echt geil, was man da so alles lernt. Und wie man sieht, hat es sich ja wohl echt gelohnt." Sie grinst triumphierend, lässt aber die Mundwinkel sogleich wieder fallen: „Nur ob es unserer armen Bassistin genützt hat, wissen wir ja noch gar nicht. Das ist alles so schrecklich." Sie seufzt und scheint sich eine Träne wegzuwischen.

Die Polizisten warten, bis sie ihre Fassung wiedergefunden hat, und der Jüngere fragt dann: „Als wir am Unfallort angekommen sind, war der Brand schon gelöscht. Wir haben zwei Feuerlöscher mit Speziallöschschaum an der Unfallstelle gefunden. Gehören die zum Bus?"

Nerthus zupft gedankenverloren an ihren Haaren: „Ich glaube schon, da waren so Dinger im Bus ..."

„Haben Sie den Brand gelöscht?"

„Nein, wir mussten uns ja um unsere Bassistin kümmern. Das Blut floss so schnell."

„Haben Sie jemanden gesehen, der den Bus gelöscht hat? Vielleicht jemand von den anderen Autofahrern?"

„Nicht dass ich wüsste. Ich habe doch schon gesagt, dass wir sehr viel Angst um unsere Freundin hatten. Die anderen Autofahrer haben nur da oben gestanden und gegafft, die hatten alle wohl voll Angst, dass der Bus in die Luft fliegt." Nerthus scheint verärgert, dann fragt sie: „Was glauben Sie denn, was mit dem Bus passiert ist. Der ist ja ziemlich neu. Ist die Werkstatt schuld? Oder war das etwa Sabotage? Wir haben ja ziemlich schnell Karriere gemacht ..." Sie schaut die Polizisten nachdenklich an.

„Haben Sie denn Feinde?"

„Ach, das würde ich so nicht sagen. Die meisten Musiker- kollegen sind echt nett, aber es gibt natürlich immer welche, mit denen man sich nicht ganz so gut versteht. Und vielleicht gibts auch Neider. Wir hatten da ein bisschen Streit im Backstage- Bereich."

Im Folgenden klären die Polizisten noch ab, wo sich der Bus in den letzten Tagen befand, lassen sich die Namen von mög- licherweise missgünstigen Musikerkollegen geben und notieren die Adresse, unter der die Goddesses in den nächsten Tagen zu erreichen sind.

Der ältere Polizist bittet Nerthus dafür zu sorgen, dass von Seite der Musikerinnen keine Informationen zu dem Unfall an die Presse gelangen, da man die Details des Unfalls noch zurückhalten möchte. Außerdem sollen sie sich in den nächsten Tagen von den Social Media fernhalten. Auf Nerthus` Frage warum, erklärt er, dass man neben Neid auch politische Hinter- gründe für den Anschlag nicht ausschließt und daher so wenig Informationen wie möglich über den Gesundheitszustand und den Verbleib der Musikerinnen an die Öffentlichkeit geben möchte.

Als die beiden Rechtshüter aufbrechen wollen, fragt Nerthus noch: „Was passiert denn jetzt mit unserem Bus? Wir haben da noch unsere ganzen Sachen drin. Es ist ja nicht alles verbrannt, oder? Da muss ja noch Kleidung sein und Kosmetik und vielleicht sind ja einige unserer Instrumente nicht kaputt gegangen ..."

Die Polizisten erklären, dass wegen der noch andauernden Untersuchungen nichts freigegeben werden kann, dass man sich aber, sobald diese zu einem Abschluss gekommen sind, melden wird und verlassen eilig das Büro und das Krankenhaus.

Nerthus bittet Mami Wata und Fuji herauszufinden, wie es Sekhemet geht und ob Hel schon aus dem OP gekommen ist, und geht selber noch einmal in den Besprechungsraum im Keller zurück, um Chesslow anzurufen. Sie gibt ihm eine Zusammenfassung des Gesprächs mit der Polizei.

„Dass sie vorerst keine Informationen über euch und euren Zustand an die Presse kommen lassen wollen, ist sehr gut für uns. In den Social Media kursieren zwar schon ein paar Videoaufnahmen von der Unfallstelle, aber es gibt keine Details und ihr seid nicht zu erkennen. Wir gewinnen also Zeit." Chesslow ist sehr zufrieden. „Unsere Techniker haben das, was sie von dem Zünder gefunden haben, untersucht und sind der Meinung, er habe einen GPS-Chip enthalten. Das würde bedeuten, dass die Sprengung der Reifen ortsbezogen geplant war. Der oder die Täter wollten, dass der Bus von der Brücke stürzt. Ohne deine Wahrnehmungsgabe und Fähigkeiten umsichtig und schnell zu reagieren, wäre das wohl auch geschehen."

Als Nerthus das Kompliment ignoriert, fährt Chesslow fort: „Herr Kato hat mich beauftragt, dich zu fragen, ob es nicht grundsätzlich besser wäre, dein Glasauge zu tragen, wenn du den Bus oder Ähnliches steuerst, damit niemand merkt, dass du nur ein Auge hast ..."

„Ja, ich weiß", unterbricht Nerthus, „dass ich einäugig nicht die Erlaubnis habe, einen Personenbus zu fahren oder einen Hubschrauber zu fliegen. Ich werde das Glasauge für die Zukunft in Betracht ziehen." Sie nimmt das Glasauge raus und steckt es in die Hosentasche. „Gibt es Neuigkeiten zu Evan Langs Verbleiben?"

„Wir sind auf seiner Spur."

Nachdem sie noch das weitere Vorgehen besprochen haben, beendet Nerthus das Gespräch und will sich gerade auf den Weg machen, um nach den anderen zu suchen, als ihr persönliches Handy in ihrer Hosentasche vibriert. Das Display zeigt Adam als Anrufer an. Nerthus zögert kurz, nimmt den Anruf aber, in dem Bewusstsein an, dass Adam nicht locker lassen wird.

„Nerthus, bist du ok?"

„Ja, Adam. Wie kann ich dir helfen?"

„Ich habe gerade online gesehen, dass ein schwarzer Bus, der genauso aussieht wie eurer, auf der A23 in Richtung Hamburg verunglückt ist. Es gab keine Angaben über die Insassen. Was ist passiert? War das euer Bus? Geht es euch gut?"

Nerthus überlegt kurz, ob sie Adam belügen soll, entscheidet aber, dass die Wahrheit nützlicher sein könnte, und erzählt ihm, was vorgefallen ist.

„Wo seid ihr? Ich mache mich sofort auf den Weg zu euch."

„Warum?"

„Weil ich euch beistehen und euch helfen will." Adam ist entrüstet.

„Adam, du bist Schauspieler", sagt Nerthus mit Nachdruck, „Du hast zwar schon einen Arzt und soweit ich weiß, auch einen Polizeiinspektor gespielt und so, wie man mir mitgeteilt hat, sogar recht gut. Aber du hast sie eben nur gespielt. Wie willst du uns bitte schön helfen?"

„Ich ...", er stockt, „Vielleicht seid ihr immer noch in Gefahr. Ich möchte einfach bei euch sein und euch unterstützen."

„Falls wir immer noch in Gefahr sein sollten, wäre es sehr dumm, dich auch noch zu gefährden. Also bleib bitte, wo du bist. Aber gib keine Informationen über uns weiter. Du weißt von nichts!"

„Schon klar. Aber kannst du mich nicht wenigstens auf dem Laufenden halten, wie es Sekhemet geht? Kali muss doch verrückt vor Angst sein."

„Wir hatten bisher keinen Kontakt zu Kali, daher konnten wir sie noch nicht über Sekhemets Zustand informieren."

„Ist es nicht ungewöhnlich, dass sie sich noch nicht gemeldet hat? So wie ich es verstanden habe, sollen sich doch alle, solange die Aktion läuft, regelmäßig bei dir melden, wenn sie unterwegs sind, oder?"

Nerthus zögert mit der Antwort und sagt dann mit gefährlich leiser Stimme: „Genau das macht mich stutzig."

„Glaubst du, dass sie etwas mit dem Anschlag zu tun hat?", aber Nerthus hat das Telefonat bereits beendet.

***

Enzo ist sehr ungehalten. Die Stimme am anderen Ende der Leitung zögert: „Es tut mir leid. Aber aus dem Internet weiß ich, genau wie du selbst, auch nur, dass der Bus einen Unfall hatte. Ich habe keine Ahnung, was mit den Musikerinnen ist."

„Dann finde es heraus."

„Das war nicht unsere Abmachung. Ich sollte dir die nötigen Informationen und Zugang zum Bus verschaffen. Das habe ich gemacht. Der Rest war deine Sache und dein Problem."

„Ich mache es jetzt aber zu deinem Problem. Bring in Erfahrung, ob sie noch leben. Wenn du dich weigerst, weißt du was passiert."

„Drecksack!"

„Vorsicht. Ich erwarte, dass du dich in spätestens 24 Stunden mit den gewünschten Informationen bei mir meldest." Enzo beendet das Gespräch.

KAPITEL 22

Als Nerthus die Tür zu Hels Krankenzimmer öffnet, hört sie, wie Fuji mit verstellter Stimme sagt: „Wissen Sie, ich bin Gitarristin. Rhythmus ist mein Leben", und in normalem Tonfall hinzufügt: „Für die Darbietung hätte sie einen Oskar verdient. Ich habe mir nicht vorstellen können, dass Nerthus einen auf Girly machen kann. Die Polizisten müssen uns für superdämlich halten. Ich glaube ..."

„Das war Sinn der Farce", unterbricht Nerthus, kann aber ein amüsiertes Lächeln nicht verbergen, denn die positive Stimmung tut allen gut. Hel hat die OP ohne Probleme überstanden und kann morgen entlassen werden. Die Musikerinnen können in einem Apartment der Klinik übernachten und am nächsten Morgen abreisen. Ein Kleinbus der Klinik wird ihnen zur Verfügung gestellt, um nach Berlin ins Hauptquartier der Organisation zu fahren. Dort wird man die Pläne für die nächsten eineinhalb Wochen neu formulieren müssen. Aber heute werden sie erst einmal entspannen und den Luxus des Gästeapartments genießen. Für Nerthus ein ungewohnter, aber erstaunlicherweise willkommener Zustand. Sie essen ein ausgesprochen schmackhaftes Abendessen, das mit dem typischen Krankenhausessen nichts gemeinsam hat, schauen einen albernen Film und bemühen sich, nicht zu viel an Sekhemet zu denken. Alle merken, dass die mentalen und körperlichen Anspannungen der letzten Stunden doch ihren Tribut gefordert haben, aber das entspannte Nichtstun zeigt bald seine Wirkung und Nerthus erwischt sich dabei, über die plumpen Witze des Films zu lachen.

Adam versucht noch einige Male anzurufen, aber Nerthus ignoriert ihn. Als ihr Telefon erneut vibriert, will sie zuerst nicht darauf reagieren, schaut dann aber doch auf den Bildschirm und sieht Kalis Nummer. Sie weist Fuji an, den Film anzuhalten, nimmt das Gespräch an und stellt es auf Lautsprecher: „Hallo?"

„Nerthus? Bist du das?"

„Natürlich Kali. Du rufst mein Telefon an. Wen außer mir würdest du da erwarten?"

„Ähm, ja natürlich. Ich habe die ganze Zeit versucht, Sekhemet zu erreichen, aber sie geht nicht dran, da habe ich mir Sorgen gemacht und dachte, etwas sei passiert."

„Erzähl erst mal, ob du deine Eltern gefunden hast."

„Äh ja, sie sind ok. Sie konnten ihre Freundin überzeugen, die Stadt rechtzeitig zu verlassen, sodass sie vor dem Dammbruch schon abgereist waren. Aber die Telefonnetze waren durch die Katastrophe unterbrochen und es hat eine Weile gedauert, bis ich sie gefunden habe. Deshalb konnte ich mich nicht melden. Aber wie geht es euch, ist alles in Ordnung?"

„Warum fragst du?", will Nerthus wissen.

„Ich habe irgendwie ein ungutes Gefühl und in solchen Fällen täusche ich mich eigentlich selten. Nerthus sag mir, was los ist. Geht es allen gut? Wo seid ihr?" Kalis Stimme überschlägt sich.

„Wir hatten einen Unfall mit dem Bus. Sekhemet liegt im Koma." Mami Wata schaut Nerthus entsetzt an und versucht ihr, mit einer beschwichtigenden Handbewegung anzudeuten, das Thema gefühlvoller zu behandeln.

„Oh bhayaanak, meine geliebte Sekhemet, wie ist das passiert? Ich komme sofort zurück. Wo seid ihr?" Kali schluchzt auf.

„Melde dich, wenn du in Deutschland gelandet bist. Dann wissen wir mehr."

„Sag mir noch, wie es den anderen geht? Sonst ist keine verletzt?"

„Wir leben alle noch", sagt Nerthus und legt auf.

„In den letzten paar Stunden hatte ich fast das Gefühl, dass du zu normalen, menschlichen Gefühlen, wie Empathie und Freundschaftssinn in der Lage bist, aber dieses Gespräch lässt mich wieder stark daran zweifeln", bricht es wütend aus Mami Wata heraus. „Du hättest etwas umsichtiger mit Kalis Gefühlen umgehen können. Du hättest ihr mehr Zeit geben sollen, ein paar Fragen loszuwerden. Sie ist nicht nur eine Kollegin, sondern auch eine Freundin. So hartherzig geht man nicht mal mit fremden Menschen um. Und schon gar nicht mit denen, die einem nahestehen." Mami Wata schaut Nerthus herausfordernd an, aber Nerthus antwortet unbeeindruckt: „Kalis Benehmen widerspricht ihrem normalen Verhaltensmuster ...", sie hält die Hand hoch um Mami Wata, die schon tief Luft geholt hat, um einen neuen Redeschwall loszulassen, Einhalt zu gebieten. „Ich weiß, was du sagen willst. Und zwar, dass diese Situation außergewöhnlich ist, und dass Kali in ihrer Sorge um ihre Partnerin anders reagiert, als normalerweise zu erwarten wäre. Da gebe ich dir recht und deshalb habe ich die ungewöhnliche Situation in meine Überlegungen mit einbezogen und ..."

Diesmal lässt sich Mami Wata nicht mit einer Handbewegung zum Schweigen bringen und unterbricht Nerthus aufgebracht: „´in deine Überlegungen mit einbezogen`, hör dir doch selbst mal zu. Du redest, als ginge es hier um eine furztrockene, wissenschaftliche Analyse und nicht um die Gefühle und Ängste liebender Menschen."

Hel nickt zustimmend, Fuji schaut gespannt zwischen Mami Wata und Nerthus hin und her. Letztere fährt mit ungerührter Stimme fort: „Jede von uns wusste, als sie sich freiwillig zu dieser Aktion gemeldet hat, dass das Erreichen des Ziels wichtiger ist als jedes persönliche Problem. Ich kontrolliere meine Emotionen, um im Interesse aller, einen möglichst objektiven Überblick über die Situation zu behalten und eingreifen zu können, wenn ich Gefahren vermute oder sogar erkenne. In diesem Fall halte ich es für wichtiger, Kali als mögliche Verräterin in Erwägung zu ziehen, als auf ihre Gefühle zu achten und damit eventuell ein Risiko für uns alle und das ganze Unternehmen in Kauf zu nehmen."

„Wie kommst du darauf, dass Kali uns verraten haben könnte?" Diesmal ist es Hel, die die Frage stellt. „Vielleicht war es ja dieser komische Journalist."

„Nur während der Abschiedsveranstaltung war der Bus völlig unbeaufsichtigt. Zu diesem Zeitpunkt war der Journalist schon nicht mehr auf dem Festival."

„Kali war zu diesem Zeitpunkt auch nicht mehr hier, sondern schon unterwegs nach Indien", führt Mami Wata an.

„Ich habe nicht gesagt, dass Kali, die Sprengladungen selber angebracht hat, aber ich halte es für sehr wahrscheinlich, dass sie relevante Informationen weitergegeben und zumindest einer Person Zugang zum Bus verschafft hat", erklärt Nerthus.

„Dazu wären auch andere Leute in der Lage gewesen. Ich zum Beispiel." Fuji schaut Nerthus provozierend an.

„Ja, aber bei dir habe ich keine Verhaltensveränderung feststellen und kein Motiv finden können."

„Ich finde, Kali hat sich wie immer verhalten. Sie hat die gleiche dämliche Verliebten-Show mit Sekhemet aufgeführt wie sonst auch. Ich habe ja keine Ahnung, weil mich dieser Liebesschwachsinn nicht interessiert, aber ich würde mal annehmen, dass man, wenn man die Liebe seines Lebens gefunden hat", Fuji malt Anführungszeichen mit den Fingern in die Luft, „sie nicht durch die Sprengung eines Busses riskiert. Was soll also Kalis Motiv gewesen sein?"

„Sie hat sich eben nicht wie immer verhalten." Nerthus schließt die Augen und atmet tief durch, um ihr Equilibrium wiederzuerlangen. „Ihre Stimmmodulation, Blickkontakt und Körpersprache waren schon seit ein paar Tagen verändert. Ich habe es zuerst auf das Konzert geschoben, denn es war ja unser erster richtig großer Auftritt. Aber auch nach dem Konzert waren diese Veränderungen wahrzunehmen. Als sie dann, ohne *CONT* zu informieren, abgefahren ist, habe ich Nachforschungen eingeleitet, deren Ergebnisse mir leider erst nach unserm Unfall mitgeteilt wurde. Kalis Bruder, mit dem sie angeblich gestern frühmorgens telefoniert hat, ist seit mindestens acht Tagen verschwunden. Kali ist nach Mumbai geflogen, dort verlaufen sich aber alle Spuren. Es gibt keinen Hinweis darauf, dass sie in Richtung Punajabrat gereist ist. Aber sie behauptet nicht in der Lage gewesen zu sein sich zu melden, weil die Telefonnetze im Krisengebiet zusammengebrochen waren."

„Und warum sagst du uns das erst jetzt?", faucht Fuji.

„Ich wollte, dass wir alle nach dem Unfall erst mal ein bisschen zur Ruhe kommen können, um dann mit der Situation durchdachter umgehen zu können." Nerthus versucht die Beherrschung zu behalten. „Aber da habe ich dich wohl mal wieder überschätzt."

„Okay Leute, wir stehen alle scheinbar immer noch unter Strom und brauchen wohl noch ein bisschen mehr als ein gutes

Essen und einen netten Film", versucht Mami Wata die Situation zu entschärfen. „Aber lasst uns jetzt zurück zum Thema kommen. Ich habe nicht dein Wahrnehmungsvermögen", sie schaut in Nerthus` Richtung, „was menschliches Verhalten angeht, aber ich habe mich schon gewundert, als Kali mich am Freitagabend umarmt hat und mir dann nicht in die Augen schauen wollte." Sie hält einen Moment inne und fragt dann: „Was wollen wir jetzt tun?"

„Die Polizei hält die Informationen über den Unfall noch zurück, aber in den Social Media kursieren schon Gerüchte, dass es Überlebende gegeben hat. Kalis Auftraggeber werden in Betracht ziehen, dass der Anschlag nicht den von ihnen gewünschten Erfolg gebracht hat. Sie werden einen zweiten Anschlag in Erwägung ziehen und wahrscheinlich wieder auf Kalis Mitarbeit bestehen. Daher werden wir uns mit Kali treffen und der Sache auf den Grund gehen."

TEIL II

KAPITEL 23

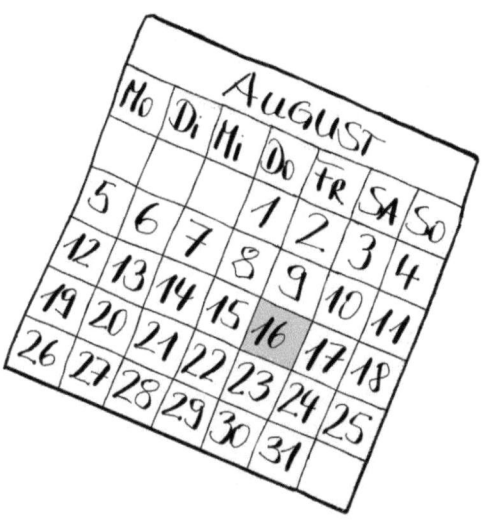

Er geht langsam auf den Securitymann am Eingang des Back-stagebereichs zu. Sie hatte getextet, dass er sich nach dem Konzert dort melden solle. Sie würde wieder dafür sorgen, dass man ihn einließe. Diesmal ist er sich noch sicherer, dass man ihn auch ohne ihre Referenz reinlassen würde, aber natürlich hat er Nerthus nicht widersprochen.

Die letzten zwölf Tage waren extrem arbeitsintensiv gewesen, aber dennoch waren sie ihm schier endlos vorgekommen. Zuerst mussten die Dreharbeiten zu seinem neuen Film beendet werden und im Anschluss daran hatte er mehrere Fernsehinterviews, sowohl in Europa als auch in den USA gegeben. In allen TV-Shows war sein Engagement für die Umwelt und sein Kampf gegen den Klimawandel ein großes Thema gewesen und er hatte die Werbetrommel für die Klimakonzerte Ende des Monats ordentlich gerührt. Bei verschiedenen Treffen mit Schauspieler-kollegen, Musikern, Internetgrößen und anderen Prominenten hatte er dieselben Problematiken zur Sprache gebracht und dadurch einige Medien- und Publikumslieblinge für Auftritte bei den Konzerten gewinnen können. Das hat insgesamt zu dem befriedigenden Gefühl geführt, seine Zeit äußerst sinnvoll ver-bracht zu haben. Aber dennoch waren die Tage und Stunden bis zum heutigen Abend unerträglich langsam vergangen. Seine unzähligen Versuche, Nerthus telefonisch zu erreichen, waren erfolglos geblieben. Bis auf den einen Anruf kurz nach dem Unfall hatte sie keinen angenommen und ihn offensichtlich aus-geblendet. Auf seine Texte hat sie nur geantwortet, dass er sich mit allen Fragen direkt an Chesslow wenden und diesem auch alle Informationen bezüglich seiner Interview- und Werbeaktivi-täten zukommen lassen solle. Er wollte aber von Nerthus persön-lich mehr Details erfahren. Er wollte wissen, wie es ihr und auch den andern Musikerinnen nach dem Unfall ergangen ist und ob es Neuigkeiten zur Identität der Täter gab. Aber Nerthus igno-rierte ihn. Seit Tagen redet er sich ein, dass Nerthus ihn nur auf Abstand hält, weil sie keine Gefühle für ihn entwickeln will.

Sie hat ihn vom ersten Moment an fasziniert, aber das ganze Ausmaß seiner Gefühle für sie war ihm erst klar geworden, als er von dem Unfall erfuhr. Obwohl sie sich bei dem hässlichen Streit um den Zeitungsartikel wirklich völlig daneben

benommen hatte, war Panik in ihm aufgestiegen und es war ausgesprochen schwierig gewesen, seine Angst zu kontrollieren.
Der Gedanke, dass er sie hätte verlieren können, bevor er sie je
besessen hatte, war unerträglich gewesen. Um Herr über seine
Endzeitgefühle zu werden und möglicherweise nützliche Hinweise zu bekommen, die bei der Entlarvung der Täter helfen
könnten, hatte er beschlossen seinen guten, alten Schulfreund
Ron Buttler zu kontaktieren, um sich mit ihm zu treffen.

Nach Beendigung der Dreharbeiten war er am 6. August
direkt nach Washington geflogen, um dort ein Interview im
Commanders Field, dem Washingtoner Veranstaltungsort für das
Klimakonzert zu geben. Danach war es ein Einfaches gewesen
sich mit Ron zu treffen, der in Langley, auf der anderen Seite
von Washington als CIA-Analyst arbeitet. Er hatte Ron von dem
Busunfall der Musikerinnen und der Vermutung, dass eine von
ihnen eventuell in den Anschlag verwickelt sein könnte, erzählt.
24 Stunden später konnte er, seiner Meinung nach, aufschluss-
reiche Informationen an Chesslow weitergeben. Irgendwie hatte
er gehofft, dass Nerthus sich daraufhin mit ihm in Verbindung
setzen würde. Er hatte sich ausgemalt, dass sie ihn loben und
ihre Bewunderung ausdrücken würde, was sie natürlich nicht tat.
Er war enttäuscht gewesen, aber letztendlich hatte es ihn nicht
wirklich überrascht.

Aber gleich würde er mit ihr reden ...

KAPITEL 24

„Hallo Adam." Sie löst sich aus der Gruppe von Musikern, die vor der Bar im Backstage-Bereich stehen und kommt auf ihn zu.

„Hallo Nerthus." Bevor sie ihm ausweichen kann, umarmt er sie und fühlt, wie ihre zuerst starre Haltung ein kleines bisschen weicher wird. Er hat vorsorglich den Reißverschluss seiner Lederjacke geschlossen, um jeden Hautkontakt zu vermeiden. Ob es möglicherweise elektrische Entladungen geben würde, falls es jemals zu einem Kuss zwischen ihnen käme. Wie sich das wohl anfühlen würde.

Nerthus reißt ihn jäh aus seinen Gedanken, als sie sich unsanft aus seiner Umarmung windet und ihn tadelnd anschaut.

Er gibt vor, ihr Missfallen nicht zu bemerken, und sagt: „Ich bin absolut beeindruckt. Diesmal war euer Auftritt noch besser als beim ersten Mal. Ich hätte nicht gedacht, dass ihr euch noch steigern könntet. Und das, obwohl ihr eine neue Bassistin habt."

Er kann Nerthus ansehen, dass sie seine Bemerkung für über-flüssigen Small Talk hält und eine zurechtweisende Bemerkung auf den Lippen hat, aber sie atmet tief durch, schluckt, was immer sie sagen wollte herunter und lächelt ihn kurz an. Dann fordert sie ihn, mit einer ihrer üblichen Handbewegung auf ihr zu folgen. Kurze Zeit später stehen sie vor einem Bus, der dem Verunfallten zum Verwechseln ähnlich sieht.

„Wow! Schon repariert?", fragt Adam.

„Unfug. Es wurden zwei identische Busse gebaut, um in Notfällen eine Ausweichmöglichkeit zu haben. Lediglich die Farbgebung im Inneren ist anders. Sieh selbst."

Sie öffnet die hintere Tür mittels eines Keypads und lässt Adam den Vortritt. Das dezente Schwarz, Anthrazit und Silber der ersten Version ist hier durch leuchtendes Ozeangrün, Aquamarin und Blautöne ersetzt. Wo im Vorgängerbus vereinzelte Streifen existierten, erstrecken sich hier wilde Wellen- und Kreismuster.

„Wow! Hier haben sich die Designer aber ausgetobt. Ich komme mir vor wie beim Tauchen. Also mir gefällt es", sagt Adam.

„Das dachte ich mir. In der Gästekabine wirst du sehen, dass sogar die Bettwäsche ein ähnliches Muster hat. Dieser Bus ist die erste Version gewesen. Die Farben und das Muster sollen eine, man glaubt es kaum, stressabbauende Wirkung haben. Wir hatten uns damals für den anderen Bus entschieden, aber jetzt bleibt uns keine andere Wahl", sagt Nerthus achselzuckend.

„Findest du es denn so schlimm? Die Farben sind doch herrlich."

„Ich interessiere mich nicht für Farben, aber den anderen gefällt es. Sie sagen es entspannt und macht gute Laune."

„Farben interessieren dich nicht?", fragt Adam ungläubig.

„Lilli mochte Farbe sehr. Sie hat Kunst geliebt. Aber Lilli existiert nicht mehr."

Adam weiß es besser, als nachzufragen.

Mittlerweile sind sie im Besprechungsraum angekommen und Adam fragt mit einem Grinsen: „Muss ich wieder mein Handy abgeben und mich auf Wanzen untersuchen lassen?"

„Nein, das ist diesmal nicht nötig. Die Organisation hat beschlossen, dir vorbehaltlos zu trauen."

„Und du? Vertraust du mir auch ohne Vorbehalt?" Adam schaut sie herausfordernd an.

„Ich habe dir schon einmal gesagt, dass ich davon überzeugt bin, dass du der Organisation nicht mit Vorsatz schaden willst, dass ich mir aber nicht immer sicher bin, ob es nicht unbeabsichtigt geschehen könnte. Daran hat sich nichts geändert."

„Hm, ich hatte gedacht, dass meine Informationen in Bezug auf die Kali-Geschichte, mich in deinen Augen hätten ..."

Nerthus unterbricht ihn: „Chesslow hat dich gepriesen. Das muss dir reichen." Adam meint ein flüchtiges Lächeln über ihre Lippen huschen zu sehen.

„Ok, das ist wenigstens etwas. Aber mich würde doch interessieren, wie das mit Kali weitergegangen ist. Allein schon, um abschätzen zu können, ob ich mich in eurer Nähe in Lebensgefahr befinde", sagt Adam mit einem Augenzwinkern.

„Mach dir keine Sorgen, das Kali-Problem ist gelöst. Es ist schon recht spät und du solltest schlafen gehen. Die Abschlussveranstaltung morgen Abend ist wieder sehr wichtig und dafür muss morgen noch einiges organisiert und vorbereitet werden. Du kannst wieder in der Gästekabine schlafen. Sie ist an der gleichen Stelle wie in unserem ersten Bus." Nerthus zeigt auf die Tür rechts im Gang und will an Adam vorbei zu ihrer Kabine gehen.

„Wow, einen Moment, so einfach kannst du mich nicht abspeisen." Adam streckt einen Arm aus, um Nerthus aufzuhalten. „Etwas mehr musst du mir schon erzählen. Über Kali, Sekhemet, und die neue Bassistin, darüber was ihr mit den

Informationen von Ron Buttler gemacht habt und was sonst noch geschehen ist. Schon vergessen? Ich bin nicht nur euer Laufbursche, der Prominente anwirbt und sein hübsches Gesicht für die Sache zur Schau stellt." Adam schaut Nerthus mit einem breiten Grinsen an und lässt seine Augenbrauen wieder einmal tanzen.

Nerthus trommelt mit Zeige- und Mittelfinger einen Blastbeat auf ihre Unterlippe und atmet dabei tief aus. Aber Adam lässt sich diesmal, durch die nicht ganz so subtile Geste der Ungeduld, nicht beeindrucken und zieht seine Augenbrauen nur noch höher.

„Also gut, ich werde dich morgen nach dem Frühstück über alles informieren", räumt Nerthus ein und Adam ist sich diesmal sicher, eine leichte Aufwärtsbewegung ihre Mundwinkel zu sehen, was ihn dazu ermutigt, ihr einen kurzen Kuss auf die Stirn zu drücken. Nerthus stürmt davon und Adam reibt sich seine brennenden Lippen. Der Schmerz ist nur leicht, aber ein ordentlicher Kuss mit allem Drum und Dran würde wahrscheinlich den ganzen Kauapparat lahmlegen. Adam ist davon überzeugt, dass Nerthus die Intensität der Stromleitung steuern und wahrscheinlich sogar vollständig unterdrücken kann. Denn er hat gesehen, dass auch die Goddesses sich am Ende ihrer Konzerte, wie unter Bandmusikern üblich, zusammen aufstellen und die Arme hinter dem Rücken miteinander verschränken, um sich vor dem Publikum zu verbeugen. Dabei kam es definitiv zu Hautkontakt, aber keine der anderen Musikerinnen zuckte zusammen. Er muss sie also nur davon überzeugen, dass sie dringend geküsst werden möchte. Nur wie ist die Frage, denn bis jetzt scheint er nicht besonders erfolgreich damit zu sein. Adam kratzt sich am Kopf und geht in seine Schlafkabine.

KAPITEL 25

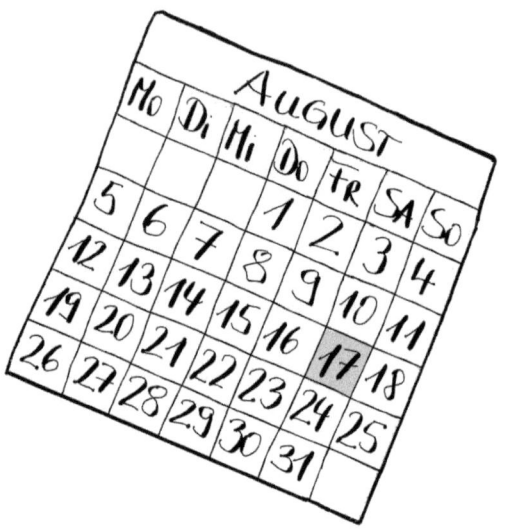

Nach einer erholsamen Nacht im schallisolierten Tourbus und dem für ihn mittlerweile zur Normalität gehörenden, veganen Frühstück mit den anderen Musikerinnen, sitzt Adam mit Nerthus wieder im Besprechungsraum, trinkt den Rest seines Kräutertees und versucht, nicht angewidert in die Tasse zu starren.

„Also gut", nimmt Nerthus die Unterhaltung vom vergangenen Abend wieder auf: „Wir sind, als wir in Berlin angekommen sind, in ein Savehouse der Organisation gezogen. Kali ist am 6. August in Berlin gelandet. Wir wussten nicht, ob sie alleine kommen würde, oder ob ihr, mit oder ohne ihr Wissen, jemand folgen würde."

Nerthus erzählt im Folgenden, wie sie Kali angewiesen hatte vom Flughafen einen Zug zum Hauptbahnhof zu nehmen und dort dann die U-Bahn Linie 5 zu besteigen. Auf dem U-Bahnsteig hatte Nerthus gewartet und war, nachdem Kali die Bahn bestiegen hatte, ebenfalls eingestiegen. So weit war nichts Verdächtiges zu beobachten gewesen. Fuji, die auch am Bahnhof gewartet hatte, teilte über ein unsichtbares Headset mit, dass auch sie keine auffälligen Personen bemerkt hatte. Kali hatte sich ans Fenster gesetzt und Nerthus nahm neben ihr Platz. Mit einem kleinen Wanzendetektor, der in ihrer Handtasche versteckt war, überprüfte sie, ob Kali sauber war. Kali erkannte Nerthus aufgrund ihrer brünetten Perücke und großen Sonnenbrille nicht sofort, schaute aber erstaunt auf, als Nerthus kurz einen Zeigefinger auf ihre Handrücken legte und sagte: „Verhalte dich unauffällig. Steig am Bahnhof Unter den Linden aus und nimm dann die Linie 6 in Richtung Hallesches Tor." Kein weiteres Wort wurde gewechselt, beide stiegen an der vereinbarten Haltestelle aus und gingen in entgegengesetzte Richtungen. Mami Wata, die dort bereits wartete, übernahm die Observation auf dem Bahnsteig der Linie 6 und bestieg nach Kali die eingelaufene Bahn. Nerthus fuhr in der Zwischenzeit mit einem Motorrad, das für sie am Bahnhof Unter den Linden abgestellt worden war, zur U-Bahnhaltestelle Hallesches Tor und nahm Kali in Empfang. Die Keyboarderin wollte wissen, was diese Aktion zu bedeuten habe, aber Nerthus gab ihr zu verstehen, dass man am Zielort reden würde. Mami Wata folgte in ungefähr 100 Metern

Entfernung. Nach circa zehn Minuten erreichten Nerthus und Kali ein dreigeschossiges Gebäude mit einem Friseursalon im Untergeschoss. Sie betraten den Salon und gingen durch das Hinterzimmer zum Treppenhaus und dann in den ersten Stock. Hel öffnete ihnen die Tür zu einer von drei Wohnungen auf dieser Etage. Fuji saß bereits im Wohnzimmer und Mami Wata tauchte zwei Minuten später auf. Nachdem sich alle gesetzt hatten, fragte Kali sichtlich verunsichert, was das ganze Theater zu bedeuten habe. Nerthus, die neben Kali Platz genommen hatte, nahm deren Hand und sagte: „Wir wissen, dass du uns verraten hast."

Kali rief aufgebracht: „Das ist eine sehr hässliche Beschuldigung." Sie versuchte ihre Hand zu entziehen, aber Nerthus hielt sie wie in einem Schraubstock. „Das, was uns passiert ist, ist auch sehr hässlich, vor allem das, was Sekhemet geschehen ist. Sie liegt immer noch im Koma und die Ärzte wissen nicht, ob und wenn ja, in welchem Zustand, sie daraus erwachen wird. Lässt dich das kalt?"

Kali schluchzte auf: „Nein, natürlich nicht. Das ist schrecklich. Aber ich ..." Nerthus unterbrach sie: „Deine Empfindung ist nicht gespielt, du bist wirklich entsetzt. Was hat dich also dazu gebracht, Sekhemet und uns dieser Situation auszusetzen?"

„Ich kann euch nichts sagen." Kali schaute zu Boden. Mami Wata mischte sich ein: „Wir wissen, dass dein Bruder verschwunden ist, und nehmen an, dass du erpresst wirst. Haben wir recht?"

Unter Tränen gab Kali zu, dass sie zehn Tage zuvor eine Nachricht mit einem Videoanhang erhalten hatte. Das Video zeigte ihren Bruder, der gefesselt und offensichtlich übelst zusammengeschlagen worden war. Man teilte ihr mit, dass sie gewisse Forderungen zu erfüllen hätte, wenn sie ihren Bruder lebend wiedersehen wolle.

„Es tut mir schrecklich leid, aber was sollte ich denn tun? Ich konnte doch meinen hilflosen Bruder nicht diesen Schweinen überlassen."

„Es wäre deine Pflicht gewesen, uns zu informieren. Unsere Mission steht an erster Stelle, ohne sie sind wir nichts. Wären wir durch den Anschlag getötet worden, hätte es zum Scheitern der Mission führen können", sagte Nerthus.

„Aber ihr seid doch alle bestens ausgebildet. Ich habe gehofft, dass ihr deswegen eine reelle Chance haben würdet."

„Aber dich selbst hast du vorsichtshalber in Sicherheit gebracht, oder wie willst du dein Verschwinden erklären?", fragte Fuji mit einem angewiderten Ausdruck auf dem Gesicht.

„Das war Teil der Anweisungen. Wahrscheinlich wollten sie mich für den Fall, dass etwas schief ginge, noch einmal zwingen, für sie aktiv zu werden."

„Du bist demnach jetzt wieder auf uns angesetzt worden", stellte Nerthus fest.

Kali berichtete, dass sie sich umgehend bei ihrer Kontaktperson melden müsse, da ihr Bruder immer noch in der Gewalt seiner Erpresser sein.

Nach einer kurzen Beratung unter den Musikerinnen rief Kali den Attentäter an. Sie teilte ihm mit, dass sie in Berlin gelandet sei, aber noch keinen Kontakt habe aufnehmen können und bat um 48 Stunden Zeit, um diesen herzustellen und die Aufenthaltsorte der Bandmitglieder für die nächsten Tage in Erfahrung zu bringen. Widerwillig erklärte sich ihr Gesprächspartner mit dieser Vorgehensweise einverstanden.

„Erzähl uns alles, was du über die Attentäter weißt", forderte Nerthus. Kali berichtete, dass sie nur zu einer männlichen Person Kontakt hatte und sich mit diesem Mann auf dem letzten Festival getroffen hat.

„Enzo? Glaubst du, dass es sein richtiger Name ist?", unterbrach Nerthus.

„Ich denke schon. Mir hat er sich nicht mit einem Namen vorgestellt, aber er hat mit jemandem telefoniert und sich als Enzo gemeldet."

„Was weißt du noch über ihn?"

„Er muss Brasilianer sein, denn er hat schnelles Portugiesisch gesprochen und auch Sao Paulo erwähnt. Ich denke, er hat nicht damit gerechnet, dass ich ihn verstehen würde, aber ich komme aus Goa und meine Großmutter ist noch mit Portugiesisch aufgewachsen und hat es mit mir gesprochen."

Im Weiteren beschrieb Kali Enzo als circa 1,75 Meter groß, zwischen 40 und 45 Jahre alt, mit überschulterlangem, schwarzen Haar, braunen Augen und einer alten Narbe von der rechten Schläfe bis hinunter zum rechten Mundwinkel.

Nachdem Nerthus die Informationen an Chesslow weitergegeben hatte, sprachen sich Hel, Mami Wata und sogar Fuji für ein Verbleiben von Kali in der Gruppe und der Band aus. Nerthus akzeptierte das Votum, unter der Voraussetzung, dass Kali sie über jede neue Entwicklung unterrichten und sich nicht ohne vorherige Absprache alleine irgendwohin begeben würde. Danach öffnete sie die Tür zu einem der Schlafzimmer und führte eine junge Frau, die nervös ihre Hände reibt, herein. Nerthus stellte sie als Al-Lat, die neue Bassistin vor.

„Al-Lat ist die Urgöttin der Araber aus vorislamischen Zeiten. In Wirklichkeit heiße ich Mira Hanafi. Ich bin in Deutschland geboren, aber meine Eltern kommen aus Dubai." Mira holt tief Luft und fährt mit einem schüchternen Grinsen fort: „Ich bin happy, dass ich bei euch einsteigen darf. Natürlich nur so lange, bis Sekhemet wieder auf den Beinen ist. Das ist völlig klar. Aber ich glaube, dass ich ganz gut zu euch passe, weil ich schon früh angefangen habe, mich für den Umweltschutz zu interessieren.

Ich war Mitglied bei Greenpeace und Sea Shepherd und bin aktives Mitglied in der Captain Paul Watson Foundation. Außerdem habe ich bei der Letzten Generation mitgemacht und bin als Klimakleberin im Gefängnis gelandet. Ich hatte immer das Gefühl, es wären noch drastischere Schritte nötig, um die Menschheit wachzurütteln, aber keiner war bereit, sie zu machen und ..."

„Danke Al-Lat", unterbrach Nerthus die neue Bassistin. „Chesslow hat sie überprüft und ist zu dem Schluss gekommen, dass wir ihr trauen können. Meine Analyse zeigt das gleiche Resultat."

Adam unterbricht Nerthus` Bericht: „Habt ihr Al-Lat von Anfang an vollständig darin eingeweiht, wie eure Aktionen aussehen?"

„Du willst wissen, ob wir ihr gesagt haben, dass wir morden, um die Welt zu retten?"

„Nun ja, so drastisch wollte ich es nicht ausdrücken, aber im Prinzip ist das wohl meine Frage."

„Wir hätten sie ausschließlich als Bassistin einsetzen und dann die anderen Aktivitäten vor ihr geheim halten müssen. Das wäre umständlich, aber möglich gewesen. Aber wir wussten durch das erste Interview mit ihr, das ihr die Aktionen anderer Umweltaktivisten nicht weit genug gehen. Deshalb hat Mami Wata mit ihr gesprochen, um herauszufinden, wie weit sie gehen und wann das Gewissen ihr Einhalt gebieten würde. Mami Wata kann einfühlsam mit Menschen umgehen."

„Im Gegensatz zu dir?" Adam sieht sie herausfordernd an.

Nerthus ignoriert seine Provokation und reicht ihm ein Tablet mit der Aufforderung: „Lies das hier. Mami Wata hat für mich einen kurzen Bericht über ihr Gespräch mit Al-Lat geschrieben."

Gesprächsnotiz

Von: Lesedi Neledi Ngoepe aka Mami Wata

Mit: Mira Hanafi aka Al-Lat

Thema: Sind radikale Maßnahmen zur Bekämpfung der Klimakatastrophe notwendig und lassen sie sich rechtfertigen?

Da Mira bei der ersten Kontaktaufnahme von CONT bereits deutlich gemacht hatte, dass sie die, bis dato durchgeführten Maßnahmen sämtlicher Umweltorganisationen für unzureichend hält, habe ich sie direkt gefragt, wie weit sie gehen würde.

Mira hält Sachbeschädigung jeder Art für gerechtfertigt, solange die Umwelt und Menschen dabei nicht zu Schaden kommen. Behinderung des öffentlichen Lebens, Einschränkung der Bewegungsfreiheit bis zu Festsetzung auf unbestimmte Zeit, sowie die Beschlagnahmung des Vermögens von Klimaverbrechern sind ihrer Meinung nach vertretbar. Sie gibt zu, dass sie sich in Fantasien bereits ausgemalt hat, den einen oder anderen Umweltkriminellen zu eliminieren, aber in der Realität nicht so weit gehen könnte.

Auf die Frage, ob sie sich in einem Krieg wehren würde, antwortete sie zuerst, dass sie Krieg verurteile, gab aber auf weitere Nachfrage hin zu, dass sie ihr Leben und das anderer Angegriffener verteidigen und dabei Verletzung oder Tod der Angreifer in Kauf nehmen würde.

Nach kurzer Bedenkpause räumte sie ein, dass wir uns in einem kriegsähnlichen Verteidigungszustand befinden, in dem derzeit jährlich schätzungsweise sieben Millionen Menschen an den Folgen von Klimawandel und Umweltverschmutzung sterben und dass diese Zahl in naher Zukunft die Milliardengrenze überschreiten wird.

Sie selbst ist psychisch nicht in der Lage eine Tötung durchzuführen, außerdem besitzt sie nicht die erforderliche Ausbildung, aber sie ist bereit für eine Organisation zu arbeiten, die solche Methoden anwendet.

„Überzeugt?"

Adam nickt und fragt: „Was ist passiert, nachdem ich Chess-low die Informationen von Ron Buttler zugespielt habe?"

KAPITEL 26

Ron Buttler hatte herausgefunden, dass Kalis Bruder Jaspal Abhaya für einen indischen Pharmakonzern arbeitet, der gerade im brasilianischen Bundesstaat Minas Gerais in ein Unternehmen investiert. Jaspal war zu Verhandlungsgesprächen nach Brasilien gereist, war aber laut seinen brasilianischen Geschäftspartnern am zweiten Besprechungstag morgens nicht mehr erschienen. Man hatte vor Ort die Polizei eingeschaltet, was aber bis dato zu keinen Ergebnissen geführt hatte. Buttler hatte dann auf Umwegen, die er Adam gegenüber nicht näher beschreiben wollte, herausgefunden, dass Jaspal in einem entlegenen Farmhaus bei Pouso Alegre circa 200 Kilometer nördlich von Sao Paulo festgehalten wurde.

Nachdem die Information über Jaspals Aufenthaltsort am 8. August direkt an Chesslow weitergegeben worden waren, war es ein Einfaches gewesen noch am selben Tag einzuschreiten. Die Entführer hatten nur drei bewaffnete Wächter abgestellt, die problemlos überwältigt werden konnten. Einen der Bewacher ließ man mit zwei Spezialkräften des *CONT*-Einsatzkommandos zurück, um auf etwaige Anrufe der Entführer reagieren zu können. Der Einsatzleiter informierte Chesslow umgehend von der Befreiung Jaspals und Pläne zur Eliminierung des Attentäters konnten gemacht werden.

Dann nahm Kali Kontakt mit Enzo auf: „Die Mitglieder der Band halten sich im Moment in Berlin auf. Eine von ihnen ist schwer verletzt. Sie liegt im Koma und befindet sich in einer überwachten Spezialklinik."

„Welche ist das?"

„Die Bassistin."

„Das ist die Ägypterin, die interessiert mich nicht. Ich will die Schlitzäugin! Die anderen können von mir aus auch mit draufgehen, aber die Japsenschlampe ist mein wirkliches Ziel."

„Was hat sie dir getan?"

„Für wie dumm hältst du mich? Ich gebe dir keine Informationen, die deine Organisation dann auf meine Spur bringt."

„Ich würde es nicht wagen, dich zu hintergehen. Mein Bruder ist mir wichtiger als alles andere. Die Bassistin war meine Lebensgefährtin. Ich habe sogar sie für Jaspals Leben geopfert", sagte Kali mit weinerlicher Stimme. „Ich möchte nur so viele Informationen wie möglich, sonst kann ich dir keine sichere Anschlagsmöglichkeit liefern. Für mich ist nur wichtig, dass du meinen Bruder so schnell wie möglich frei lässt."

„Das Dreckstück hat meinen Bruder Heitor umgebracht und verschwinden lassen. Sie hat fast sauber gearbeitet, aber eben nur fast. Meine Leute haben ein Haar gefunden, was über Umwege zu ihr geführt hat."

Kali konnte den selbstzufriedenen Ton hören und sich das dazu passende, hässliche Grinsen gut vorstellen.

„Wenn du deinen Bruder in einem Stück und dazu noch lebend wiedersehen willst, solltest du allmählich mit ein paar nützlichen Informationen rüberkommen", fuhr Enzo fort.

„Am 14. August ist das nächste Festival, aber ein Anschlag wird dort nicht möglich sein, denn alle sind jetzt enorm vorsichtig geworden und haben jede Menge Sicherheitsvorkehrungen getroffen. In den Tagen bis zum 14. sind die Goddesses alle an unterschiedlichen Orten unterwegs. Die genauen Pläne habe ich noch nicht herausgefunden. Aber sobald ich weiß, wo Fuji sich aufhalten wird, melde ich mich. Bist du noch in Deutschland?"

„Mach dir keine Sorgen, ich bin in der Nähe und kann jederzeit zuschlagen. Aber ich will, dass du vor Ort bist, wenn ich die Schlampe eliminiere. Ich will sicher sein, dass du mich nicht hintergehen kannst." Damit beendete Enzo das Gespräch.

KAPITEL 27

Kali hatte einen gemütlichen Zweiertisch direkt am Fenster gewählt. Das Café lag in einer Seitenstraße direkt gegenüber einer kleinen Grünanlage mit einem Ententeich und ein paar Bänken. Auf einer der Bänke konnte sie die Gestalt von Enzo ausmachen.

Fuji war zur Toilette gegangen und Kali nutzte die Gelegenheit, um schnell ein weißes Pulver in Fujis Kräutertee einzurühren. Als sich Fuji wieder an den Tisch setzte, kam auch schon die Bedienung mit den bestellten veganen Wraps. Kali und Fuji unterhielten sich angeregt, genossen ihre Wraps und Kräutertees bis Fuji anfing, sich die Augen zu reiben. Auf Kalis Frage, ob etwas nicht in Ordnung sei, gab sie zu verstehen, dass ihr schwindelig sei und sie gerne etwas frische Luft schnappen würde.

Kali bezahlte schnell die Rechnung und half Fuji, die mittlerweile unsicher auf den Füßen war, auf die andere Straßenseite in den Park. Sie gingen langsam zu einer der Bänke und Kali ließ Fuji auf die Sitzfläche sinken, hielt sie aber noch aufrecht. Enzo schlenderte zu ihnen hinüber und begrüßte Kali wie eine gute alte Freundin. Dann umarmte er Fuji, die mittlerweile die Kontrolle über ihren Körper vollständig verloren hatte. Kali und Enzo nahmen Fuji in ihre Mitte, hakten die leichte Asiatin unter und gingen lachend und spaßend in Richtung eines an der Straße geparkten SUVs mit verdunkelten Scheiben.

Aus einiger Entfernung hätte man sie für drei gute Freunde halten können, die sich nach längerer Zeit endlich wieder getroffen hatten.

Kali bugsierte Fuji auf die Rückbank und rutschte neben sie. Enzo setzte sich auf den Fahrersitz und fuhr in Richtung Süden.

***

„War das nicht ein bisschen zu gefährlich, Kali und Fuji mit diesem Killer allein zu lassen? Ihr konntet doch gar nicht wissen, ob er solo arbeitet, oder ob eine ganze Truppe von Killern auf die beiden warten würde", unterbricht Adam Nerthus` Bericht.

„Die beiden sind ausgesprochen wehrhaft. Außerdem hatten wir keine andere Wahl. Am 6. August hatten wir von Kali erfahren, dass der Killer Enzo heißt und aller Wahrscheinlichkeit nach aus Brasilien stammt. Am 8. August kam die Information von deinem Freund Buttler, dass Kalis Bruder in Brasilien festgehalten wurde. In dem darauffolgenden Telefongespräch zwischen Kali und diesem Enzo wurde Fuji als das eigentliche Ziel des Anschlags bezeichnet. Fuji hatte bis dahin mehrere Eliminierungen durchgeführt, zwei davon in Brasilien, aber nur eine Zielperson hatte einen Bruder namens Enzo, und zwar Heitor Souza Borges. Weitere Nachforschungen ergaben, dass Enzo Sousa Borges, wie wir ihn nun nennen konnten, gute Beziehungen zum brasilianischen Nachrichtendienst hatte, durch den er alle relevanten Informationen bezog. Eine Charakteranalyse schilderte Borges als einen rachsüchtigen Menschen, der Vergeltungsmaßnahmen mit Freude selbst durchführte und wenn möglich im Alleingang. Das schien eine Ehrensache für ihn zu sein. Außerdem ging Borges zu diesem Zeitpunkt davon aus, Jaspal Abhaya noch in seiner Gewalt zu haben, daher fühlte er sich relativ sicher nicht in eine Falle zu laufen."

„Schön und gut, aber hätte es nicht trotzdem sicherere Möglichkeiten gegeben, ihn auszuschalten?", fragt Adam.

„Dein Beschützerinstinkt in Ehren, Adam, aber du vergisst, dass wir alle Profis sind und keine kleinen Mädchen, die Rollen in einem deiner Filmchen spielen." Nerthus ignoriert die beschwichtigende Handbewegung Adams.

„Außerdem musste sofort etwas unternommen werden. Zum einen, weil Borges so bald wie möglich wieder zuschlagen würde. Zum anderen hatten wir durch den Unfall und die Nachforschungen schon mehrere Tage verloren, die eigentlich für andere Aktionen verplant gewesen waren."

„Ok. Bitte erzähl weiter, ich unterbreche dich nicht mehr", sagt Adam.

„Da gibt es nicht mehr viel zu erzählen. Enzo war so zuvorkommend den SUV in ein nahe gelegenes Wäldchen zu steuern, um sich in aller Ruhe an Fuji rächen und sich ihrer entledigen zu können. Kali und Fuji haben den Spieß dann umgedreht. Denn Fuji hatte ihre Betäubung natürlich nur vorgespielt, da Enzo das Café mit einem Fernglas beobachtet hatte. Danach haben die beiden den gemieteten SUV gereinigt und wieder zurückgebracht, um zu vermeiden, dass die Mietwagenagentur das Auto als gestohlen melden würde. *CONT*-Mitarbeiter haben dann Enzos Leiche auf nimmer Wiedersehen verschwinden lassen."

„Was, wenn es noch weitere rächende Verwandte im Borges-Clan gibt?", fragt Adam.

„Keine Sorge, Fuji ist sehr versiert, wenn es darum geht Verhöre zu führen. Enzo war ein Einzelkämpfer. Aus dieser Richtung droht keine Gefahr mehr, aber *CONT* hat sich in den letzten Tagen durch neue Aktionen weiter exponiert. Daher steigt natürlich die Gefahr für weitere Anschläge."

„Bist du involviert gewesen?", fragt Adam und kann seine Besorgnis nicht vollständig verbergen. Nerthus zuckt zuerst nur mit den Schultern, fängt dann aber doch an zu erzählen.

Ragnar Hansen
CEO Glomma SeaLife

Matilda Kalinina aka Daisy Doe stieg aus dem schnittigen Mercedes Coupé, das sie an diesem Nachmittag nach ihrer Landung auf dem Gardermoen Flughafen, 47 Kilometer nördlich von Oslo, gemietet hatte. Sie hatte ungefähr die Hälfte der Strecke nach Oslo auf der E6 zurückgelegt und wollte sich hier auf dem Parkplatz einer Tankstelle mit einer Informantin treffen.

Sie war über einen ihrer Social Media Accounts kontaktiert worden und man hatte ihr pikante Informationen über einen grünen Politiker im Europaparlament versprochen. Eigentlich war Matilda nie besonders an Politik interessiert gewesen. Sie hatte im Grunde auch nichts gegen Umweltschutz oder Umweltschützer, aber in letzter Zeit waren in den Social Media mit abfälligen Berichten und Hassparolen über grüne Politiker, Klimaaktivisten und Umweltengagierte eine Menge Follower und Likes zu gewinnen und damit auch eine Menge Geld zu verdienen.

Ihre Accounts auf Facebook, Instagram, TikTok und YouTube boomten und jede neue Story half, ihren Ruf als Top-Influencerin für Klimaleugner und Gegner der Umweltpolitik zu zementieren. Die Menschen hatten einfach keine Lust mehr auf das ewige Klimagejammere und die Androhungen von

Einschränkungen. Sie wollten Normalität und ein Leben ohne Bevormundung durch Umweltapostel. Die riesige Anzahl von Leuten, die ihr folgten und auf die sie Einfluss ausüben konnte, hatte in letzter Zeit dazu geführt, dass sie sogar von Großkonzernen, die in die Kritik der Umweltschutzorganisationen geraten waren, zu einem Gespräch eingeladen wurde. Für positive Social-Media-Posts bot man ihr oft ansehnliche Summen. Und für Geld, vor allem wenn die Menge stimmte, war Matilda bereit, sich mit jeder Thematik zu beschäftigen.

Einen diese an ihrer Unterstützung interessierten Konzerne wollte sie in Oslo besuchen. Auf dem Weg dorthin noch eine schmutzige kleine Geschichte mitzunehmen, schien perfekt. Zwei Fliegen mit einer Klappe. Matilda musste nur ein paar Minuten warten, bis eine schlanke Brünette in einem eleganten Business-Kostüm, ganz ähnlich ihrem eigenen, auf sie zukam und fragte, ob sie Daisy Doe sei.

Die Brünette übergab Matilda einen DIN-A4-Ordner mit kompromittierenden Fotos, Telefontranskripten und einem USB-Stick mit einem Video. Das Material war besser, als Matilda zu hoffen gewagt hatte, daher fiel es ihr leicht den vereinbarten Geldbetrag in einem braunen Umschlag an die Informantin zu übergeben.

Während sie versuchte, den Ordner umständlich in ihrer Aktentasche zu verstauen, hielt ein silberner Transit neben ihrem Mercedes. Die seitliche Schiebetür wurde von innen geöffnet. Zwei schwarz gekleidete Männer mit Sturmhauben ergriffen Matilda und zerrten sie in den Transporter. Sie schrie auf und versuchte, sich zu wehren, aber sie wurde sofort mittels einer Injektion in den Hals betäubt und auf eine bereitstehende Liege gelegt und festgebunden. Danach riss ihr einer der Männer ein paar Haare aus, übertrug ihre Fingerabdrücke auf eine Folie und nahm einen Vaginalabstrich. Das gesammelte Material wurde an die Informantin übergeben, die in der Zwischenzeit die brünette Perücke gegen eine platinblonde im gleichen Haarschnitt, wie Matilda ihn trug, ausgetauscht hatte. Ein paar kleine Veränderungen an der Gesichtshaube des

Ganzkörper-Silikonanzugs und ein neues Make-up verwandelten die Informantin in eine zweite Daisy Doe. Diese Daisy II stieg wieder in das Mercedes Coupé und fuhr in Richtung Oslo. Der Transit machte sich ebenfalls auf den Weg.

In Lysaker vor dem Hauptsitz des Glomma-SeaLife-Konzerns standen ungefähr 150 aufgebrachte Umweltschützer mit Protestschildern und Demo-Bannern. Daisy II ließ den Mercedes langsam an der aufgebrachten Menge vorbeirollen.

Ein junger Mann mit blauer Kappe, die das Logo einer bekannten Meeresschutzorganisation zierte, skandierte: „Krillkiller, Krillkiller, Krillkiller!", in sein Megafon und die wütende Menge stieg in sein Stakkatogebrüll ein.

Auf den Schildern und Bannern, die die Protestler schwenkten, waren bekannte Slogans wie *No Licence to Krill* und *Antarctica Defence* zu erkennen, aber Daisy II entdeckte auch einige neue Sprüche. *Kill-Trawler* und *Super Trawler = Super Trauma*, ließen sie schmunzeln. Auf ein Plakat, das ein kleiner Junge schwenkte, war ein Schiff gemalt, an dem ein riesiger Staubsauger hing, der sich die kleinen Krebstierchen einverleibte.

Eine Gruppe circa acht- bis zehnjähriger Mädchen schwenkte ausgeschnittene Pappwale mit aufgemalten blutenden Wunden. Mehrere Journalisten und ein Kamerateam bemühten sich, die Protestler zu interviewen. Daisy II parkte den Wagen auf dem Firmenparkplatz und ging auf den Haupteingang zu, der von zwei Sicherheitskräften bewacht wurde. Eins der jungen Mädchen drückte ihr einen Flyer in die Hand und brüllte: „Protect Antarctica!" Auf dem Flyer stand zu lesen:

Krill-Killer Glomma SeaLife fischt die Antarktis leer Und verdient viel Geld auf Kosten der Umwelt.

Warum wird Krill gefischt? Weil uns die Krillfischer erzählen, dass wir die kleinen Krebstierchen für Katzen- und Hundefutter, Lebensmittel und Kosmetik brauchen. Das stimmt aber gar nicht! Die wichtige Omega-3-Säure kann man auch aus Leinsamen und Meeresalgen herstellen.

Krill wird auch als Futtermittel in Lachsfarmen benutzt, aber nur damit der Lachs schön rosa aussieht.

Krill ist nicht nur für die Lebewesen der Ozeane wichtig, sondern auch für das Weltklima. Krill frisst Algen und damit das CO_2, was in den Algen enthalten ist. Dann sinken die Tierchen auf den Meeresboden und scheiden den Kohlenstoff aus. Der bleibt dann dort unten. Jedes Jahr holt Krill 23 Mio Tonnen CO_2 aus der Luft und hilft damit im Kampf gegen die Klimakatastrophe.

Das ist so viel, als wenn jeder Mensch in Norwegen jedes Jahr zweimal nach New York und einmal wieder zurückfliegen würde.

Krill gehört nicht in unsere Supermärkte, sondern ins Meer!

Eine stark vereinfachte aber im Wesentlichen richtige Beschreibung des Problems. „Nicht schlecht für Kinder in dem Alter", dachte Daisy II und nahm den Flyer mit in das Konzerngebäude.

Nachdem sie sich als Daisy Doe vorgestellt hatte, wurde sie in einen Konferenzraum im zweiten Stock geführt. Dort warteten bereits vier Männer und drei Frauen, die sie alle von den Fotos der Konzernwebseite kannte. Sie ging direkt auf Ragnar Hansen, den CEO von *Glomma SeaLife* zu und begrüßte ihn in der typischen Daisy-Doe-Manier, indem sie ihm ihre Hand zum Handkuss reichte. Hansen ging lachend auf ihre Geste ein und stellte dann das Führungsteam von *GSL* vor.

„Schön, dass Sie sich Zeit für uns nehmen konnten, Frau Doe."

„Frau Doe ist meine Mutter, ich bin Daisy", kicherte die Blondine. „Darf ich Ragnar sagen?"

„Aber klar, wir hier bei *GSL* sind in jeder Beziehung offen und modern. Und deshalb möchten wir mit den jungen Menschen, die die Zukunft unseres Planeten sind, ins Gespräch kommen. Wir möchten Kids auf den von ihnen genutzten Social-Media-Kanälen begegnen und unsere Message rüberbringen."

„Unter den Demonstranten vor dem Haupteingang sind recht viele junge Leute, die sehr negativ über *GSL* zu denken scheinen", wendete Daisy II ein und legte den Flyer auf den Tisch.

„Das liegt daran, dass diese jungen Menschen die Lügen, die einige Umweltschutzorganisationen in den Social Media verbreiten, unvoreingenommen glauben. Du liebe Daisy hast einen großen Einfluss und wir hoffen, dass du deinen Followern erzählen wirst, wie umweltfreundlich und nachhaltig wir arbeiten."

Daisy tippte sich mit ihrem rot lackierten Zeigefingernagel gegen die Stirn. „Ich bin nicht so dumm, wie ich aussehe, deshalb Schluss mit dem Bullshit. Ihr habt mir eine nette, runde

Summe geboten, dafür dürft ihr euch wünschen, was ich schreibe und sage. Aber hier unter uns sollten wir bei der Wahrheit bleiben, denn ich werde sicherlich auf Kommentare reagieren müssen und da hilft es immer, die Wahrheit zu wissen, um sie dann überzeugend verfälschen zu können."

„Ich sehe schon, dass wir uns prächtig verstehen werden", sagte Ragnar Hansen.

Der Beifang von Jungfischen, das illegale Ankern in Schutzgebieten, das Verenden von Walen, Robben, Pinguinen und Fischen in den Netzen der industriellen Fangschiffe, die illegale Entsorgung von Netzen und anderer Fangausrüstung im Ozean, Emissionen und Öllecks wurden in den folgenden zwei Stunden mithilfe von gefälschten Zertifikaten, veralteten Studien, jeder Menge Lügen und den Schlagwörtern umweltfreundlich, klimaneutral und nachhaltig, grüngewaschen.

Ragnar und sein Managementteam waren ausgesprochen zufrieden mit dem erstellten Bericht, den Daisy II versprach, am nächsten Tag auf TikTok, Instagram und Co. hochzuladen. Darauf wurde erst einmal angestoßen und Ragnar lud die Influencerin zum Essen ein um, wie er sagte, die gute Zusammenarbeit ordentlich feiern zu können. Er schlug das Restaurant des Hotels vor, in dem er ein Zimmer für seine neue Medienpartnerin hatte reservieren lassen.

Man unterhielt sich schon auf der Fahrt zum Hotel in Daisys Coupé großartig. Und die Stimmung stieg während des exzellenten Menüs weiter. Daisy war eine Meisterin des Flirtens. Aufreizende Blicke, wie zufällig erscheinende Berührungen unter dem Tisch und sexuell geladene Bemerkungen verfehlten ihre Wirkung nicht.

Zwischen Hauptgang und Dessert entschuldigte sich Daisy II und ging zur Toilette. Dort schaltete sie die Kamera, die in den Anhänger ihrer Halskette eingebaut war, ab. Ein kurzer Blick auf die App auf ihrem Smartphone zeigte ihr, dass die Minikamera ein klares Bild und einen guten Ton geliefert hatte. Es war eindeutig zu erkennen, wie die Führungsriege von *Glomma SeaLife* Probleme bagatellisierte, die Realität verdrehte und auch vor gezielter Manipulation mittels Lüge nicht zurückschreckte. Sie schickte das Video per E-Mail an einen der Computerhacker ihrer Organisation, der dafür sorgen würden, dass das Videomaterial seinen Weg in wichtige Social-Media-Kanäle fände.

Nach dem Dessert fragte die Influencerin Ragnar Hansen, ob sie ihn zu einem, wie sie es nannte, intimen Absacker in ihr Zimmer einladen dürfte. Hansen konnte sein Glück nicht fassen. Als sie in der Hotelhalle auf den Aufzug warteten, achtete Daisy II darauf, dass sie von der Sicherheitskamera an der Decke über den Liften erfasst wurden, und strich mit ihrer Hand provokativ über Hansens Schritt. Der schaute sich um und flüsterte: „Was, wenn uns jemand sieht?"

„Ich kann nicht anders. Männer mit Macht und Einfluss turnen mich an. Du machst mich so unglaublich scharf. Während des Essens habe ich nur noch daran denken können, wo ich deine Hände, deine Zunge und deinen Schwanz überall spüren möchte."

Als sich die Tür zum Aufzug öffnete, nahm sie seine Hand und legte sie auf ihr tiefes Dekolleté und öffnete einen weiteren Knopf ihrer Bluse, sodass der rechte Nippel zwischen Hansens Fingern zum Vorschein kam. Dann zog sie den stöhnenden CEO in den Lift. Als der Aufzug im sechsten Stock ankam, nahm die Überwachungskamera, gegenüber der Lifttür auf, wie das Pärchen eng umschlungen aus dem Aufzug stolperte. Die Polizisten, die das Video später anschauen würden, sollten ihren Spaß haben. Der Mann knetete mit seinen Händen, die mittlerweile völlig entblößten Brüste der Blondine und auch ihr nacktes Hinterteil schaute unter dem hochgeschobenen Rock hervor. Als sie sich daranmachen wollte seine Hose zu öffnen, schob er sie schnell in Richtung ihrer Zimmertür.

„Wollen wir es richtig, richtig böse und schmutzig treiben?", sie schwenkte einen kleinen, durchsichtigen Plastikbeutel mit einigen weißen und rosa Pillen. „Ich hab hier etwas, was uns noch heißer und hemmungsloser macht."

„Du machst mir jetzt schon einen sehr hemmungslosen Eindruck." Hansen lachte und schaute gebannt auf die weit gespreizten Beine der Blondine, die vor ihm auf dem Bett saß und mittlerweile nur noch ihre Strapse und Heels trug. Wie hypnotisiert schaute er ihr zu, als sie sich ihren Zeigefinger und Mittelfinger in den Mund steckte und dann mit den angefeuchteten Fingern ihre Klitoris massierte.

„Komm schon, du nimmst eine weiße und ich eine rosa Pille. Rosa ist nämlich für Mädchen, und dann mache ich alles, was du willst. Du kannst deine dreckigsten Träume ausleben."

***

Vorsichtig zog Nerthus das gut gefüllte Kondom von Ragnars mittlerweile erschlafftem Penis ab. Verknotete es und steckte es in ihre Handtasche, aus der sie die mitgebrachten Körpersekrete, Haare und Fingerabdrücke, die zu Matilda Kalinina gehörten, holte.

Sie verteilte die zukünftigen Beweisstücke auf dem Leichnam, dem Bettlaken und ein paar Fingerabdrücke übertrug sie auf die Plastikfolie, die um Ragnars Gesicht gewickelt war. Asphyxiophilie oder Atemkontrolle, wie es so schön verharmlosend auch genannt wird, ist bekanntermaßen eine der gefährlichsten Sexualpraktiken des BDSM und in diesem Fall leider wieder einmal schief gegangen.

Danach legte sie noch eine Linie Kokain auf den Couchtisch und zog sich schließlich wieder an, achtete aber darauf, dass die Bluse nur halb zugeknöpft und der Rock verrutscht war. Die blonde Perücke war verstrubbelt und das Make-up verschmiert. Sie verließ das Zimmer, rannte zum Aufzug und drückte sehr nervös wirkend mehrfach auf den Rufknopf. Als der Aufzug endlich kam, schaute sie sich ängstlich um, bevor sie einstieg. In der Hotelgarage rannte sie zum Mercedes Coupé und fuhr zu einem Parkplatz eines großen Shoppingcenters, der zu dieser nächtlichen Uhrzeit verlassen war. In einer von der Straße uneinsehbaren Ecke wartete bereits der silberne Transit. Dieselben Männer wie am Vormittag stiegen aus und verfrachteten die schlafende Matilda Kalinina, der sie zuvor eine halbe Flasche Wodka und Kokain eingeflößt hatten, auf den Fahrersitz des Coupés. Nerthus nahm das Kondom aus ihrer Tasche und verteilte ein wenig Sperma in Matilda aka Daisys Gesicht, auf ihren Händen und zwischen ihren Schenkeln. Aus der halb leeren Wodkaflasche ließ sie einige Tropfen über den Hals in das Dekolleté der Frau laufen und warf die Flasche dann in den Fußraum. Danach stieg sie zu den beiden männlichen Aktivisten in den Transit und fuhr in Richtung Süden.

Ein anonymer Anrufer informierte die Osloer Polizei darüber, eine komatös wirkende Frau in einem Auto auf einem Parkplatz gesehen zu haben. Matilda Kalinina wurde gefunden, im Krankenhaus ausgenüchtert und der Polizei wegen Verdachts auf Totschlag an Ragnar Hansen, dem Geschäftsführer von *Glomma SeaLife* übergeben.

KAPITEL 28

Adam starrt Nerthus fassungslos an, reibt sich die Augen und wirkt erschöpft. Er öffnet den Mund, um etwas zu sagen, winkt dann aber ab.

Nerthus ist irritiert und fragt: „Du weißt, was wir tun, und du hast akzeptiert, dass es zu diesem Zeitpunkt keine anderen Möglichkeiten mehr gibt, die Klimakatastrophe noch zu stoppen. Warum gibst du wieder vor, schockiert zu sein?"

„Du hast ja recht, aber von den widerlichen und gefährlichen Situationen, in die du dich begeben musst, zu hören, gefällt mir gar nicht." Als er Nerthus` in Falten gelegte Stirn sieht, lenkt er ein: „Aber lassen wir das. Gab es noch weitere Aktionen?"

„Natürlich gab es noch weitere Aktionen. In Bezug auf den Meeresschutz haben wir uns Ziele in den Bereichen Schleppnetzfischerei, Tiefseebergbau, Walfang und Überfischung im Allgemeinen ausgesucht. Aber CONT ist natürlich auch in vielen anderen Gebieten aktiv geworden. Neben Anschlägen auf die Leitung großer Konzerne wurden auch Einrichtungen direkt angegriffen, solange sichergestellt werden konnte, dass bei der Zerstörung oder Beschädigung der Anlagen keine weiteren Umweltprobleme kreiert wurden. Ziele für Aktionen waren zum

Beispiel große Nahrungsmittelkonzerne, und zwar die, die dafür bekannt sind, Grundwasser in armen Ländern abzupumpen, in Flaschen abzufüllen und im Westen teuer zu verkaufen. Weitere Ziele waren Chemiekonzerne, die enorme Summen mit der Produktion von Unkrautvernichtern und Pestiziden verdienen."

„Was ist mit Bergbau? Produziert der nicht auch riesige Probleme? Und damit meine ich nicht nur Kohleabbau", fragt Adam.

„Du hast recht. Enorme Schäden entstehen auch beim Abbau von Erzen und deren Weiterverarbeitung für die Metallgewinnung. Beim Nickelabbau in Russland wird zum Beispiel Diesel und mit Schwermetallen belastetes Wasser in die Tundra verklappt. Beim Bauxitabbau in Australien entsteht Rotschlamm, der ätzende Natronlauge und giftige Schwermetalle enthält und oft in illegalen und ungesicherten Deponien gelagert wird. Bei starken Regenfällen wird der Rotschlamm ausgespült und gelangt in die Umwelt. Beim Uranabbau im Niger werden riesige Gebiete radioaktiv kontaminiert und der Ressourcenverbrauch ist extrem hoch. Konzerne, die sich dieser Abbaumethoden bedienen, waren unter Beschuss, ebenso Firmen, die mittels Fracking Erdgas fördern wollen und zulassen, dass mit toxischen Chemikalien verunreinigtes Wasser ins Grundwasser gelangt", erklärt Nerthus weiter.

„Die Länder, die du genannt hast, sind aber nicht die einzigen, die sich solcher Methoden bedienen, oder?"

„Nein, das waren nur Beispiele. Derartige Probleme entstehen an fast allen Orten, an denen Bergbau und die Weiterverarbeitung der abgebauten Stoffe betrieben wird."

„Was ist eigentlich mit der Textilindustrie? Die ist doch auch ein riesiger Verschmutzer."

„Ich bin beeindruckt. Du hast dich informiert. Die Textilindustrie schafft in der Tat vielfältige Probleme. Stellvertretend für die Industrie musste James Doyle, der CEO von *Themis*, dran glauben. *Themis* verspricht schon seit Jahren die Produktion umweltfreundlicher zu machen, bis auf einige kleine Veränderungen, handelt es sich aber überwiegend um Greenwashing. Wie bei den anderen umweltzerstörenden Industrien gab es auch bei der Textilindustrie direkte Angriffe auf Einrichtungen."

„Wer ist für die Angriffe zuständig und wie wird das alles organisiert?", fragt Adam neugierig.

„Um die Gefahr zu verringern, dass unsere Organisation im Kern angegriffen werden kann, bleiben die Details der Aktionen geheim. Nur die Aktivisten und die ihnen im Hintergrund zuarbeitenden Analysten, wissen über die jeweilige Operation Bescheid. Die Analysten arbeiten und leben an geheimen gehaltenen Orten und haben ihr privates Leben hinten angestellt. Ich weiß nur, dass Mami Wata in Afrika, Hel in Australien und Fuji in Asien unterwegs waren."

„Was haben die anderen aus der Band gemacht?", fragt Adam.

„Wir haben Kali von ihren Pflichten befreit, damit sie sich um Sekhemet kümmern kann. Al-Lat hat die Zeit damit verbracht, für die anstehenden Konzerte zu üben und Kontakt zu vielen ihrer Aktivistenkollegen aufzunehmen."

„In den Medien wurde noch über einige andere Angriffe berichtet. In Virginia gab es einen Anschlag auf eine Geflügelfarm, bei der die Scheune in Brand gesteckt wurde. Ich fand, das sah nicht nach eurer Handschrift aus."

„Du hast recht. Wir wollen Tierzucht abschaffen, aber nicht, in dem wir bereits existierende Tiere direkt in klimaschädlichen Rauch aufgehen lassen. Das ist nutzlose Ressourcenverschwendung", sagt Nerthus. „Es gibt mittlerweile einige Nachahmungstäter, die mit Methoden arbeiten, die kontraproduktiv sind oder bei denen sogar wir eine moralische Grenze ziehen."

„Meinst du zum Beispiel die Sprengstoffanschläge auf den Toyoso-Fischmarkt in Tokio?", fragt Adam.

„Ja. Das ist eins von mehreren ähnlich gelagerten Beispielen. Weißt du, was dort passiert ist?"

Adam kratzt sich am Kinn: „Soweit ich weiß, sind dort früh morgens einige Sprengsätze hochgegangen. Unter anderem während der Thunfischauktion. Dabei sind wohl nicht nur Händler, sondern auch einige Touristen auf einer Aussichtsplattform ums Leben gekommen. Und dann gab es, soweit ich weiß, auch noch Explosionen in einem anderen Bereich. Ich glaube dort, wo das Walfischfleisch verkauft wird."

„Genau. Insgesamt sind bei diesen Anschlägen 87 Menschen getötet worden, 35 davon waren Touristen", bestätigt Nerthus.

„Ihr, oder vielleicht sollte ich mittlerweile besser wir sagen, seid ja wohl nicht dafür verantwortlich."

„Als wir die ersten Aktionen geplant haben, sind wir zu der Übereinkunft gekommen, dass wir Kollateralschäden so weit wie möglich vermeiden wollen. Dabei kam es natürlich zu einer heftigen Diskussion, was denn Kollateralschäden seien."

„Darf ich raten? Fuji hatte sicher eine extremere Ansicht, als die anderen", mutmaßt Adam.

„Ja, im Falle der Anschläge auf den Fischmarkt, hätte sie argumentiert, dass sowohl die Händler als auch die Besucher sich genauso schuldig machen, wie die Betreiber der großen Fangflotten. Ihr Hauptargument ist: Wenn niemand Fisch isst, muss keiner gefangen werden. Das gleiche gilt für den Fleischkonsum und die Massentierhaltung. Und damit hat sie ja vollkommen recht. Aber dennoch können wir nicht alle Menschen umbringen, die keine Veganer sind."

KAPITEL 29

Die Festivalstimmung flasht Josh Weston. Es ist viel zu lange her, dass er ein Konzert besucht hat. Dabei hatte er während seiner Schulzeit und Ausbildung viel Hardrock und Metal gehört und einige Bands auch live auf der Bühne gesehen. Wie zum Beispiel Metallica, die heute Abend hier als Headliner spielen werden. Gestern und vorgestern hat er schon einige Bands gesehen und gefeiert und die euphorische Stimmung hat ihn, wie damals, mitgerissen. Normalerweise, wenn er beruflich unterwegs ist, lässt er sich durch absolut nichts von seiner Arbeit ablenken. Aber die Aussicht Metallica und Co, nach all den Jahren noch einmal live sehen zu können, weckt Erinnerungen an eine bessere Zeit. Sorgenfrei und einfach war sein Leben gewesen. Damals hatte er sein erstes Metallicakonzert zusammen mit seiner Zwillingsschwester Josy besucht. Das musste vor gut 20 Jahren gewesen sein, in Philly, die *Madly in Anger with the World* Tour. Er und Josy hatten sich eingebildet, auch madly in anger with the world zu sein, aber mit 17 hatte er noch nicht die geringste Ahnung, was Wut wirklich bedeutete und wie sie sein Leben grundlegend verändern würde. Sie hatten getrunken, gemoscht, mitgegröhlt und ihre Lieblingsband gefeiert. Das Gefühl, das Besitz von einem nimmt, wenn man mitten in einer riesigen Menge euphorischer Fans steht, hatte sie berauscht und mitgerissen. Sie hatten sich als Teil eines Ganzen gefühlt und waren mit allen um sie herum durch die schnelle, hämmernde Musik, die den Körper und den Geist ergreift verbunden gewesen. Sie hatten das Gefühl, eine Connection zu etwas ganz Großem zu haben. Nach der letzten Zugabe war ihm Josy mit Tränen der Freude in den Augen in die Arme gefallen. Sie hatte so unglaublich glücklich, unbeschwert und hübsch ausgesehen. Mit ihren langen, rotblonden Locken, den klar blitzenden, blauen Augen. Sie war fit und gesund und voller Ideen für die Zukunft gewesen. Bis drei oder vier Jahre später dieser Scheißkerl Jaxon in ihrem Leben aufgetaucht war.

Josh war zu dem Zeitpunkt schon bei den Marines gewesen und nur selten zu Hause. Wenn er doch nur häufiger nach Hause gefahren wäre, hätte er das Ganze vielleicht schon im Keim ersticken können.

Stop it! Schluss mit dem Emotionsquatsch, in seinem Beruf gibt es keinen Platz dafür. Ohne emotionale Stabilität ist die Ebene von Konzentration, die für seine Tätigkeit nötig ist, nicht zu erreichen. Josy und Maisy brauchen ihn und das Geld, dass die Jobs bringen. Er wird nicht zu dem Auftritt von Metallica gehen, sondern stattdessen noch einmal alle Vorbereitungen, die er getroffen hatte, überprüfen.

Er verlässt den Platz vor der Bühne und macht sich auf den Weg in Richtung Campingplatz. Vor einem der Merchandise-Stände, an denen er vorbei kommt, gibt es eine lautstarke Auseinandersetzung. Josh ist schon fast vorbeigegangen, als ihm die leuchtend pinken Haare der kleinen Frau auffallen, die gerade mit ihrem Zeigefinger auf die Brust eines hünenhaften Bärtigen einsticht und ihn dabei lautstark beschimpft. Josh erkennt die

Pinke als Fuji, die Drummerin der *Goddesses of the Earth* und bleibt stehen.

Die Musikerin zischt den Bärtigen an: „So einen Mist willst du mir andrehen? Dein gesamtes Merchandise ist Schrott! Du hast nicht ein einziges umweltfreundliches Produkt hier. Nur Leder, konventionelle Baumwolle und Synthetikkram."

„Na und? Das machen doch alle."

„Ja, aber du hast hier ein Schild aufgestellt, auf dem steht: Nachhaltige Band-Shirts", schnauzt Fuji.

„Das hat meine Frau dahin gestellt. Sie meint, dass es immer mehr grüne Metalheads gibt. Meiner Meinung nach alles Quatsch, Metal ist schwarz und nicht grün, aber sie ist der Boss. Außerdem habe ich da hinten auch ein paar Bio-Shirts."

„Wow, wie viele? Zwei oder sogar drei?"

„Jetzt hör mal auf hier rumzupöbeln. Baumwolle ist doch natürlich, ich verstehe nicht, was der ganze Aufstand soll."

Fuji baut sich vor ihm auf und wirft ihre pinke Mähne nach hinten. „Und jetzt hör du mir mal gut zu. Baumwolle braucht viel Wasser, um wachsen zu können, wird aber oft in wasserarmen Gebieten angebaut, was dort zu Knappheit führt. Außerdem werden große Mengen an Pestiziden versprüht. Für die Weiterverarbeitung werden giftige Chemikalien eingesetzt, die danach meist ungefiltert in die Umwelt gelangen. Überproduktion und lange Transportwege führen zu hohem CO_2-Ausstoß."

„Ist ja gut. So genau wollte ich das gar nicht wissen."

„Findest du denn Chemiefasern besser?", will ein anderer T-Shirtkunde wissen.

„Natürlich nicht, die sind noch schlimmer. Die werden aus Erdöl, Erdgas oder Kohle hergestellt. Die Produktion verbraucht viel Energie und erzeugt große Mengen von Kohlendioxid und zu allem Überfluss wird beim Gebrauch Mikroplastik abgerieben."

Einer der Umstehenden wirft ein: „Klamotten aus Biobaumwolle sind aber auch nicht ganz optimal."

Fuji dreht sich zu ihm um und sagt: „Da hast du recht, aber man kann die Probleme klein halten, wenn man den Prozess von der Anzucht bis zur Auslieferung streng kontrolliert, außerdem gibt es bessere Alternativen. Zum Beispiel Hanf."

„Kiffen tun wir alle gern!", grölt einer aus der Menge und erntet damit zustimmende Pfiffe und Klatschen von den Umstehenden, unter die sich auch Josh gemischt hatte.

Fuji ignoriert die Zurufe: „Hanf ist genial. Er ist resistent gegen Schädlinge, wächst schneller als Unkraut, hat tiefe Wurzeln und braucht daher keine künstliche Bewässerung. Außerdem wächst er auch in kühleren Gegenden, was die Transportwege verkürzt. Die Kleidung, die man daraus machen kann, ist temperaturregulierend und antibakteriell. Daher muss man sie nicht so oft waschen, was sie noch langlebiger macht, als sie ohnehin schon ist."

„Hört sich gaaanz toll an", brummt der bärtige Merch-Verkäufer. „Dann müssen die Leute ja nur noch zwei Shirts pro Sommer kaufen und wovon sollen wir dann leben?"

„Wenn die Leute erst mal gerafft haben, dass die Klamotten superlange halten und sie deshalb nur noch wenig kaufen müssen, dann sind sie auch bereit mehr dafür auszugeben. Denn wenn die Scheiße hier so weiter geht und die Klimakatastrophe eskaliert, dann braucht sich keiner mehr darüber Gedanken zu machen, was irgendwas kostet, du Schwachkopf! Denn dann verrecken wir hier alle!", brüllt ihn Fuji an und stürzt erneut mit ihrem ausgefahrenen Zeigefinger auf den Bärtigen zu. Plötzlich steht die Lead-Gitarristin der *Goddesses of the Earth* neben ihr, hält sie leicht am Arm zurück und flüstert ihr etwas ins Ohr.

Woher war die Gitarristin so plötzlich aufgetaucht? Josh starrt sie kurz an, dreht sich dann aber schnell ab. Er will gerade gehen, als er eine leichte Berührung auf seinem Oberarm spürt, an der Stelle wo sein Tattoo unter dem T-Shirtärmel herausschaute.

„Cooles Ink. Army?", fragt die Musikerin und schaut ihn mit ihrem goldenen Auge unverwandt an.

„Yeah, das alte Ding ist nichts Besonderes, aber deine sind ungewöhnlich", antwortet er und zeigt auf ihr Gesicht. „Ich muss los." Er streckt die Finger zum Metal Gruß und schiebt sich schnell in die Menge. Er hört noch, wie die kleine Asiatin ihren Belehrungsvortrag wieder aufnimmt: „Und Kaktusleder ist das Material der Zukunft für Schuhe und Gürtel. Keine Kühe, die Methan ausatmen und keine giftigen Chemikalien und Schwermetalle."

„Wir lieben Schwermetall", ist das Letzte, was Josh aus der Gruppe der Schaulustigen vernimmt.

Die Gitarristin hat eine immens intensive Ausstrahlung. Josh hat das Gefühl gehabt, als hätte sie ihm direkt in den Kopf geschaut. Dieses eine Auge war ihm wie ein Laser vorgekommen. Er schüttelt den Kopf, so als wollte er ihren Röntgen-Blick verscheuchen. Er hätte nicht bei der pinkhaarigen Asiatin stehen bleiben sollen. Verfluchte Neugier. Er zieht am Ärmel seines T-Shirts, um das Tattoo zu verdecken, aber die Flunke des Ankers ist immer noch zu sehen. Die meisten Metalfans sind tätowiert, deshalb hat er sich nicht die Mühe gegeben, seins zu verstecken. Er ist nicht auf die Idee gekommen dass hier in Deutschland irgendjemand das Tattoo, von dem weniger als die Hälfte zu sehen war, erkennen würde. Aber letztendlich ist es auch egal. Niemand würde ihn mit dem, was heute Abend geschehen wird, in Verbindung bringen können.

Er geht durch den Ausgang des Infields auf das Campinggelände. Vorbei an dicht gedrängten Zelten und Campmobilen, an Gruppen von Metalheads, die sich mit Bier und Grillfleisch auf den letzten Abend des Festivals einstimmen. Aus vielen Camps schallt laute Musik und das Gedröhne der Stromgeneratoren. Auf dem Weg zwischen den Zelten spielt eine gemischte Gruppe Flunkyball. Wie es scheint mit leicht veränderten Regeln, denn die meisten der Mitspieler sind nur noch sehr spärlich bekleidet. Er weicht der Gruppe aus, um ihr Spiel nicht zu stören, und wird von einer jungen Frau in Fischnetzstrümpfen, einem kurzen, schwarzen Tüllrock und einem Fake-Lederbustier angehalten.

„Du hast unser Camp betreten und musst dafür jetzt einen Strafzoll zahlen." Sie legt beide Hände auf seine Brust. Plötzlich spürt er, wie jemand hinter ihm steht und kaltes Metal in seinen Nacken gedrückt wird. Mit einer katzenhaften Bewegung duckt er sich zur Seite, greift gleichzeitig nach dem Lauf der Pistole, entwaffnet den Angreifer und fixiert die Arme mit einem Griff hinter dem Rücken einer, wie er nun merkt, jungen Frau. Die schreit auf: „Aua, bist du bekloppt geworden, willst du meinen Arm brechen?" Drei weiter junge Frauen rennen auf ihn zu und eine brüllt: „Was für ein Problem hast du denn? Das war doch nur ein Joke, das ist eine Spielzeugpistole. Müsst ihr Kerle immer gleich den Killer-Macho raushängen lassen?"

Er lässt die mittlerweile schluchzende Frau los und hebt beschwichtigend die Hände: „Sorry, das wollte ich nicht, das war ein Reflex."

Inzwischen hat sich eine Gruppe Schaulustiger gebildet. Die mit der Fischnetzstrumpfhose sagt: „Komische Reflexe hast du. Verfolgt dich irgendwer? Hast du Dreck am Stecken?"

Sie wendet sich an die Umstehenden: „Vielleicht ist das ja einer von den Dieben, die sich auf Festivals rumtreiben und die hart feiernden Metalheads ausrauben. Ruf mal einer die Security!"

Josh streckt die Hände aus und dreht sich einmal langsam um die eigene Achse: „Wow, ganz ruhig, schaut her. Ich habe nichts bei mir, nicht einmal eine Tasche in die ich irgendwas, was ich geklaut habe, packen könnte. Ich bin in einer miesen Gegend aufgewachsen, da lernt man so was und die Reflexe bleiben. Es tut mir echt leid." Er dreht sich zu der Frau, der er den Arm umgedreht hat um und sagt: „Habe ich dich verletzt? Das wollte ich nicht."

Sie reibt sich noch die Schulter, hat sich aber wieder beruhigt und meint: „Ist schon gut. Scheint nichts gebrochen zu sein, aber du schuldest mir ein Bier."

Josh holt ein paar Geldscheine aus seiner Hosentasche und will sie der Frau in die Hände drücken.

Die mit der Fischnetzstrumpfhose winkt ab: „Lass stecken, du kriegst ein Bier von uns und wir vertragen uns alle wieder und sind alle liebe, kleine Metalheads."

Zwei Stunden später verabschiedet sich Josh überschwänglich von seinen neuen Freundinnen und macht sich leicht schwankend auf den Weg. Als er in den nächsten Querweg einbiegt und außer Sichtweite der Mädels ist, gibt er die Besoffenen-Charade auf und geht schnellen Schritts in Richtung seines Campmobils. Er hat nur wenig von dem Bier der jungen Frauen getrunken und jedes Mal, wenn keiner guckte, die Bierdosen hinter dem Campingstuhl, den man ihm zum Sitzen angeboten hatte, ausgeschüttet. Er hat schon viel früher aufbrechen wollen, aber es war wichtig, dass die Mädels ihn als netten Kerl und nicht als potenziell gefährlichen Verdächtigen in Erinnerung behalten. Es ist ein bisschen später geworden, als ihm lieb ist, aber er ist noch im Zeitplan.

KAPITEL 30

Nerthus hat geduldig gewartet, bis Fuji ihren Kaktusleder-Vortrag beendet hat, und schiebt sie nun in Richtung Backstage-Bereich. Die kleine Drummerin schaut sie erstaunt an: „Wie? Keine Standpauke, dass ich nicht immer mit Leuten rumstreiten, sondern mich unauffälliger verhalten soll?"

„Nein, das war nicht nötig. Du hast ja niemanden blutig geschlagen."

„Trotzdem. Eigentlich würdest du jetzt meckern, dass ich wieder Umwelttiraden losgelassen habe. Stattdessen siehst du nachdenklich aus. Was ist los?" Fuji sieht Nerthus forschend an.

„Hast du den durchtrainierten, blonden Typen mit dem Metallica-Shirt gesehen?"

„Jau, das war eins von den Shirts der *Madly in Anger with the World* Tour. Das ist bestimmt 20 Jahre alt. Der war wohl schon in jungen Jahren Metallica-Fan."

„Aber dann scheinbar eine ganze Zeit nicht mehr. Bis jetzt." Nerthus streicht sich mit dem Zeigefinger nachdenklich über die Unterlippe.

„Du meinst, dass es für so ein altes Shirt zu wenig ausgeblichen ausgesehen hat?"

„Ja genau und außerdem hat es nach Mottenpulver gerochen."

„Pah", Fuji verdreht die Augen. „Das kann doch eine Menge Gründe haben. Vielleicht wollte er es für einen großen Moment aufheben, oder er hatte einfach vergessen, dass er es besitzt, oder oder oder ... Es gibt tausend Erklärungen."

„Das wäre denkbar, aber der Typ wirkte anders als die üblichen Fans hier. Die Art und Weise, wie er sich umgeschaut hat, und die Ökonomie seiner Bewegungen weisen auf eine Spezialausbildung hin. Er schien seine Umgebung ständig unter Beobachtung zu haben und seine Körperspannung deutete darauf hin, dass er jederzeit in Aktion springen könnte. Dazu passt auch sein Tattoo."

„Ich habe nicht viel davon gesehen. Es war doch größtenteils vom Ärmel seines T-Shirts verdeckt", gibt Fuji zu bedenken.

„Man konnte die Flunke eines Ankers und darüber einen Teil der Erdkugel erkennen. Ich gehe davon aus, dass oberhalb der Erdkugel ein Adler gestochen ist. Das ist ein typisches Tattoo des US Marine Corps."

„Na und? Kann ein Marine kein Metalhead sein?"

„Doch, das ist sicherlich möglich. Aber er war kein aktiver Marine. Dafür waren seine Haare viel zu lang. Dennoch sicherte er ständig sein Umfeld, so als sei er bei einem Einsatz und nicht zum Spaß auf einem Festival. Als er mich sah, haben sich seine Pupillen erweitert."

„Er steht einfach auf dich. Du siehst ja auch wirklich heiß in dem Dingen aus." Fuji zeigt auf Nerthus schwarzen, hautengen Overall.

„Es war nicht der Wunsch nach Sex, der seine Pupillen vergrößert hat. Er war erstaunt mich zu sehen und es schien ihn zu beunruhigen. Und als ich seinen Arm berührt habe, konnte ich spüren, dass sein Herzschlag beschleunigt und seine Haut leicht schwitzig war. Er war alarmiert und hatte es eilig wegzukommen, obwohl er sich vorher in aller Ruhe den Streit zwischen dir und dem Merchandise-Händler angesehen hat."

„Ok. Was meinst du, hat das zu bedeuten?"

„Ich bin mir nicht sicher, aber wir sollten die Augen offen halten. Informiere bitte die anderen."

Beim Tourbus angekommen, nicken Nerthus und Fuji den beiden Sicherheitskräfte zu, die Chesslow nach dem Attentatsversuch auf dem letzten Festival zur Bewachung geschickt hat. Adam steht auch schon neben dem Bus und wartet.

„Sie haben mich nicht reinlassen wollen, obwohl ich letzte Nacht hier geschlafen habe." Die Empörung ist klar, in Adams Stimme zu hören.

„Nicht alle tanzen nach deiner Pfeife, schöner Adam. Was willst du denn schon wieder hier?" Ohne auf eine Antwort zu warten, klettert Fuji in den Bus und verschwindet in ihrer Kabine.

„Wow, wer ist ihr denn zu nahe getreten?" Adam schaut der giftigen, kleinen Drummerin hinterher.

„Ignorier sie. Sie hatte eine Auseinandersetzung mit einem Kleidungsverkäufer im Infield. Es ging mal wieder um eins ihrer Lieblingsthemen. Die Umweltverschmutzung durch die Textilindustrie." Nerthus steigt in den Bus und winkt Adam, ihr zu folgen.

Im Besprechungsraum angekommen legt Adam eine Liste auf den Tisch. „Ich habe mit diesen Bands den genauen Ablauf der finalen Konzerte am Ende des Monats besprochen. Es lief alles reibungslos und positiv. Einige wenige Fragen, die ich nicht selbst beantworten konnte, habe ich jeweils zu den Namen geschrieben."

„Danke Adam, ich leite das weiter und sorge dafür, dass sich darum gekümmert wird." Nerthus nimmt den Zettel an sich und sagt dann: „Ich habe mit dem Orga-Team wegen der Abschlussveranstaltung heute Abend gesprochen. Die wird so ablaufen wie die auf dem letzten Festival. Bis wir uns in zwei Stunden an der Hauptbühne treffen müssen, kannst du dich gerne zurückziehen."

„Ich möchte mich lieber mit dir unterhalten, als mich zurückzuziehen." Adam schaut Nerthus herausfordernd an.

„Worüber?"

Adam lässt sich von Nerthus abweisendem Ton nicht verunsichern und kommt ohne Umschweife zum Thema: „Kannst du die Stärke der elektrischen Schläge, die dein Körper abgibt, beeinflussen und wenn ja, kannst du die Stromstöße ganz unterdrücken?"

„Ja und ja."

„Ja und ja? Das ist alles, was du dazu sagst?"

„Du hast eine Frage mit zwei Teilen gestellt und ich habe beide der Wahrheit entsprechend beantwortet." Nerthus schaut ihn emotionslos an.

„Komm schon, das ist ein spannendes Thema und ich möchte mehr darüber wissen. Warum muss man dir die Details immer aus der Nase ziehen?"

„Weil es mein Körper ist und der geht dich nichts an."

„Ich finde, das geht mich und uns alle eine ganze Menge an", Adam macht eine ausschweifende Armbewegung, die die Bewohner des Tourbusses und die Organisation *CONT* mit einbeziehen soll. „Wir verlassen uns ja auch auf deine Analysen, die du mithilfe deines elektrischen Sinns machst." Bei den Worten elektrischen Sinns zeichnet Adam mit seinen Fingern Anführungszeichen in die Luft.

„Was du wirklich wissen willst, ist, ob ich dich bei deinem Kuss gestern vorsätzlich unter Strom gesetzt habe."

Mit einer derartig direkten Antwort hat Adam nicht gerechnet, obwohl sie, wie er sich selbst eingestehen muss, perfekt zu

Nerthus passt. Er atmet schwer aus und gibt mit einer Handbewegung zu verstehen, dass sie recht hat. Nerthus kann ihm sein Unbehagen ansehen und gibt sich einen Ruck: „Ok, Adam. Ich dachte, ich hätte mich in der Vergangenheit schon klar ausgedrückt, aber vielleicht muss ich noch mal genauer werden. Du bist ein attraktiver Mann und die meisten Frauen würden sich mit großer Wahrscheinlichkeit sehr über dein Interesse freuen, aber für mich ist die Mission das einzige, was zählt."

„Schon klar, aber das war doch nur ein freundschaftlicher Kuss auf die Stirn, du kannst doch nicht allen Ernstes der Meinung sein, dass der uns von der Mission ablenken könnte. Außerdem finde ich, dass ein Stromstoß als Reaktion etwas übertrieben ist."

Nerthus kaut nachdenklich auf ihrer Unterlippe, was sie in Adams Augen leider nicht weniger sexy macht und sagt dann: „Die elektrische Leitung wird nicht durch einen Drehregler gesteuert, den man ganz nach Bedarf einfach auf- und zudrehen kann. Ich kann die Elektrizität mit meinem Willen beeinflussen. Das bedarf aber eines hohen Grades an Konzentration, deshalb trage ich meistens Handschuhe, um unangenehme Situationen zu vermeiden. Aber die Stärke der elektrischen Leitung und die Art, wie sie wirkt, ist emotionsabhängig."

„Du willst mir damit sagen, dass der Kuss dich geärgert hat, und da hat es zap gemacht."

„So in etwa. Allerdings hätte ich es mit hoher emotionaler Kontrolle verhindern können, aber ich habe mir nicht die Mühe gegeben, weil ..."

„Weil du mich dir vom Leib halten willst", vervollständigt Adam ihren Satz.

„Ich hätte es anders ausgedrückt, aber im Prinzip hast du recht. Es ist aber auch eine Art Selbstschutz. Ich habe nicht vergessen, wie Lilli betrogen wurde, und werde daher keine emotionale Abhängigkeit mehr zulassen."

Adam schaut sie unverwandt an: „Nicht alle Männer sind gleich."

„Ich bin davon überzeugt, dass du anders bist als Lillis Ex. Du bist ein anständiger Kerl. Nachdem was ich über die Scharade, die deine Frau vor eurer Scheidung gespielt hat, gelesen habe, muss ich sagen, dass dein Verhalten mehr als ehrenhaft war. Sie hat vor Gericht gelogen und gefälschte Beweise vorgelegt, um an dein Geld zu kommen, und du hast zu ihren Gunsten ausgesagt und dafür gesorgt, dass sie einen sehr großzügigen Unterhalt erhält."

„Ich habe es für meine Töchter getan, sie sollen die Möglichkeit haben, mit beiden Elternteilen vernünftig leben zu können", erklärt Adam.

„Du hast einen Teil der Schuld auf dich genommen, um sie deinen Kindern gegenüber in besserem Licht stehen zu lassen." Nerthus hebt die Hand, als Adam unterbrechen will. „Ich will damit nur sagen, dass ich deine Anständigkeit schätze und dich vor den Konsequenzen einer Beziehung mit mir schützen will."

Adam schaut erstaunt. „Wovor musst du mich denn da schützen?"

„Sex mit mir macht süchtig."

Adam lacht laut auf. „Entschuldige, du bist wirklich heiß, aber ist das nicht ein bisschen übertrieben?" Nerthus zieht ihren rechten Handschuh aus und legt die Hand für ein paar Sekunden auf Adams nackten Unterarm. Adams Augen weiten sich und er schnappt nach Luft. Dann grinst er und greift sich in den Schritt, um ein paar Sachen zu ordnen.

„Wow! Ich glaube, ich habe eine Idee, wovon du sprichst. Du kannst also nicht nur die Stärke des Stroms beeinflussen, sondern auch was er bewirkt. Ob er schmerzhaft oder angenehm ist?" Adam schüttelt erstaunt den Kopf. „Um ehrlich zu sein, würde ich gerne mehr davon bekommen. Das war ausgesprochen erotisierend." Er grinst verlegen.

„Das sagen alle. Aber wie es scheint, ist es sehr schwer, sich damit abzufinden, wenn es entzogen wird. Einer meiner Ex-Lover ist in psychologischer Behandlung wegen Depressionen und zwei andere musste ich mit Androhung von Gewalt davon überzeugen, mir nach Beendigung unserer Liaison nicht mehr nachzustellen."

„Ok. Ist das der Grund, warum du so abweisend zu deinen Mitmenschen bist und dich so gestelzt ausdrückst? Damit dir keiner zu nahe kommt?"

Nerthus sieht ihn ungerührt an: „Zum einen und natürlich wegen der Mission."

„Natürlich. Aber hast du denn dann keinen Sex mehr? Ich meine außer dem Killersex? Oder suchst du dir auch im Privatleben ekelhafte Kerle zum Poppen aus, damit du die Netten nicht zerstörst?"

„Mit dem Killersex, wie du es so schön beschreibst, habe ich keine Probleme, da heiligt der Zweck die Mittel, aber im Privatleben, wenn ich mir denn eins gönne, ziehe ich es vor, nicht mit ekelhaften Kerlen zu poppen." Nerthus grinst Adam an. „Ich habe zwei sexy, männliche Assistenten, die mir die Organisation des täglichen Lebens abnehmen und mir mit Recherchen zuarbeiten. Sie führen nicht nur meinen Haushalt, sondern leben auch darin. Die beiden sind ein sehr glückliches Paar, aber beide sind bisexuell und daran interessiert, ihre andere Seite von Zeit zu Zeit ausgiebig auszuleben. Aber letzten Endes interessieren sie sich mehr füreinander, als für mich. Wir ergänzen uns also fantastisch."

Nerthus beobachtet wie Adam, der aufgestanden ist, um ein Glas Wasser zu holen, sich von ihr abwendet und unnötig lange am Wasserspender herumfummelt. Es sieht so aus, als wolle er sein Gesicht vor ihr verstecken. Aber dennoch kann sie sein Unbehagen und seine Frustration förmlich spüren und sie merkt, dass seine Betroffenheit ihr nicht ganz egal ist. Er ist der erste Mensch seit ihren Unfall, der ihren emotionalen Schutzschild zu durchbrechen droht und es fühlt sich nicht einmal bedrohlich, sondern energetisierend an. Funktioneller Sex erfüllt seinen Zweck und bei den beiden Assistenten geht es sogar ein bisschen darüber hinaus. Sie ist den beiden zugetan und wünscht ihnen nur Gutes, aber Adam berührt ihr kalt geglaubtes Herz und das macht sie nervös.

Scheiß drauf! Nerthus steht auf und bewegt sich vorsichtig auf Adam zu. Er scheint ihre Nähe zu spüren und dreht sich langsam um. Seine Augen weiten sich, als er sieht, dass sie ihre nackten Hände nach ihm ausstreckt. Er geht einen Schritt auf sie zu. Sie fragt: „Bist du sicher?"

Er nickt nur und dann berühren sich ihre Lippen.

In seinen immer wieder auftauchenden, erotischen Tagträumen hat er sie jedes Mal an sich gerissen, seine Lippen auf ihre gepresst, seine Zunge hat ihren Mund erforscht und sie hat seinen wilden Kuss begierig erwidert. Aus dem fordernden Kuss ist heiße Leidenschaft entbrannt. Sie haben sich gegenseitig die Kleider vom Leib gerissen. Nerthus hat ihre Hände in seine Haare gekrallt, laut stöhnend ihre Beine um seine Hüften geschlungen und ihrer beider Begierde ist so stark gewesen, dass er sofort in sie eingedrungen ist und sich ihre sexuelle Spannung in explosiven Orgasmen gelöst hat.

Aber jetzt steht er nur regungslos da. Ihre Lippen berühren seine ganz sanft und er ist einen Moment lang verwundert über Nerthus` vorsichtige Zärtlichkeit. Dann breitet sich von seinen Lippen ausgehend ein einzigartiges Prickeln langsam über sein Gesicht, den Hals hinab und weiter über den gesamten Körper aus. Das Prickeln dringt von seiner Haut tiefer in seinen Körper ein, bis es in jeder Faser seines Seins zu spüren ist. Es erfasst sein Gehirn und scheint seine Sinne noch zu schärfen. Er ist sich seiner selbst bewusst, wie noch nie zuvor. Adam reißt die Augen auf und schaut in Nerthus' goldene Iris. Ihr Blick scheint die Frage zu stellen, ob er ok sei, und er schließt mit einem leichten Seufzer langsam die Augen, um zu signalisieren, dass er sich ihr vollständig ergibt.

Dann erst vertieft Nerthus ihren Kuss und Adam hat das Gefühl, dass sich ihre Körpergrenzen auflösen und sie miteinander verschmelzen. Er umschließt ihr Gesicht mit seinen Händen und ergibt sich vollständig in seine Empfindungen.

Aus der Ferne hört er ein dumpfes Klopfen und merkt, wie sich Nerthus aus seiner Umarmung löst. Als er die Augen öffnet, sieht er wie durch einen Schleier, dass Nerthus die Tür geöffnet hat und Mami Wata den Besprechungsraum betritt.

Mami Wata schaut zu Nerthus und dann zu Adam und ihre Augen weiten sich. „Oh, oh, ihr beiden ...", sie bricht ab und atmet tief ein. „Eure gekoppelte Energie ist in der Luft zu spüren." Sie wendet sich halb um und zeigt auf die Tür: „Ich gehe wieder ..."

„Warte Mami Wata, alles ist ok, bleib hier", sagt Nerthus und lädt die Rhythmusgitarristin mit einer Handbewegung ein, sich zu setzen. Adam sinkt auch in einen Stuhl und reibt sich mit der Hand über die Lippen, als wolle er prüfen, ob sie noch wie vorher sind oder sich in etwas Pulsierendes verwandelt haben. Er schaut auf seine geöffneten Hände und reibt die Fingerspitzen aneinander. Langsam verschwindet das überirdische Prickeln und er wird wieder zu Adam, aber es hinterlässt eine kleine Leere.

„Der erste Kuss?" Mami Wata lacht, als Adam sich über die Lippen leckt.

„Ich ...", krächzt er und räuspert sich. Er schafft es aber nur, in einer hilflosen Geste die Hände zu heben und seine Sprachlosigkeit zu akzeptieren.

„Ich weiß, wie du dich fühlst." Mami Wata zwinkert ihm zu. „Nerthus und ich haben, als wir uns kennengelernt haben, versucht herauszufinden, ob wir vielleicht bi sind. Sind wir beide leider nicht, aber daher weiß ich, was es bedeutet, Nerthus zu küssen. Aber eigentlich bin ich nur gekommen, um zu fragen, ob es Dinge gibt, die für heute Abend noch erledigt werden müssen."

„Nein, es ist alles vorbereitet. Du kannst dich ausruhen."

Als Mami Wata aufstehen will, hat Adam seine Stimme wiedergefunden und sagt: „Ihr wolltet ausprobieren, ob ihr bi seid? Weiß man das nicht vorher? Ich bin immer davon ausgegangen, dass man merkt, wenn man sich zu beiden Geschlechtern hingezogen fühlt. Zumindest wenn man, so wie ihr, keine jungen Küken mehr seid."

„Adam, das geht dich nichts an. Mami Wata und ich ..."

Zu Adams Erstaunen wird Nerthus von Mami Wata unterbrochen: „Schon gut Nerthus, ich empfinde Adam als einen von uns. Als eine der wenigen Personen, denen ich trauen kann. Bei dem, was wir hier versuchen zu erschaffen, brauchen wir ein Band, dass uns zusammenhält und das kann nur Vertrauen sein. Nur wirklich ehrliche Offenheit kann genau dieses Vertrauen bringen. Im Moment sind wir mit unserem ganzen Denken völlig auf die Konzerte Ende des Monats fokussiert. Aber das, was danach kommt, ist doch letzten Endes noch viel wichtiger und dafür müssen wir zusammenstehen. Deshalb öffne ich mich jetzt. Vielleicht tut es mir ja sogar gut über unser sexuelles Experiment oder vielmehr über das, was dazu geführt hat, zu sprechen."

Mami Wata rückt ihren Stuhl so zurecht, dass sie Adam gegenüber sitzt und beginnt: „Ich komme aus einem Land in West-Afrika. Aus einem sehr armen Land mit vielen verschiedenen Sprachen und verschiedenen Religionen."

KAPITEL 31

Lesedi saß unter dem Butterbaum und spielte mit der Puppe, die sie aus mehreren Grasbüscheln zusammengebunden hatte. Sie hatte die Puppe Amari getauft und ihr einen Rock aus geflochtenem Gras umgebunden. Amari hatte lange grüne Grashaare, die Lesedi mit bunten Fäden geschmückt hatte. Morgen würden Amaris Haare braun und vertrocknet sein und Lesedi würde sie zu Jamala, Shari und Nala an den Stamm des Butterbaums setzen. Alle ihre Puppen waren nach einem Tag braun und vertrocknet, aber das machte nichts, denn um den Butterbaum herum wuchs genug Gras, um jeden Morgen eine neue Puppe zu basteln.

Onkel Sirak sagte, dass sie mit ihren neun Jahren zu alt sei, um mit Puppen zu spielen und dass sie im Haushalt mitarbeiten müsse, um ihren Lebensunterhalt zu verdienen. Onkel Sirak meinte auch, dass sie endlich aufhören solle, sich wie ein Kleinkind zu benehmen, aber Abebi sagte Nein. Sie sagte, er solle Lesedi noch etwas Zeit geben. Zeit, um zu heilen. Ihre Seele und ihr Körper müssten heilen. Onkel Sirak brummte dann, aber er schlug Abebi nicht, sondern küsste sie auf die Stirn und nach einer Weile hörte er auch auf zu brummen. Lesedi fand, dass Abebi den richtigen Mann geheiratet hatte, nicht den Falschen wie Lesedis Mutter. Deshalb war Mutter auch tot. Mutter wollte nicht, dass Lesedi beschnitten wird. Vater hatte die Beschneiderin bestellt, weil es um die Familienehre ging und darum, dass man sonst keinen Mann für Lesedi finden würde. Außerdem wäre Lesedi dann nicht mehr so eigenwillig und ihr zukünftiger Ehemann hätte mehr Spaß mit ihr. Als die Beschneiderin mit der Rasierklinge dann kam, hat sich Mutter vor Lesedi gestellt und Nein gesagt. Aber Vater hat sie weggezerrt und sie geschlagen. Immer wieder und beim letzten Schlag ist Mutter hingefallen. Mit dem Kopf auf die Kiste und sie ist nicht mehr aufgestanden. An das, was dann passiert ist, konnte Lesedi sich nicht mehr richtig erinnern. Nur daran, dass die Beschneiderin mit ihrer rostigen Rasierklinge sich über sie gebeugt hat und dass drei Frauen aus dem Dorf sie festgehalten haben. Sie hatte viele Schmerzen, da war viel Blut und ihr war heiß und kalt und irgendwann ist sie aus ihren Fieberträumen aufgewacht und hat in Abebis Gesicht geschaut. Mutter war Abebis Schwester und deshalb hat Abebi Lesedi mit zu Onkel Sirak und ihren Kindern genommen.

Ganz langsam sind Lesedis Wunden geheilt, die seelischen und die körperlichen. Abebi hat den Prozess begleitet, hat sie gewaschen und gefüttert und ihr von den alten Gottheiten erzählt, die die Erde erschaffen haben, die in allem leben und alles zusammenhalten. Abebi hat von Mawu erzählt, von der Mondgöttin. Und von Hala Puzoko, der Schöpfungsgöttin, die ihre Menschenkinder umarmt und geliebt hat. Und ihnen deshalb die Erde schenkte. Sich dann aber in den Himmel zurückgezogen hat, weil sie nicht ertragen konnte, wie ihre Kinder sich miteinander streiten und die Erde und die Lebewesen darauf zerstören. Abebi hat gebetet, dass Hala zurückkommen und die Menschen vor ihrer Dummheit retten würde.

***

„Abebi war ungebildet, aber weise. Auch sie ist leider viel zu früh gestorben. Ich war 13 Jahre alt und habe am Grab meiner Tante versprochen, dass ich die Erde vor den Menschen retten würde, damit Hala Puzoko wieder zurückkommen kann." Mami Wata lacht in sich hinein. „Meine kindliche Naivität ist mir nicht lange erhalten geblieben. Die Jahre danach waren, um es milde auszudrücken unschön. Aber irgendwann bin ich nach Europa gekommen und habe Nerthus getroffen. Sie hat meine Energien und Fähigkeiten in eine produktive Richtung geleitet. Außerdem hat sie mich überredet, in einem Krankenhaus durch rekonstruktive Chirurgie meine Vulva reparieren zu lassen. Wie neu ist sie nicht geworden, aber einigermaßen funktionsfähig. Da die Reizleitung trotzdem etwas zu wünschen übrig lässt, haben wir beschlossen mit Nerthus elektrischen Fähigkeiten rumzuspielen. Und ich muss sagen, dass das Gefühl umwerfend war."

Mami Wata lacht und zeigt auf Adam. „Ich habe sicherlich ebenso verblüfft und weltentrückt ausgesehen, wie du eben. Aber leider stehen Nerthus und ich beide nicht wirklich auf Frauen und deshalb ist es bei dem einmaligen Experiment geblieben." Sie zuckt bedauernd mit den Schultern.

Adam schaut zu Nerthus und ist verblüfft zu sehen, dass sie Mami Wata mit einem Lächeln anschaut und sie dann in die Arme nimmt. Spontan steht Adam auf und umschließt die beiden Frauen mit seinen Armen.

Nachdem sich die drei wieder an den Tisch gesetzt haben, fragt Adam Mami Wata: „Du hast von dem Glauben deiner Tante Abebi gesprochen. Von Hala Puzoko, die sich zurückgezogen hat, als die Menschen angefangen haben, die Erde zu zerstören. Wann ist diese Göttin, der Meinung deiner Tante nach, verschwunden?"

„Abebi hat immer gesagt, dass Hala noch unter ihnen war, als Abebi selber ein Kind war. Die Mitglieder ihres Stammes waren damals noch Anhänger der traditionellen Religion, während um sie herum die meisten Menschen schon zum muslimischen oder christlichen Glauben konvertiert waren. In der traditionellen Religion war die Gemeinschaft wichtiger als das Individuum und der Mensch stand nicht über der Natur, sondern war ein gleichwertiger Teil von ihr. Deshalb wurde vorsichtig mit den Ressourcen umgegangen, aber der Einfluss der großen Religionen war so stark, dass um sie herum die alten Werte keine Bedeutung mehr hatten."

„Das kommt mir sehr bekannt vor, wenn ich an die Heimat meiner Mutter denke", bestätigt Adam und wendet sich an Nerthus: „Wir haben auf dem letzten Festival kurz darüber gesprochen, dass die Menschheit der Zukunft möglicherweise eine neue Religion braucht. Sollen dafür Anleihen bei den traditionellen und ethnischen Religionen gemacht werden?"

„Ich bin keine Freundin von Religion. Zumindest nicht wie wir sie heute leben und erleben. Aber die meisten Menschen brauchen einen Glauben und wünschen ihn sich, um einen Sinn in ihrem Leben zu erkennen, vor allem wenn die Zeiten beschwerlich werden. Dass die nahe Zukunft schwierig wird, ist unumgänglich. Wir werden einen Glauben brauchen, in dem die Harmonie zwischen den Menschen und ihrer Umwelt im Mittelpunkt steht. Die meisten unserer großen Religionen feiern den Menschen als die Krönung der Schöpfung, der sich die Erde untertan machen darf. Und damit fing im Prinzip die Zerstörung der Umwelt an. Du hast vorhin die Heimat deiner Mutter erwähnt. Heutzutage sind 98 Prozent der Samoaner Christen. Wie sah die Religion vor dem Siegeszug des Christentums aus?"

Adam muss nicht lange überlegen: „Alles Lebende hat einen gemeinsamen Ursprung. Der Mensch wird nicht als Individuum betrachtet, sondern als Teil des Kosmos, des Landes, der See und des Himmels. Die Verbindung wird auch in der Sprache deutlich. Das Wort fanua zum Beispiel bedeutet Plazenta und es bedeutet auch Land. Alles Leben ist gleich viel wert und der Mensch ist nicht der Besitzer, sondern der Treuhänder der Erde. Das Gleichgewicht zwischen allen lebenden Dingen steht im Vordergrund. Die Menschen kannten ihr Ökosystem sehr gut und wussten, was sie entnehmen konnten, ohne ihm zu schaden. Sie haben jedes Tier und jede Pflanze, die sie getötet haben, um Vergebung gebeten. Das Land gehörte nicht den Individuen, sondern wurde von der Gemeinschaft verwaltet und bewirtschaftet. Es gab keine religiösen Gebäude und keinen religiösen Besitz, wie in vielen anderen Religionen. In der christlichen Kirche zum Beispiel war Besitz immer sehr wichtig. Ständig wurde Geld gebraucht und die Mitglieder, die viel gespendet haben, bekamen dadurch Ansehen und eine Menge Macht. Das hat dazu geführt, dass sich die Menschen gegenseitig ausgebeutet haben und erst recht ihre Umwelt."

„Genau!", bestätigt Nerthus, „Die Tatsache, dass die Anhänger der Urreligionen sich nicht als über der Welt stehend empfanden, sondern als integraler Bestandteil ihrer Umwelt, führte dazu, dass sie ihr Ökosystem schützen und erhalten wollten und dementsprechend nachhaltig lebten. Ihr Glaube war daher kein abstraktes Gedankenkonzept, sondern die Art und Weise, wie sie ihr tägliches Leben lebten, wie sie einander und ihre Umwelt achteten. Und genau diese Idee müssen wir den Menschen, die eine Zukunft auf diesem Planeten haben wollen, vermitteln."

„Außerdem brauchen wir viele Kleingesellschaften, in denen jedes Mitglied eine wichtige und geachtete Rolle spielt, sodass

Profilierung irrelevant und überflüssig ist", fügt Mami Wata hinzu. „Das Tempo verlangsamen, kürzere Arbeitszeiten, mehr Zeit für Freunde, Familie und Freizeitbeschäftigung in der Natur. Achtung vor dem Leben ist die wichtigste Botschaft, ist die eigentliche Religion."

KAPITEL 32

Adam geht in die Gästekabine, um sich für die Abschlussveranstaltung fertigzumachen. Er wählt eine frische, schwarze Jeans und ein schlichtes schwarzes T-Shirt. Der Tag ist warm gewesen, aber die vorhergesagten Abendtemperaturen lassen eine Jacke sinnvoll erscheinen. Adam greift zu seiner geliebten Lederjacke, zögert aber, sie anzuziehen. Er hat das Gefühl, sie nicht mehr mögen zu dürfen. Wie konsequent muss man als Veganer, der sich im Rampenlicht der Öffentlichkeit bewegt, verhalten, um glaubhaft zu bleiben? Er zögert noch, als es an der Tür klopft. Er öffnet und Nerthus steht vor ihm.

„Ich habe etwas für dich, von dem ich annehme, dass es dir gefallen könnte." Sie reicht ihm eine Stofftasche, aus der er eine schwarze Lederjacke zieht. Das Leder fühlt sich glatt und geschmeidig an. Er schlüpft in die Jacke und betrachtet sich im Spiegel, der in die Innenseite seiner Kabinentür integriert ist. Schick und ausgesprochen angenehm zu tragen. Er dreht sich mit einem breiten Grinsen zu Nerthus um und zeigt auf seine alte Jacke. „Kannst du Gedanken lesen? Ich war mir nicht sicher, ob ich sie noch tragen kann. Ist das hier Kaktusleder?"

Nerthus lächelt ihn an und er hat zum ersten Mal den Eindruck, dass es sich um ein völlig offenes Lächeln handelt. Es macht ihr ungewöhnliches Gesicht noch schöner. „Ja, ist es. Nach einem neuen Verfahren hergestellt, ganz ohne Kunststoffe. Ich habe sie für dich anfertigen lassen. Du darfst deine lieb gewonnene, alte Jacke natürlich noch tragen, aber vielleicht nicht heute Abend."

„Ich werde die alte aus sentimentalen Gründen behalten, aber die hier", Adam streicht über das Leder auf seiner Brust, „wird mein neues Lieblingsstück." Er beugt sich vor und setzt ihr einen flüchtigen Kuss auf die Stirn. Flüchtig genug, um nicht wieder völlig in ihren prickelnden Bann zu geraten. „Ich würde gerne weitermachen, wo wir vorhin unterbrochen wurden, aber dazu ist jetzt wohl keine Zeit."

„Leider nein. Wir müssen los", sagt Nerthus und Adam sieht in ihrem Blick, dass sie das ˋleider´ ernst meint. „Aber nach der Abschlussveranstaltung und der darauf folgenden ausgiebigen Abschlussfeier im Backstagebereich und dem langwierigen Verabschieden der anderen Musiker und dem langen Weg zurück zum Bus könnten wir vielleicht noch einen Whisky in meiner Kabine trinken." Die distanzierte, unterkühlt agierende Nerthus ist endlich aufgetaut und zeigt ihre komische Seite. Adam gibt sich einen innerlichen High five und bemüht sich, sein fettes Grinsen unter Kontrolle zu bringen.

Als sie aus dem Bus steigen wollen, erhält Nerthus noch einen Telefonanruf und bittet Adam, vorzugehen. Mami Wata, Hel, Fuji, Kali und Al-Lat warten schon draußen. Alle haben ihr neues Bühnenoutfit aus hautengen, schwarzen Overalls an und sehen umwerfend aus. Adam, der es eigentlich gewohnt ist, bei Medienauftritten von schönen Frauen umgeben zu sein, fühlt sich heute in besonders attraktiver Gesellschaft.

Kurz darauf stößt Nerthus zu ihnen und sagt: „Nachdem Fuji und ich diesem seltsamen Marine am Merchandise-Stand begegnet sind, habe ich Chesslow angerufen, mit der Bitte noch einmal Nachforschungen anzustellen, ob es irgendwo Hinweise auf ein weiteres geplantes Attentat gibt. Er hat gerade zurückgerufen und mir mitgeteilt, dass er bis zum jetzigen Zeitpunkt keine Anhaltspunkte dafür finden konnte. Ich denke, dass wir trotzdem vorsichtig und wachsam sein sollten."

Die anderen nicken zustimmend und alle machen sich gemeinsam auf den Weg in Richtung Hauptbühne.

Die Abschlussveranstaltung soll ganz ähnlich der des letzten Festivals vor zwei Wochen ablaufen. Alle Musiker, die noch vor Ort sind und sich bereit erklärt haben, das weltweit stattfindende Klimafestival am 31. August zu unterstützen, werden auf der Bühne anwesend sein. Nach einer kurzen Ansprache des Orgateams wird das Mikrofon an Adam weitergegeben, der noch einmal den Ablauf der großen Musikveranstaltungen in den verschiedenen Weltmetropolen erklären und auf das ausliegende Infomaterial und die Webseite hinweisen wird. Danach wird Nerthus ihren mittlerweile schon legendären Song spielen, in den die Gitarristen der anderen Bands einstimmen werden.

Als Adam und die *Goddesses of the Earth* die Bühne betreten, sind die Mitglieder der anderen Bands schon versammelt. Das Publikum ist am Ende eines fantastisch gelaufenen Festivals mit perfektem Wetter, bester Laune und ekstatisch, so viele musikalische Idole vereint auf der Bühne zu sehen. Beste Voraussetzungen, um die Message rüberzubringen, denkt Adam.

KAPITEL 33

Josh Westons Campingbus steht mit dem Heck zum Zaun geparkt. Ein grüner 15 Jahre alter T5, mit deutschem Nummernschild und vielen Festivalaufklebern aus ganz Europa. Das Aufstelldach ist zur Heckseite hochgestellt. Vor der seitlichen Schiebetür stehen ein Campingstuhl und ein Campingtisch, unter dem einige leere Bierdosen liegen. Ein Fahrzeug wie viele hier, völlig unauffällig. Josh hatte das Fahrzeug vor sechs Tagen übernommen. Nachdem er in Frankfurt gelandet war, ist er mit einem Taxi eine halbe Stunde in südlicher Richtung zu einem kleineren Ort gefahren und hatte dort, wie verabredet, den Bus auf einem Supermarktparkplatz vorgefunden. In der Küchenzeile des Wagens fand er genug Proviant für mindestens eine Woche und unter einer gut kaschierten Klappe im doppelten Boden lag, wie besprochen, die nach seinen Vorgaben zusammengestellte Ausrüstung.

Josh war eine Stunde vor der offiziellen Öffnung des Campingplatzes angekommen und hatte seine Kontaktperson angerufen. Kurz darauf war ein rundlicher Typ mit einem Quad-Bike aufgetaucht und hatte ihn aufgefordert, ihm hinterherzufahren. Es hatte weder Nachfragen noch Komplikationen gegeben, was wieder einmal bewies, welchen langen Arm sein Auftraggeber hat.

Josh hatte, nach dem Erhalt seines Auftrags, nur wenig Zeit zur Vorbereitung gehabt und hatte sich bei seiner Platzwahl auf Luftaufnahmen und topografische Karten beschränken müssen, da es für eine Ortsbegehung keine Gelegenheit gab. Aber der Platz, zu dem er gelotst wurde, ist perfekt. Der T5 steht nun in der nordwestlichen Ecke des Campground O, direkt am Zaun, der sich nach Beendigung der Mission einfach überwinden lassen wird und somit einen perfekten Rückzugsweg freigibt. Er wird in der Dunkelheit am Zaun entlanggehen, bis er zu einem Feldweg kommt, dem er in Richtung Norden folgen wird. In circa zwei Kilometern Entfernung wird er in einem kleinen Wäldchen einen dort abgestellten Mittelklassewagen besteigen und ungesehen verschwinden.

Vom Bett oben im Aufstelldach kann er in einem leicht abschüssigen Winkel direkt auf die Hauptbühne in 680 Metern Entfernung sehen. Er schaut durch das Zielfernrohr des M40A5 auf die Fahnen neben der Bühne. Der Wind hat in der letzten halben Stunde stetig zugenommen, obwohl der Wetterbericht nur eine leichte Brise vorausgesagt hat. Das könnte zu einem Problem werden.

Die Bühne füllt sich langsam. Es ist 22:20 Uhr. Die Abschlusskundgebung soll um 22:30 Uhr starten. Nach Beginn werden noch einmal circa zehn Minuten vergehen, bevor die optimale Gelegenheit kommt. Er hat sich die Videos von der Veranstaltung vor zwei Wochen angesehen und geht davon aus, dass der Ablauf heute sehr ähnlich sein wird.

Eine 20-minütige Wartezeit ist nichts im Vergleich zu den vielen Stunden und manchmal Tagen, die er als Scharfschütze des US Marine Corps ausharren musste. Das M40A5 war damals seine Standardwaffe und für einen Einsatz wie diesen durchaus angemessen, da seine Reichweite von 1000 Metern zur Zieldistanz passt. Deshalb hatte er um dieses Gewehr gebeten. Am ersten Tag hatte er es, nachdem der Campingplatz sich anfing zu füllen und genug Umgebungsgeräusche seine Aktionen überdeckten, auseinandergenommen und wieder zusammengebaut, um sich von seiner Funktionstüchtigkeit zu überzeugen. Eigentlich eine überflüssige Handlung, denn sein Arbeitgeber hatte ihn in Bezug auf die Waffenausstattung noch nie enttäuscht. Das M40 war mit Nachtsichteinrichtung, Schalldämpfer und Bipod geliefert worden. Den Bipod hat er aufgebaut, aber das Nachtsichtfernrohr ist überflüssig, denn die Bühne ist gut ausgeleuchtet und selbst bei Veränderung der Lichteffekte, ist immer genug Sicht vorhanden, um das Geschehen auf der Bühne genau abschätzen zu können. Den Schalldämpfer wird er auch nicht benutzen, denn Mündungs- und Geschossknall werden von den vielen lauten Geräuschen des Festivals übertönt. Im Infield wird die Musik von der Bühne mit ihren harten Bässen und Drumbeats den Knall camouflieren und auf dem Campingplatz laufen überall Stromgeneratoren und Musikanlagen. Zur Vorsicht hat Josh auch noch seinen eigenen Generator angeworfen, aber die meisten Festivalbesucher werden ohnehin im Infield sein, oder besoffen in ihren Camps rumhängen und sowieso nichts merken.

Als Munition hat er .308 Win High-Impact-Hochleistungsgeschosse für den Einsatz gegen Weichziele gewählt. Die Geschossdeformation bei Eintritt in den Körper verhindert einen Durchschuss, der umstehende Nicht-Ziele gefährden könnte, eine durchaus realistische Gefahr bei einer voll besetzten Bühne. Er ist nicht hier, um ein Massaker zu verüben. Sein Auftrag ist es, eine Person zu liquidieren, eine Person, die nach Ansicht der

CIA eine reale Gefahr für den amtierenden Präsidenten der Vereinigten Staaten darstellen könnte. Ein Präventivschlag. Mit solchen Maßnahmen hat er normalerweise kein Problem, denn es handelt sich in der Regel um Kriminelle, Profiattentäter, Kriegsverbrecher oder Terroristen, aber in diesem Fall geht es um eine geniale, wenn auch etwas exzentrische Musikerin. Außerdem ist er dem derzeitigen Präsidenten nicht besonders zugetan, obwohl der sein oberster Dienstherr ist, aber er braucht das Geld für seine Schwester und Nichte. Josy ist ein Wrack. Das Leben mit Jaxon, der exzessive Drogenkonsum und die körperliche Misshandlung haben sie zerstört. Sie ist nicht in der Lage, für sich und ihre Tochter zu sorgen, und braucht ständige, medizinische Therapie und Betreuung, die Unmengen an Geld verschlingen. Außerdem ist es nicht seine Aufgabe, seine Aufträge zu hinterfragen.

Ein erneuter Blick auf die Fahne neben der Bühne zeigt, dass der Wind weiter zugenommen hat. Um die Distanz zwischen Wohnmobil und Bühne zu überbrücken, wird das Geschoss 400 Millisekunden brauchen. Unter derzeitigen Windeinfluss könnte das zu einer Abweichung von der Flugbahn von mehreren Dezimetern führen, was bei der dicht besetzten Bühne zu unerwünschten Kollateralschäden führen könnte. Das Konzert, dass die *Goddesses of the Earth* am Vortag hier gespielt haben, wäre die sicherere Option gewesen, da sie alleine auf der Bühne waren. Die Wetterverhältnisse waren ebenfalls besser, aber Josh hatte sich das Konzert angesehen, um den Bewegungsradius der Gitarristin genau studieren zu können. Verlässliches Videomaterial hatte nicht zur Verfügung gestanden, denn Hinweise auf eine Bedrohung des POTUS waren erst zwei Tage vor Beginn des Festivals in Langley gefunden worden. Es war gerade genug Zeit, um ihn zu entsenden. Josh hatte sich im Internet alle verfügbaren Videos vom Auftritt der Goddesses beim letzten Festival Anfang August, angesehen. Aber das waren Mitschnitte, die sich auf die ganze Band und nicht nur die Gitarristin konzentriert hatten. Die Musikerin hat die Tendenz, sich viel und explosionsartig auf der Bühne zu bewegen. Bei dem Konzert am Vorabend hat sie auch den Song gespielt, der heute die Abschlussveranstaltung beenden würde. Während einer bestimmten Passage des Songs schien sie wie in Trance zu fallen und für einige Sekunden völlig reglos zu stehen. Das ist der Moment, den sich Josh für seinen Abschuss ausgesucht hatte und nach seiner Berechnung sollte es in zwei Minuten 35 Sekunden so weit sein, denn mittlerweile hatte die Zielperson das Mikrofon vom Schauspieler übernommen und ihre eigene Ansage fast zu Ende gebracht. In wenigen Sekunden würde sie den Abschlusssong anstimmen.

Josh stellt das Zielfernrohr gemäß seinen Windberechnungen ein. An dem Gerüst, welches das Dach der Bühne trägt, hängt ein geplatzter pinker Luftballon, den jemand am Nachmittag hat steigen lassen und der sich dort verfangen hat. Josh hat sich diese Gummihülle als Ziel ausgesucht, falls ein Testschuss notwendig werden sollte. Durch das Zielfernrohr ist die pinke Hülle auch jetzt am Abend noch gut zu erkennen, da das Licht der Bühnenbeleuchtung auf sie fällt. Er adjustiert das M40 und wartet, bis die Zuschauer ihre Feuerzeuge und Handytaschenlampen einschalten. Die vielen Lichter im Publikum werden das Mündungsfeuer kaschieren. Er atmet tief durch, beobachtet seinen Herzschlag, zieht den Abzug bis zum Druckpunkt, wartet auf einen Moment zwischen zwei Herzschlägen und löst den Schuss. Im Zielfernrohr sieht er, wie ein Stück der Ballonhülle auf die Bühne heruntersegelt. Seine Berechnungen bezüglich des Windes stimmen also. Er hört, wie die Gitarristin das erwartete Solo anstimmt und justiert das Gewehr, sodass das Fadenkreuz im Zielfernrohr auf ihrer Stirn zwischen dem einen Auge und der goldenen Augenklappe erscheint. Er sieht wie ihr Auge den pinken Gummifetzen, der vor ihr zu Boden sinkt, verfolgt und drückt ab.

***

Der Song *Tales of Madness* hat schon jetzt Kultstatus erreicht. Die Goddesses hatten ihn bei ihrem Wackenkonzert zum ersten Mal gespielt und dann gleich noch einmal bei der Abschlussveranstaltung des Festivals drei Tage später. Da war er schon als Hit gefeiert worden und in der Zwischenzeit hat er es auf die Spitzenplätze der Charts vieler Länder geschafft. Auf YouTube erhielt er bis jetzt schon sensationelle drei Milliarden Klicks. Als Nerthus die ersten Akkorde anstimmt, skandiert das Publikum abwechselnd Goddesses und Madness. Vielen Festivalbesuchern stehen emotionale Tränen in den Augen. Aufgestaute Wut und Frust mischen sich mit einem Gefühl von Stärke und Euphorie. Fäuste werden in den Abendhimmel geschleudert und der Ruf „Madness" scheint ein crescendo zu erreichen.

Nerthus gibt sich der Stimmung des Publikums hin und lässt auch ihren brodelnden Zorn in das Gitarrenspiel fließen. Ihre Bandkolleginnen und Mitstreiterinnen in Sachen Klimamission nehmen die Stimmung auf. Mami Watas Rhythmusgitarre und Fujis Drums peitschen den Rhythmus voran, Hels Screams sind durchdringender als je zuvor und Nerthus` Leadgitarre weint bittere Tränen. Die Gitarristen der anderen Bands setzen ein. Im Publikum werden unzählige Feuerzeuge und Handytaschenlampen angezündet.

Ein pinker Gummifetzen schwebt wie in Zeitlupe, verlangsamt durch die warme Abluft der Beleuchtung, vor Nerthus herab. Es sieht aus wie ein Stück des kaputten Luftballons, den sie beim Betreten der Bühne im Gerüst des Aufbaus wahrgenommen hat. Der zunehmende Wind hätte den ganzen Luftballon losreißen können, aber nicht nur ein kleines Stück des elastischen Materials. Ein zunehmender Wind, der die Arbeit eines Scharfschützen schwieriger machen würde. Nerthus schaut auf und die Zeit scheint sich zu verlangsamen, sie blickt auf ein Meer von Tausenden von Lichtern und hinter den kalten weißen Lichtern der Handys sieht sie einen goldenen Blitz. Den Blitz eines Mündungsfeuers und sie reißt ihren Kopf nach links.

***

Durch das Zielfernrohr sieht Josh eine Bewegungsunschärfe. Etwas Goldenes fliegt durch die Luft, gefolgt von roten Spritzern. Dann löst sich das Gesicht von John Mofield in einen roten Nebel auf. Josh starrt ungläubig durch das Zielfernrohr. Hat er gerade sein Idol, den Leadsänger und Rhythmusgitarristen einer seiner Lieblingsbands erschossen? Er schüttelt den Kopf, um sich aus seiner Erstarrung zu lösen. Was ist mit seiner Zielperson? In dem hysterischen Chaos auf der Bühne kann er nur erkennen, dass mehrere Personen auf dem Boden zu liegen scheinen. Er kann sein Ziel nicht ausmachen und hat keine Möglichkeit für einen zweiten Schuss.

Josh klappt den Bipod ein, schiebt das Gewehr in die Waffentasche und hängt sie sich um. Er stellt den Zeitzünder für die Brandsätze, die er im Bus verteilt hat, auf zehn Minuten. Er klettert ungesehen über den Zaun und verschwindet in die Dunkelheit.

TEIL III

KAPITEL 34

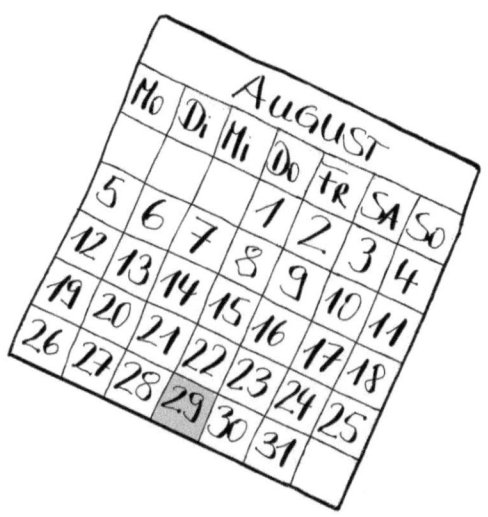

Google Maps zufolge ist der Fußweg vom Hamburger Hauptbahnhof bis zum Hotel Atlantic nur 550 Meter lang. Dementsprechend sollte er in sechs bis sieben Minuten sein Ziel und die Frau, die dort auf ihn warten würde, erreicht haben. Adam verlässt die Bahnhofshalle und zieht die Baseballkappe tiefer in die Stirn. Normalerweise würde er eine solche Kappe nicht tragen, aber er möchte nicht schon auf dem Weg zum Hotel erkannt werden. Seit er Nerthus und die Goddesses kennengelernt hatte, versucht er seine Reisen so umweltfreundlich wie möglich zu gestalten. Flüge sind derzeit leider noch nicht ganz zu vermeiden, aber er hat einen Direktflug von Los Angeles nach Frankfurt genommen und auf einen Weiterflug nach Hamburg verzichtet. Stattdessen ist er mit der Bahn gefahren. Viereinhalb Stunden vom Flughafen bis zum Hamburger Hauptbahnhof sind ok und wegen der Nähe des Hotels kann er sogar auf ein Taxi verzichten. Alles in allem ist er zufrieden mit dem CO_2-Footprint seiner Reise und durch die Kappe, den hochgeschlagenen Kragen seiner schwarzen Jacke, die seinen langen Zopf versteckte und die große Sonnenbrille ist er bis jetzt nicht erkannt worden. Spätestens in der Eingangshalle des Atlantics wird sich das allerdings ändern. Denn dort wird Harper, die schon vor zwei Stunden aus London eingetroffen ist, wie verabredet auf ihn warten. In den vergangenen zwei Stunden haben sicherlich auch schon einige Journalisten ihren Weg in die Hamburger Nobelherberge gefunden, um über die neuesten Promi-News berichten zu können.

Harper O'Connely und Adam Esera, die Co-Stars aus *Don't Die on Me* endlich auch im wahren Leben in Liebe vereint. Die Klatschspalten der Zeitungen und die sozialen Medien werden in aller Länge und Breite berichten. Über Adam, der nach seiner schrecklichen Ehe und Scheidung und nach langer Liebesabstinenz endlich wieder Glück gefunden hat. Die männlichen Fans werden ihn um die hochgewachsene, vollbusige Rothaarige beneiden und die weiblichen Fans werden Harper hassen. Adam ist dieses Medientheater zuwider, aber diesmal wird er mitspielen. Als er die Hotelhalle betritt, sieht er, dass Harper schon von Fotografen umringt ist. Bis jetzt hat ihn noch niemand entdeckt und erkannt. Was sich allerdings schnell ändert, als er die dämliche Kappe abnimmt, seine schwarzen Haare aus dem Zopf befreit und ausschüttelt und sein, von den weiblichen Fans so geschätztes Lächeln, aufsetzt. Harper stößt einen kleinen, spitzen Schrei aus und stöckelt mit wogendem Busen auf ihn zu. Er kann sich gerade noch verwundert fragen, wie die kleinen Blusenknöpfe diesen Naturgewalten trotzen können, bevor die Besitzerin der Üppigkeiten ihn an sie drückt. O'Connely hat ohnehin schon Gardemaß und auf ihren hohen Hacken ist sie so groß, dass sie Adam direkt in die Augen schauen und ihre Lippen ohne Verrenkungen direkt auf die seinen pressen kann. Ein Blitzlichtgewitter tobt und nach endlos erscheinenden Momenten lässt Harper ihn zu Luft kommen.

Sie beantwortet die zahllosen Fragen der Reporter ausführlich und Adam hat das Gefühl, dass ihm das Lächeln auf dem Gesicht festfriert. Nachdem Harper detailliert berichtet hat, wie sie sich eigentlich schon während der Dreharbeiten zu „Don't die on me" unsterblich verliebt hatten, aber aus beruflichen Gründen ihrer Liebe noch nicht nachgeben konnten, bittet sie die Journalisten, sie nun zu entschuldigen, da Adam und sie sich gerne zu einem intimen Abendessen in ihre Suite zurückziehen würden. Unter einem weiteren Blitzlichtgewitter besteigen sie Hand in Hand den Aufzug und fahren ihrem Liebesnest entgegen. Als sie die Zimmertür der geräumigen Deluxe Suite hinter sich geschlossen haben, kickt Harper die Stilettos von ihren Füßen, fischt die Busenpolster aus dem BH und wirft sie auf den Couchtisch, schließt einen weiteren Blusenknopf, lässt sich in den nächstbesten Sessel plumpsen und seufzt: „Für die Aufführung hätte ich eigentlich einen Oskar verdient! Ganz im Gegensatz zu dir. Eine hölzernere Performanz hast du noch nie gegeben. Was war los? Da waren ja unsere Liebesszenen in *Don't Die on Me* heißer."

„Keine Ahnung. Ich bin in Gedanken wahrscheinlich schon bei den Klimakonzerten."

Harper guckt skeptisch. „Ich vermute mal, dass du in Gedanken wohl eher bei Nerthus bist."

Als es an der Zimmertür klopft, nimmt Harper schnell die Busenpolster von Couchtisch und verschwindet ins Badezimmer. Adam öffnet die Tür. Zwei Hotelangestellte rollen einen reich gedeckten Servierwagen ins Zimmer und schieben ihn neben den Esstisch. Adam bedankt sich und schließt hinter ihnen die Tür.

Harper kommt in einen schlabbrigen Jogginganzug gekleidet aus dem Badezimmer und setzt sich an den Tisch.

„Ich dachte, dass du, bevor du dich heimlich nach Berlin aufmachst, noch ein ordentliches Abendessen gebrauchen kannst."

Adam schaut die Speisen skeptisch an, aber seine Mine und seine Laune hellen auf, als er feststellt, dass kein Fleisch oder Fisch auf dem Wagen zu sein scheint.

Harper, die seine Gedanken errät, sagt mit einem Grinsen in der Stimme: „Ja, ja, alles vegan. Ich muss zugeben, dass ich in letzter Zeit viele vegane Sachen ausprobiert habe, und wenn ich ehrlich bin, muss ich gestehen, dass sie gar nicht so schlecht sind. Ich kann sogar mehr davon essen, ohne ein Gramm zuzunehmen."

„Wow, ich bin beeindruckt." Adam grinst. „Ok, dann lass uns noch etwas zusammen essen, bevor ich mich auf den Weg mache."

Sie genießen das Essen und besprechen noch einmal die Strategie der nächsten zwei Tage.

Um Adam die Möglichkeit zu geben, unbemerkt nach Berlin zu fahren, wird O'Connely im Atlantic bleiben und vorgeben, zwei heiße Tage und Nächte mit ihrem neuen Geliebten in der luxuriösen Suite zu verbringen. Sie wird weiterhin Essen aufs Zimmer bestellen, mit den Hotelangestellten schäkern und kichernd behaupten, Adam sei gerade im Bett oder im Bad. Am Samstagvormittag wird sie abreisen und den wartenden Reportern erklären, dass Adam leider schon in aller Frühe hat aufbrechen müssen, um rechtzeitig nach Berlin zum Klimakonzert zu kommen. Dann wird sie selber zu Dreharbeiten nach London fahren.

Direkt nach dem Essen fährt Adam mit dem Aufzug bis in die Tiefgarage und gelangt unbemerkt zu dem für ihn abgestellten Elektroauto. Vorsichtshalber trägt er eine blonde Perücke, einen blonden Bart und dazu eine Brille mit silbernem Metallrahmen. Harper hat ihm versichert, dass er immer noch heiß aussieht, aber eben nicht mehr wie Adam Esera. Sie hat ihm einen Klaps auf den, wie sie sagt, besten Arsch der Männerwelt, gegeben und ihm mit einem Augenzwinkern viel Erfolg in jeder Hinsicht gewünscht.

Er steigt in das Auto, einen unauffälligen Skoda Enyaq und gibt die Zieladresse im Südwesten Berlins in das Navi ein. In vier Stunden sollte er sein Ziel erreicht haben. Nur noch vier Stunden dank Harpers Hilfe.

Harper und er kennen sich bestimmt schon über fünfzehn Jahre und haben in der Zeit zwei Blockbuster, einen Flop, eine Miniserie und mehrere Fernsehdramen zusammen gedreht. Die Presse hat ihnen schon mehrmals eine Affäre angedichtet, was seiner problembeladenen Ehe mit Claudine nicht gerade geholfen hat, aber in Wirklichkeit haben er und O'Connely nie mehr als Freundschaft füreinander empfunden. Diese Freundschaft entstand aufgrund ihrer gemeinsamen Arbeit, aber darüber hinaus verbindet sie auch die Sorge um die Ozeane. Harper ist eine begeisterte Taucherin und hat in den vergangenen Jahren Adam gegenüber immer vehementer ihrem Ärger über den katastrophalen Zustand der Weltmeere Luft gemacht. Nach seinem ersten Treffen mit Nerthus hat er Harper von den Klimakonzerten erzählt und sie als Botschafterin für die Sache gewinnen können. Offiziell weiß Harper nichts von *CONTs* Aktionen,

aber Adam ist schon immer bewusst gewesen, dass ihr rebelli-
scher, irischer Geist Widerstand liebt. Deshalb hat sie sofort
begeistert eingewilligt, als er sie bat, diese Scharade in Hamburg
mit ihm zu spielen, damit er sich vor dem Klimakonzert heimlich mit Nerthus treffen kann.

KAPITEL 35

Als Nerthus am Abend des 17. Augusts blutend zu Boden gegangen war, hatte er das Gefühl keine Luft mehr zu bekommen und für lange Sekunden konnte er sich nicht bewegen. Aber dann wurde ihm klar, dass Nerthus nur einen Streifschuss im seitlichen Stirnbereich abbekommen hatte und dass das ganze Blut auf dem Boden der Bühne von John Mofield stammte, der hinter Nerthus gestanden hatte. Er war schockiert über den grässlichen Tod des Frontmanns von Metalore, aber Nerthus lebte und das war das Einzige, was in diesem Moment wirklich für ihn zählte. Nach Nerthus` eigener Angabe hatte sie das Mündungsfeuer in der Ferne gesehen und konnte dem Projektil gerade noch so weit ausweichen, dass sie nur einen Streifschuss oberhalb der rechten Schläfe abbekommen hatte und ihre goldene Augenklappe weggerissen wurde. Nach Rekonstruktion der Flugbahn fand die Polizei in circa 700 Metern Entfernung von der Bühne einen ausgebrannten VW-Bulli auf dem Campinggelände. Die Spurensicherung konnte keine zweckdienlichen Hinweise mehr in dem Wrack finden, hieß es vonseiten des BKA, das eingeschaltet worden war, da man einen terroristischen Anschlag nicht ausschließen konnte.

Nerthus, deren Wunde vor Ort notfallmäßig versorgt worden war, wurde zusammen mit den anderen Bandmitgliedern von einem Hubschrauber abgeholt. Adam hatte natürlich mitfliegen wollen, aber Nerthus hatte klar gemacht, dass sie erst einmal untertauchen müsse, bis man Näheres zu dem Anschlag herausgefunden hätte. Er sollte daher bis auf Weiteres seine geplanten Termine einhalten. Er hatte schweren Herzens eingewilligt, in der Hoffnung, in ein paar Tagen Nerthus wiedersehen zu können, und war fürs Erste nach LA geflogen, um dort an einer wichtigen Fernsehshow teilzunehmen. Als er auf dem LAX gelandet war, hatte er sofort auf das Kryptohandy geschaut, das er von Nerthus erhalten hatte, bevor sie den Helikopter bestieg. Aber statt der erhofften WhatsApp von Nerthus zeigte das Mobiltelefon eine Nachricht mit detaillierten Anweisungen von Chesslow an.

Adam fuhr auf Chesslows Instruktionen hin nicht direkt zu seinem Haus, sondern zum Grand Central Market, schlenderte eine Weile zwischen den Essständen herum, kaufte ein bisschen Obst und bestaunte interessant aussehendes Konfekt, um sich dann in eine Taco-Bar zu setzen. Nachdem das von ihm bestellte Essen serviert worden war, rief er Chesslow an.

„Ist dir jemand gefolgt?"

„Ich glaube nicht. Ich trage eine blonde Perücke, einen passenden, falschen Bart und eine Brille. Die Tarnung scheint zu funktionieren. Nicht ein einziger Fan hat mich erkannt."

„Ist das Restaurant voll besetzt?"

„Ja, ich habe es gewählt, weil alle Plätze, bis auf den, auf dem ich jetzt sitze, belegt waren. Nach mir ist keiner mehr in die Taco-Bar gekommen. Aber wofür dieses ganze Theater? Ich kann mir nicht vorstellen, dass es jemand auf mich abgesehen hat."

„Wir müssen sichergehen, dass niemand unser Gespräch mithören kann. Wir wissen nicht, ob dein Haus abgehört wird."

Im Weiteren berichtete Chesslow, was nach dem Attentatsversuch geschehen war. *CONT* hatte als Konsequenz auf den Anschlag auf den Bus die Sicherheitsvorkehrungen sowieso schon erhöht. Als Nerthus dann ihre Beobachtung bezüglich des verdächtigen Marines weitergegeben hatte, waren Drohnen gestartet worden, die das Festival überwachten. Deren Livestream zeigte, kurz nachdem der Schuss gefallen war, einen brennenden Bulli und eine Person mit einer länglichen Tasche, die sich schnell von der Brandstelle entfernte, einige Minuten später ein Auto bestieg und in nördlicher Richtung davonfuhr. Eine Stunde später war es *CONT*-Mitarbeitern gelungen, die männliche Person gefangen zu nehmen und nach Berlin zu fliegen, wo der Gefangene dann von Nerthus befragt worden war.

Der Verdächtige hatte sich unter Nerthus` Verhörmethoden erfreulich kooperativ gezeigt und sich selbst als Josh Weston zu erkennen gegeben. Er gab zu, als Auftragskiller für die CIA zu arbeiten und dass seine Zielperson Nerthus selbst gewesen sei. Chesslow zog nun in Betracht, dass der amerikanische Auslandsgeheimdienst durch Ron Buttler auf die Spur von Nerthus und *CONT* gekommen ist.

„Ron hat mir zugesichert, dass die Nachforschungen, die er in der Kali-Sache betrieben hat, nicht durch offizielle Kanäle gelaufen sind. Dass niemand etwas davon mitbekommen hat, und ich glaube ihm", wandte Adam ein.

„Gibt es eine Möglichkeit mit Buttler Kontakt aufzunehmen, ohne dass seine Arbeitgeber Wind davon bekommen? Und wenn ja, traust du dir zu herauszufinden, ob wir ihm wirklich trauen können?"

„Ja, ich denke schon. Warum?", fragte Adam.

„Wir müssen herausbekommen, was die CIA weiß, um Nerthus schützen zu können. Wir müssen in Erfahrung bringen, ob die Aktionen der nächsten Tage gefährdet sind. Vielleicht können wir Buttler benutzen, um gezielte Falschinformationen an den Geheimdienst weiterzugeben."

„Ich nehme mit Ron Kontakt auf und melde mich dann wieder", damit beendete Adam das Gespräch.

Adam ging davon aus, dass die CIA alle Personen, die in Kontakt zu Nerthus stehen, unter Beobachtung haben würden. Er glaubte nicht, dass er selbst ständig abgehört und beschattet wurde, aber dass man zumindest über seine Reisetätigkeiten und seinen jeweiligen Aufenthaltsort informiert sein würde. Er war nach wie vor sicher, dass Ron nicht wissentlich Informationen an seinen Arbeitgeber weitergegeben hatte, aber er musste zumindest davon ausgehen, dass Ron überwacht würde und ein Treffen mit ihm sorgfältig geplant werden müsste.

Während der Schulzeit hatte Adam, dessen alleinerziehende Mutter tagsüber arbeiten war, fast jeden Nachmittag bei Ron zu Hause verbracht. Rons Mutter hatte ihn immer wie einen eigenen Sohn behandelt und das Verhältnis zu Vivian Buttler war auch nach vielen Jahren noch so herzlich, dass er sie, wenn er zu Hause in LA war, regelmäßig besuchte oder zumindest anrief. Vivian kannte ihn gut genug, um zu wissen, dass es sich um etwas Wichtiges handeln musste, wenn er um ihre Hilfe bitten würde. Direkt Kontakt mit ihr aufzunehmen, erschien ihm zu gefährlich. In einem Spielfilm vor circa fünf Jahren hatte er selber einen CIA-Agenten auf der Suche nach einem Kriminellen gespielt. In dem Film war die Agentur als omnipotent dargestellt worden und er vermutete, dass die Realität nicht allzu weit vom Filmgeschehen entfernt war. Daher nahm er an, dass Vivian als Rons nächste und einzige Verwandte ersten Grades möglicherweise auch unter Beobachtung stehen könnte.

Er fragte die Bedienung der Taco-Bar, nach einem Stift und einem Zettel und schrieb eine Nachricht mit genauen Anweisungen für Vivian. Dann kaufte er eine Schachtel der verlockend aussehenden Konfekte, die er in der Markthalle vorher so bewundert hatte, versteckte den Zettel unter den Pralinen und erzählte der Verkäuferin mit einem charmanten Lächeln, dass es sich um eine Überraschungsnotiz für seine Mutter handeln würde. Die Verkäuferin lächelte gerührt zurück und gab sich besondere Mühe bei der Verpackung. Danach übergab er das Päckchen zusammen mit Vivians Adresse an einen Kurierdienst und bat um eine Eilauslieferung.

Wenn alles wie geplant klappte, würde Ron auf den Hilferuf seiner Mutter hin, die vorgab unter einer schweren Depression zu leiden, den nächsten Flug von Washington nach LA besteigen und am folgenden Tag in der Tiefgarage eines bestimmten Einkaufszentrums parken, um Lebensmittel und Medikamente für seine Mutter zu besorgen.

Adam wusste, dass es in der Tiefgarage Bereiche gab, die nicht von Überwachungskameras abgedeckt wurden, und hatte angegeben, dass Ron dort parken solle. Er selbst konnte sein Haus, durch ein Wäldchen, dass direkt an seinen Garten grenzt, unbemerkt verlassen und mit dem Fahrrad die elf Meilen zum Einkaufszentrum fahren. Er stellte das Fahrrad in der Nähe des Personaleingangs ab, betrat die Tiefgarage durch einen Hintereingang, der nicht durch Kameras gesichert war und wartete an der verabredeten Stelle. Nach circa 20 Minuten tauchte Ron auf und parkte sein Auto direkt neben ihm.

Nachdem die beiden sich begrüßt hatten, erzählte Adam von dem Attentatsversuch auf Nerthus und der Gefangennahme von Josh Weston.

„Unsere Frage ist jetzt, wie die CIA auf die Spur von Nerthus gekommen ist."

Adam konnte Ron die Bestürzung und die Verärgerung ansehen. „Ich habe das Gefühl, dass mein Vorgesetzter mir nicht mehr traut, und zwar seitdem ich vor einigen Wochen auf einer Umweltdemonstration gewesen bin. Man hat mich verwarnt und mir zu verstehen gegeben, dass ich mich von solchen Aktionen fernzuhalten hätte. Die Nachforschungen, die ich wegen Kali durchgeführt habe, haben im Rahmen von Routineüberwachungen südamerikanischer Krimineller stattgefunden und hätten eigentlich keine Aufmerksamkeit erzeugen sollen. Aber nun sieht es ja wohl so aus, als würde ich selber überwacht."

„Ok, das klingt einleuchtend. Aber wieso ist man dann darauf gekommen, dass Nerthus den POTUS ausschalten will?", fragte Adam.

„Im Zusammenhang mit der Entführung von Kalis Bruder ist der Name Fuji aufgetaucht. Diese Fuji soll einen Auftragsmord an einem Rindfleischbaron mit Verbindung zur Unterwelt ausgeführt haben. Ich habe dann nicht weitergeforscht, weil du ja nur wissen wolltest, ob Kali mit dem Attentat auf den Bus zu tun hat und wenn ja warum. Aber ich denke, dass wer auch immer mich observiert, hellhörig geworden ist und der Sache weiter auf den Grund gegangen ist. Der Arm der CIA ist lang."

„Wie siehst du denn deine Zukunft jetzt bei der CIA?", wollte Adam wissen.

„Ich überlege schon seit einiger Zeit auszusteigen und als Analytiker in die freie Wirtschaft zu gehen. Mir gefällt mein oberster Chef überhaupt nicht."

„Ok, dann habe ich noch eine Bitte." Im Folgenden erklärte Adam Ron den Plan, den sich Chesslow ausgedacht hatte.

Ron versicherte Adam, die von Chesslow zusammengestellten Falschinformationen auf eine Art und Weise im CIA-internen System lancieren zu können, dass sie gefunden und als relevant betrachtet werden würden. Danach verabschiedeten sich die beiden. Ron ging hinauf ins Zentrum zum Einkaufen und Adam verließ die Tiefgarage ungesehen, auf dem gleichen Weg, auf dem er gekommen war.

KAPITEL 36

Der Enyaq schnurrt leise über die Autobahn in Richtung Berlin und Adam ist in Gedanken noch bei den von Ron platzierten Falschinformationen. Nach seinem Telefonat mit Chesslow am 18. August hat er aus Sicherheitsgründen keinen Kontakt mehr zu *CONT* oder Nerthus direkt aufgenommen. Die Berichterstattung in den verschiedenen Nachrichtenmagazinen von gestern Abend und heute Morgen, hat erkennen lassen, dass die lancierten Falschinformationen zu Reaktionen geführt haben, aber er kann nicht einschätzen, ob das, was gestern passiert ist, im Sinne von *CONT* ist. Über die genauen Details der Geschehnisse erhofft er sich Aufklärung von Nerthus.

Nur noch ungefähr 30 Minuten bis er sie endlich sieht. In den Tagen, die auf sein Gespräch mit Ron folgten, war die Anspannung groß gewesen, weil Nerthus` Sicherheit von seiner Einschätzung bezüglich Rons Ehrlichkeit und Vertrauenswürdigkeit abhing. Aber je mehr Tage ohne bestürzende Nachrichten vergingen, desto ruhiger ist er geworden. Nun macht sich aber wieder Nervosität breit, denn Nerthus ist nach wie vor ein

Enigma. Immer wieder hat er sich die Erinnerungen an den Kuss ins Gedächtnis gerufen und das unglaubliche Gefühl durchlebt, das diese Berührung ausgelöst hat. Nie zuvor hat er etwas Vergleichbares erlebt. Ob sie da weitermachen werden, wo sie vor dem Konzert aufhören mussten? War Nerthus genauso involviert wie er selber, oder wollte sie ihm wirklich nur zeigen, dass Körperkontakt mit ihr süchtig macht?

Und ja, der eine fast keusche Kuss hat schon gereicht, um süchtig zu werden. Süchtigkeit verhindern zu wollen, kann Nerthus nun nicht mehr als Grund vorgeben, um weiterem Körperkontakt auszuweichen. Sie wird wahrscheinlich wieder die Wichtigkeit der Mission in den Vordergrund stellen, behaupten, dass sie keine Zeit für Persönliches haben, dass sie sich nicht ablenken lassen dürfen und tausend andere Gründe. Für Adam geht es aber längst nicht mehr nur um die körperliche Lust, sondern er muss sich eingestehen, dass es ihn auch emotional erwischt hat.

Endlich ist die Autobahnausfahrt ausgeschildert und das Navi zeigt an, dass er um 22:32 Uhr an seinem Zielort sein wird. Nerthus, die maximal drei Stunden Schlaf braucht, wird sicherlich noch wach sein.

Zehn Minuten später biegt er in eine Einfahrt ein und hält vor einem schmiedeeisernen Tor, hinter dem er in der Dunkelheit schemenhaft eine lange Zufahrt zu erkennen meint, die durch ein bewaldetes Grundstück führt. Er weiß, dass sich Nerthus` Domizil auf dem Firmengelände der Berliner Niederlassung von *Kokato & Co.* befindet. Daher hatte er mit einem hell beleuchteten Industriegelände gerechnet und nicht mit einem stockdunklen Waldgrundstück. Er überlegt noch, wie er sich bemerkbar machen soll, als die Torflügel nach innen aufschwingen und die Zufahrt freigeben. Aus dem Torhaus, das jetzt sichtbar wird, kommt ein Mann auf ihn zu, fragt ihn nach seinem Namen und steigt dann auf der Beifahrerseite ein.

„Ich bin Lukas. Nerthus hat mich gebeten, dir den Weg zu ihrem Haus zu zeigen. Ich bin einer ihrer Assistenten. Fahr bitte weiter."

Bevor sich die Innenbeleuchtung des Autos wieder ausschaltet, kann Adam noch einen kurzen Blick auf den Mann neben sich werfen. Das ist also einer der beiden Lover-Assistenten von Nerthus. Der Mann ist mittelgroß, schätzungsweise 30 bis 35 Jahre alt, hat kurze blonde Haare, sieht nicht besonders muskulös aus, sondern scheint eher die durchtrainierte Physiognomie eines Langstreckenläufers zu haben. Er ist weder hübsch noch hässlich, einfach nur durchschnittlich. Unwahrscheinlich das so jemand Nerthus` Typ sein könnte, zumindest nicht, wenn er nur als Sexobjekt ausgewählt worden war. Vielleicht hat er innere Werte, die sie schätzt. Auch kein erfreulicher Gedanke. Was hatte sie noch über das Arrangement mit ihren Assistenten gesagt? Die beiden Männer sind ein Paar, aber bisexuell und deshalb ideal für sexuelle Aktionen mit ihr. Oder irgendetwas in der Art. Hatte nicht nach emotionaler Verbundenheit geklungen, aber das Arrangement bestand ja wohl schon länger.

Lukas hat etwas gesagt.

„Sorry Lukas, ich war in Gedanken und habe nicht zugehört."

„Kein Problem. Ich habe gesagt, dass Nerthus dich in ihrem Haus empfangen wird. Wir haben einen kleinen Snack vorbereitet und dann wird sie dich zum Gästehaus bringen, in dem du für die nächsten Nächte untergebracht bist."

„Gästehaus? Nerthus` Haus hat kein Gästezimmer?"

„Nein, dort ist nur Nerthus` Schlafzimmer und das Schlafzimmer, das mein Partner und ich uns teilen."

Wie praktisch! Sie lebt also mit ihren Assistenten-Lovern unter einem Dach. So viel zum Thema: Da weitermachen wo er und sie hatten aufhören müssen. Er wollte sie nach dem Attentatsversuch an sich reißen, beschützen und in Sicherheit bringen, um dann seine Gefühle zu gestehen. Dazu war es natürlich durch die ganzen Sicherheitsvorkehrungen und Nerthus` Abflug mit dem Heli nicht gekommen, aber jetzt ...

„Vorsicht, gleich kommt eine Abzweigung mit einer scharfen Kurve nach rechts", sagt Lukas und reißt Adam wieder aus seinen Gedanken.

Adam manövriert den Wagen um die Kurve und sieht, dass der zuvor dichte Baumbestand plötzlich aufgelockert ist. Zwischen den Bäumen sind die Silhouetten von sechs gleichgroßen Häusern im japanischen Stil zu erkennen. Aus den Fenstern von drei der Häuser scheint gedämpftes Licht. Lukas weist Adam mit einer Handbewegung an, auf einem Platz unter vier großen Bäumen, die wie Kiefern aussehen, zu parken. Als sie aus dem Auto aussteigen, erscheinen zwei Gestalten in der Tür des zweiten Hauses und Lukas geht auf sie zu. Adam eilt hinterher und erkennt Nerthus und einen weiteren Mann. Beim Näherkommen sieht er, dass der Mann ein ähnliches Alter wie Lukas zu haben scheint. Er hat kurze braune Haare, einen ebenso kurzen Bart und einen ähnlichen Körperbau wie Lukas. Er trägt wie dieser eine graue Jeans und ein graues T-Shirt. Und auch er sieht wie jemand aus, der nicht unbedingt einen bleibenden Eindruck hinterlässt. Nerthus stellt den Mann als Christoff vor, dann begrüßt sie Adam mit einem knappen Hallo und winkt ihn herein. Lukas und dieser Christoff folgen. Nicht mal eine freundschaftliche Umarmung scheint es zur Begrüßung zu geben.

Das Haus ist nicht besonders groß, vielleicht 150 Quadratmeter auf zwei Ebenen. Es ist nicht ganz klar, wo der Garten aufhört und wo das Haus beginnt. Überall sind Pflanzen, die von draußen in den Wohnraum hineinzuragen scheinen. Traditionell japanischer Stil ist mit modernen Elementen kombiniert. Das

Haus wirkt teils wie eine Pagode und teils wie ein Gewächshaus. Glas und Bambus dominieren.

Nerthus schiebt ein Holzpaneel in die angrenzende Wand und eine Wohnküche wird sichtbar. Sie ist offensichtlich das Herzstück des Hauses. Eine der gläsernen Wände ist so etwas wie ein hängender Garten. In vertikal angeordneten Glaskästen wachsen Kräuter, Obst und Gemüse in einem hydroponischen Medium. Daran angrenzend steht ein tresenartiger Tisch, in dessen Mitte eines der Beete des horizontalen Gartens weiterläuft.

Am Tisch stehen vier Barhocker und vier Essplätze sind eingedeckt. Ein Nachtsnack zu viert ist nicht das, was Adam erwartet oder sich gewünscht hat. Als ob sie seine Gedanken lesen könnte, sagt Nerthus: „Ich möchte, dass du Lukas und Christoff kennenlernst, und ebenso möchte ich ihnen die Gelegenheit geben, sich mit dir vertraut zu machen. Sie sind ein wichtiger Bestandteil meines Lebens. Wenn ich in Berlin bin, versorgen sie meinen Haushalt und kümmern sich um mein Wohlergehen. Ansonsten gehören sie zu der Gruppe von *CONT*-Mitarbeitern, die sich um Organisation, Recherche und Analyse kümmern. Du hast bis jetzt nur Kontakt zu Chesslow gehabt. Er ist der Chef dieser Gruppe und kommuniziert mit den Aktivisten. Lukas und Christoff arbeiten ihm und mir zu."

Adam sagt nur ok. Es ist nicht ganz einleuchtend, warum die beiden Assistenten sich mit ihm vertraut machen sollen oder er sich mit ihnen. Aber fragen macht zu diesem Zeitpunkt wohl keinen Sinn.

Christoff bringt drei Platten mit verlockend aussehendem Fingerfood zum Tisch und Adam stellt erstaunt fest, dass er trotz der späten Stunde und des Abendessens mit Harper doch noch Hunger hat. Auf dem Tisch steht Wasser und dunkles Craft Beer aus einer Berliner Mikrobrauerei. Nerthus schüttet Adam ungefragt ein Bier ein und prostet ihm zu. Das erste Mal sieht er ein flüchtiges Lächeln auf ihren Lippen und entspannt sich ein bisschen. Das Bier ist erstaunlich würzig, hat aber zugleich auch eine angenehme Süße und das Fingerfood macht Lust auf mehr. Kochen scheinen die Assistenten auf jeden Fall zu können. Adam hat Nerthus noch nie mit Gusto essen sehen, aber hier ist ihr anzusehen, dass sie die kleinen Snacks genießt und das auch durch Gesten zu verstehen gibt. Christoff spricht kurz über einige der Zutaten, aber insgesamt scheint ein Großteil der Kommunikation zwischen den Dreien nonverbal abzulaufen und eine starke Harmonie und Verbundenheit ist zu spüren. Adam fühlt sich ausgeschlossen.

„Du bist entgegen deiner sonstigen Art untypisch schweigsam, Adam." Nerthus schaut ihn auffordernd an.

„Ich bin davon überzeugt, dass du mir erzählen wirst, was du für nötig hältst", sagt Adam und stellt mit Genugtuung fest, dass Nerthus erstaunt ihre Augenbraue hochzieht. Vielleicht ist Gleichgültigkeit ein erfolgreicherer Ansatz. Aber es ist ein wenig enttäuschend, dass Nerthus auf die alten Spielchen anzuspringen scheint. Gehört sie etwa auch zu den Frauen, bei denen Gegenwind Interesse hervorruft?

„Lassen wir die Spielchen, Adam." So viel zu seiner Vermutung. Es wäre ja auch zu einfach gewesen. Er atmet tief aus und sagt: „Also gut, erzähl mir etwas über die Anlage hier, ist Kato auch hier? Wo sind die anderen Mädels?"

Im Folgenden berichtet Nerthus, dass die fünf anderen Häuser die Gästehäuser der Anlage sind. Eins der beiden beleuchteten wird sein Haus für die nächsten Tage sein, in dem anderen sind Mami Wata, Hel, Al-Lat und Kali untergebracht. Fuji ist derzeit im Haupthaus der Familie, das weiter den Fahrweg entlang, an der Abzweigung nach links liegt. Auf die Frage, ob Kato selber anwesend ist, geht Nerthus nicht ein. Die Firmengebäude der *Kokato & Co.* stehen auf der anderen Seite des Wäldchens, wie

Nerthus es nennt. In einem Nebengebäude des Firmenkomplexes arbeitet der Organisationsstab von *CONT* und ist auch dort untergebracht.

„Ich hätte gedacht, dass die Anlage viel schärfer bewacht wäre. Ich war erstaunt nur ein einfaches Tor und Torhaus zu sehen. Wenn die CIA ihr Interesse an dir nicht komplett verloren hat, wovon ich mal ausgehe, wäre es doch einfach, hier einzudringen, oder?"

„Nur weil du die Sicherheitsvorkehrungen nicht siehst, heißt das nicht, dass es sie nicht gibt. Die Überwachungs- und Abschirmungstechnologie die *Kokato & Co.* entwickelt hat, ist das Beste, was es heutzutage gibt, und die neuesten noch geheimen Technologien werden hier eingesetzt. Aufklärungsdrohnen von Geheimdiensten oder anderen gegnerischen Organisationen sehen und hören nicht, was hier wirklich stattfindet, sondern eine alternative Realität. Außerdem patrouillieren getarnte, bewaffnete Wachleute das Grundstück." Nerthus macht eine kurze Pause und sagt dann: „Wenn du satt bist, werde ich dich zu deinem Gästehaus bringen."

Adam bedankt sich für das Essen und steht auf. Lukas und Christoff nicken ihm freundlich zu und wenden sich dann in Nerthus` Richtung. Sie legt beiden eine Hand auf die Schulter und die drei verharren für einen kurzen Moment in dieser Position. Dann geht Nerthus, ohne etwas zu sagen, zur Tür und fordert Adam mit einer Handbewegung auf, ihr zu folgen.

Geschwungene Kieswege verbinden die Häuser. Außer dem leise knirschenden Geräusch, das ihre Schritte auf dem Weg erzeugen, ist nur das sanfte Gurgeln eines Wasserlaufs oder Wasserspiels zu hören. Adam hat das Gefühl, sich in einer Oase der Ruhe zu befinden, in die der Lärm der Großstadt keinen Zugang findet.

Das Haus, welches sie dann betreten, ist im gleichen Stil gebaut, wie das, was sie gerade verlassen haben. Aber an der Stelle der Wohnküche befindet sich ein großer Raum, in dessen Mitte ein runder Esstisch mit zehn Stühlen steht. Die dem Eingang gegenüberliegende Wand ist aus Glas. Davor stehen mehrere Sessel und ein smaragdgrünes 2-Sitzersofa. Alle sind in Richtung der großen Fensterwand ausgerichtet, um bei Tageslicht auf das hinausschauen zu können, was die Dunkelheit im Moment verbirgt.

Adam setzt sich auf das Sofa. Die Atmosphäre des Raumes wirkt entspannend und besänftigt die latente Unruhe, die sich seit seiner Ankunft hier in ihm breitgemacht hatte. In Gedanken verloren, bemerkt er nicht, dass Nerthus näher gekommen ist und nun dicht hinter dem Sofa steht und er zuckt zusammen, als sie ihm eine ihrer behandschuhten Hände auf die Schulter legt. Er schaut zu ihr auf und sieht, dass auch sie in die Dunkelheit starrt. Ihre Gesichtszüge sind entspannt und ein leichtes Lächeln scheint auf ihren Lippen zu spielen.

„Ich mochte schon als Kind das Schwarz draußen vor den Fenstern, wenn es abends dunkel wurde, aber meine Mutter hatte Angst vor der Dunkelheit und wir mussten immer die Rollläden runterlassen. Ich habe es gehasst, vor die Rollläden zu schauen, und habe mich eingesperrt gefühlt. Sie hat dann die Vorhänge vorgezogen und behauptet, so wäre es viel gemütlicher. Gemütlichkeit habe ich dann auch angefangen zu hassen. In meiner ersten eigenen Wohnung gab es weder Rollläden noch Vorhänge." Sie lacht.

Er hat sie noch nie über ihre Kindheit reden hören. Und wenn sie bis jetzt über die Zeit vor dem Blitzschlag gesprochen hat, hat sie nie das Wort `ich´ benutzt, sondern immer über Lilli, wie über eine dritte Person gesprochen. Dass sie diese kleine Anekdote aus ihrer Kindheit mit ihm geteilt hat, fühlt sich enorm intim an. Er weiß zum ersten Mal nicht, was er sagen soll, aber sie scheint keinen Kommentar zu erwarten, sondern legt nur ihre zweite Hand auf seine andere Schulter.

„Ich möchte meine Handschuhe ausziehen und dich berühren. Darf ich?"

Er steht auf und dreht sich um. Ihre Hände sind von seinen Schultern gerutscht und liegen auf der Rückenlehne des Sofas. Er nimmt ihre Hände und zieht die Handschuhe vorsichtig aus, ohne ihre Haut zu berühren. Die Hände sinken zurück auf die Rückenlehne. Sie schauen sich über das Sofa hinweg an. Die Geschichte aus ihrer Kindheit und wie sie sie erzählt hat, ihre nackten Hände auf dem grünen Stoff des Sofas, die Linien der Lichtenberg-Figuren auf der einen und das Sofa zwischen ihnen, kreieren eine unbeschreibliche Spannung. Innig und intim, obwohl sie sich nicht berühren. Nerthus` Blick ist offen und unverhüllt, wie er ihn noch nie gesehen hat. Sie schauen einander in die Augen. Er weiß nicht wie lange, aber er hat nicht das Gefühl etwas tun zu müssen, sondern genießt die friedliche Ruhe, eine Ruhe, wie vor einem Sturm.

KAPITEL 37

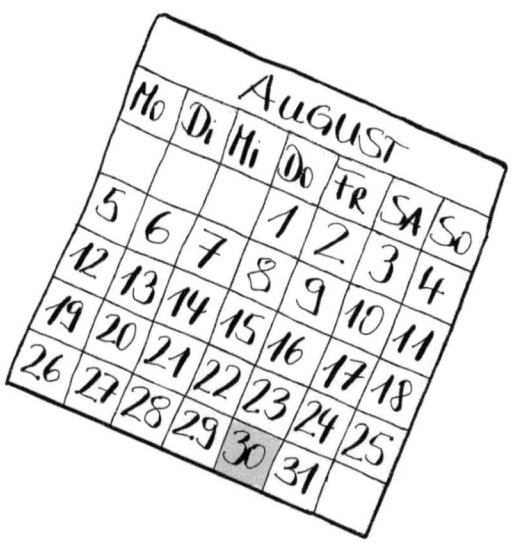

Adam wird langsam wach und öffnet die Augen. Es ist noch dunkel draußen, aber nicht mehr nachtschwarz. Es ist die Zeit der Dämmerung, die Zeit kurz vor dem Sonnenaufgang, irgendwann zwischen 5:40 Uhr und 6:20 Uhr. Er hat nur knapp vier Stunden geschlafen, fühlt sich aber völlig ausgeruht. Er schaut neben sich und wie erwartet ist das Bett leer, aber er erinnert sich genau, dass sie gemeinsam eingeschlafen sind, oder zumindest er ist eingeschlafen mit Nerthus in seinen Armen. Etwas, was er nie zu hoffen gewagt hat. Dass sie in seinen Armen liegen geblieben ist und es zugelassen hat, dass er ganz banal in der Löffelchenstellung eingeschlafen ist, beinahe wie ein normales Liebespaar, ist fast noch unglaublicher als der Sex, den sie vorher hatten. Er ist sich sicher gewesen, dass der Sex alles übertreffen würde, was er je zuvor erlebt hatte, und er ist definitiv nie ein Kind von Traurigkeit gewesen. Einige seiner Partnerinnen werden zu den schönsten und begehrenswertesten Frauen seiner Zeit gezählt. Aber diese Nacht war eine völlig neue Erfahrung, so als hätten sie den Akt neu erfunden. Die elektrischen Impulse, die ihre Haut bei Berührung abgibt, sind stimulierend gewesen und scheinen seine Sinne geschärft zu haben. Er hatte das Gefühl, als würde alles in Slow Motion geschehen, um seinem Gehirn die Chance zu geben, jede Nuance jeder Sinneswahrnehmung aufzunehmen. Jede Berührung, den warmen Duft, den salzigen und den süßen Geschmack, das Geräusch ihres Atems, ihr Stöhnen und ihre geschmeidigen Bewegungen. Sie ist die Raubkatze gewesen, die er sich vorgestellt hat. Wild und fordernd. Aber sie hat ihn überrascht, gleichzeitig auch weich und nachgiebig sein zu können, wie ein ätherisches Wesen. Der Akt ist die perfekte Choreografie aus Kampf und Tanz gewesen. Es war ein Liebesakt. Vollständige Befriedigung.

Er möchte aufstehen, um Nerthus zu finden, aber gleichzeitig möchte er seinen sublimen Gefühlen weiter nachspüren und die Erinnerung an die Nacht auskosten. Denn was, wenn sie heute Morgen wieder kalt und abweisend ist? Die Achterbahnfahrt der Gefühle braucht er nicht.

„Du bist schon wach."

„Woher weißt du das? Ich habe keinen Laut von mir gegeben und mich nicht mal bewegt."

„Ich habe im Nebenzimmer gesessen und gehört, dass sich deine Atemfrequenz verändert hat."

Im Dämmerlicht kann Adam so gerade erkennen, dass sie dicht neben dem Bett steht und einen großen Becher auf den kleinen Nachttisch stellt.

„Was ist das?", fragt er.

„Ein Kräuter- und Blütentee."

Nerthus setzt sich neben ihn auf die Bettkante, beugt sich über ihn und legt einen Finger über seine Lippen, die sich zum Protest öffnen.

„Er wirkt stärkend und ist gut für dich. Du brauchst auch die Flüssigkeit nach unserer kleinen Aktivität letzte Nacht. Ich möchte dich gerne bei Kräften halten, um dort weitermachen zu können, wo wir vor einigen Stunden aufgehört haben."

Adam schließt die Augen. An der Bewegung der Matratze merkt er, dass sie leise in sich hineinlacht. Er versucht, sie zu sich herunterzuziehen, aber sie sagt nur: „Erst trinken."

Im zunehmenden Licht des Sonnenaufgangs sieht er ihr herrliches Lächeln. Sie trägt immer noch die schwarze, samtartig weiche Augenklappe, die sie gestern Abend gegen ihr goldenes Signature-Accessoire ausgetauscht hat, um ihn nicht zu verletzen, wie sie sagte. Ihr bernsteinfarbenes Auge ist das einzige, was golden glitzert.

„Was ist aus der kalten Eisgöttin geworden? Gestern Abend, als ich angekommen bin und du mich nur mit einem kühlen Hallo abgespeist hast, habe ich gedacht, dass du unseren ersten Kuss vergessen hast, oder dass er dich völlig kalt gelassen hat. Da war die Eisgöttin noch in ihrem Element. Aber später, hier im Gästehaus, scheint sie im Feuer des Gefechts dahin geschmolzen zu sein."

Nerthus setzt einen Kuss in die kleine Mulde am oberen Ende seines Brustbeins und ein eisiger Schock durchfährt Adam.

„Hey, was war das?" Er schaudert und reibt über die Stelle.

„Die Eisgöttin meldet sich zurück." Nerthus lacht. „Sorry, eigentlich bin ich sonst nicht so albern."

Adam reibt immer noch über sein Brustbein. „Schon gut. Aber kannst du mir trotzdem erklären, was das war und mir dann versprechen, das nicht noch einmal zu machen."

„Das nennt man paradoxe Kälteempfindung. Wenn man die Haut kurzfristig über 40 Grad erwärmt, kann es dazu kommen, dass sich die Kälterezeptoren entladen und man statt Hitze Kälte empfindet." Nerthus zuckt mit den Achseln, als wäre es nicht ihre Schuld gewesen.

„Ich mag deine heißen Küsse sehr, aber versuche bitte in Zukunft, ein paar Grad unter 40 zu bleiben."

Sie streicht zärtlich über die kleine Mulde und eine wohlige Wärme breitet sich aus.

„Deine elektrischen Fähigkeiten sind faszinierend. Die Bandbreite der Gefühle, die damit erzeugen kannst, ist groß. Du hast mir anfangs mal gesagt, dass du dich konzentrieren musst, um nicht Schaden zuzufügen. Heißt das, dass du letzte Nacht ständig kontrolliert warst?"

Nerthus sieht ihn ungläubig an: „Hattest du das Gefühl?"

Adam zuckt nur mit den Schultern.

„Ich muss mich konzentrieren, wenn ich zum Beispiel die körperlichen Funktionen der Person, die ich berühre, wahrnehmen möchte. Oder wenn ich selbst verschiedene Emotionen gleichzeitig habe, oder wenn Gefahr herrscht. Oder wenn ich Sex mit jemandem habe, den ich hasse. Aber gestern Abend gab es nur dich und mich."

„Nur dich und mich. Das klingt gut." Adam schaut sie forschend an. „Aber trotzdem muss ich dich etwas fragen: Als du vorhin, als ich aufgewacht bin, nicht neben mir lagst, hatte ich Angst, dass du die letzte Nacht bereust. Tust du das?"

„Du weißt doch, dass ich wenig Schlaf brauche."

„Das stimmt schon, aber ich war mir nicht sicher."

„Adam, das was du und ich hier tun, ist wahrscheinlich unvernünftig, aber auch ich bin nur ein Mensch. Und ich habe beschlossen, mir Gefühle wieder zu erlauben. Die letzte Aktion, die ich durchgeführt habe und von der ich erst gestern Mittag wieder zurückgekommen bin, war sehr gefährlich. In dieser Situation habe ich gemerkt, dass ich nicht nur wegen der Mission überleben muss, sondern auch deinetwegen weiterleben möchte."

Adam schaut sie erstaunt an: „Du empfindest etwas für mich?"

„Ja, du Dummkopf, gleich von dem Moment an, als ich dich im Festival-Backstage zum ersten Mal gesehen habe."

„Vielleicht solltest du schauspielern und nicht ich." Adam versucht, sie zu sich herunterzuziehen, aber Nerthus gibt ihm zu verstehen, dass sie noch etwas sagen möchte: „Die Mädels wissen nichts von meinen Gefühlen für dich. Mami Wata ahnt vielleicht etwas, aber sie würde nicht mit den anderen darüber sprechen. Und ich möchte, dass es so bleibt." Sie hebt die Hand, als Adam sie unterbrechen will. „Versteh mich bitte nicht falsch. Keine von ihnen würde etwas gegen eine Verbindung von uns haben, nicht einmal Fuji." Sie lacht. „Aber die nächsten Tage sind zu wichtig und ich möchte, dass die Konzentration aller Beteiligten nicht durch irgendetwas gestört wird. Deshalb muss das hier", sie weist mit ihrer Hand über sich, Adam und das Bett, „fürs Erste unter uns bleiben."

„Ok, ich verstehe. Zwei Tage werde ich aushalten. Aber was ist mit Lukas und Christoff. Du hast doch mit ihnen eine besondere ..." Adam fuchtelt mit der Hand, als wolle er einen speziellen Ausdruck aus der Luft zaubern.

„Die beiden sind die Einzigen, die Bescheid wissen und ich kann mich auf sie verlassen. Sie werden unser Arrangement sicherlich ein bisschen vermissen, aber sie haben einander und gönnen mir, was auch immer das ist, was du und ich haben."

„Darf ich dich jetzt endlich küssen?"

„Ja aber nur küssen, denn es ist schon halb sieben und um sieben Uhr treffen wir uns alle hier unten im großen Raum zum Frühstück und da sollten wir fertig sein." Sie grinst ihn an. An dieses Lächeln könnte er sich gewöhnen.

„Ich möchte mich in dir versenken und alles um uns herum vergessen."

„Wenn unser Plan funktioniert, werden wir alle Zeit der Welt haben."

KAPITEL 38

Als Nerthus und Adam den Essraum betreten, sind Lukas und Christoff schon dabei die Frühstücksplatten, die sie im Nachbargebäude vorbereitet haben, auszulegen. Der Tisch ist bereits gedeckt. Wenig später erscheinen zuerst Mami Wata, Hel und Al-Lat, kurz darauf gefolgt von Kali. Fuji taucht um Punkt sieben Uhr als Letzte auf.

Nachdem Nerthus` Assistenten Teekannen und Saftkaraffen hereingebracht haben, setzen auch sie sich an den Tisch und Adam zeigt auf den zehnten Stuhl der, leer geblieben ist. „Erwarten wir noch jemanden?"

„Wir sollen mit dem Frühstück schon mal beginnen. Chesslow wird in Kürze zu uns stoßen", sagt Fuji. „Ich habe ihn eben im Haus meines Vaters gesehen. Er muss noch ein paar Telefonate führen und wird dann herkommen und die letzten Auswertungen mitbringen. Jetzt habe ich aber erst mal Hunger."

Adam ist erstaunt, dass auch er nach dem ausgiebigen Abendessen in Hamburg und dem spätabendlichen Snack, der eigentlich bedeutend mehr als nur ein kleiner Imbiss war, schon wieder Hunger hat. Aber er lässt es sich schmecken.

Kali hat Neuigkeiten von Dr. Kramer aus Hamburg. Sekhemet ist aus dem Koma erwacht und ansprechbar.

„Sie leidet allerdings an einer retrograden Amnesie", sagt die Keyboarderin mit Tränen in den Augen.

„Was genau bedeutet retrograd?", fragt Al-Lat.

Kali erklärt, dass sich Sekhemet nicht mehr an Geschehnisse, die vor dem Unfall passiert sind, erinnern kann, dass ihr Gedächtnisverlust ungefähr ein halbes Jahr zurückreicht.

„Sie weiß nicht, was *CONT* bedeutet, was unsere Mission ist und sie kann sich nicht an uns erinnern. Sie weiß nicht mal, wer ich bin." Kali versucht ihre Tränen zurückzuhalten. „Wenn sie erfährt, dass ich an dem Unfall schuld bin, gibt es nichts in ihrer Erinnerung, das ihr helfen könnte, mir zu verzeihen. Sie weiß nicht, dass wir ein Paar sind und nichts von den Gefühlen die wir füreinander empfunden haben." Kali sieht verzweifelt aus.

„Vielleicht ist es besser so. Auf diese Weise kann sie dir nicht vorwerfen, dass du sie trotz eurer Liebe geopfert hast", wendet Fuji ungerührt ein.

Bevor Kali etwas erwidern kann, meldet sich Mami Wata zu Wort: „Eine solche Amnesie kann auch wieder verschwinden. Es ist viel zu früh, darüber zu spekulieren. Wir sollten froh sein, dass sie den Unfall ansonsten geistig unbeschadet überlebt hat."

Mit einem Knall fliegt plötzlich die Haustür auf und ein schlaksiger, junger Mann mit schulterlangen, unordentlichen, blonden Locken stolpert über die Schwelle. Es gelingt ihm, sich so eben auf den Beinen zu halten, aber die Zettel, die er gerade noch in der Hand gehalten hat, segeln durch den Raum. Einer davon landet in der Schale mit dem Humus, die neben Adam auf dem Tisch steht.

„Ein wahrer Chesslow-Auftritt", sagt Fuji lakonisch.

Adam hat sich Chesslow völlig anders vorgestellt, mindestens doppelt so alt, gesetzt, vielleicht etwas rundlich mit ordentlichen kurz geschnittenen Haaren, irgendwie seriöser. Aber vielleicht passt dieser nerdige Typ genau zu seinem Tätigkeitsfeld.

„Sorry Mädels, ähhh und Jungens. Die Türen sehen so massiv und schwer aus, da habe ich wohl zu viel Kraft zum Öffnen aufgewendet." Er kratzt sich am Kopf und beeilt sich, die Zettel wieder zusammenzusuchen.

„Du hast doch gar keine Kraft", lästert Fuji.

„Fuji!", sagt Nerthus nur in einem strengen Ton. „Bitte setz dich Chesslow." Sie weist auf den leeren Stuhl und zeigt dann auf Adam. „Das ist Adam Esera, ihr habt ja schon mehrfach miteinander telefoniert und getextet."

„Freut mich Adam."

„Dito."

Mami Wata schiebt Chesslow ein Glas Orangensaft zu und stellt einen Teller mit geschmierten Brötchen auf seinen Platz. „Hier. Damit du das Essen nicht wieder vergisst."

Chesslow schaut verlegen auf sein Frühstück und versucht dann ungeschickt, den Stoß unordentlicher Zettel neben dem Teller auf dem Tisch unterzubringen. Adam flüstert Nerthus, die neben ihm sitzt, zu: „Das ist also einer eurer Masterminds? Ist noch Zeit, dass ich aussteigen kann? Er wirkt nicht gerade vertrauenerweckend."

„Lass dich durch sein Äußeres und seine Ungeschicklichkeit nicht täuschen. Er hat eine extrem schnelle Auffassungsgabe und ein nahezu perfektes Gedächtnis." Dann wendet sie sich direkt an Chesslow: „Hast du die neuesten Zahlen?"

Chesslow kramt kurz in seinem Papierstapel und zieht dann einen Zettel hervor und reicht ihn Nerthus. „Ich schicke euch die neuesten Erhebungen per E-Mail zu, aber fürs Erste habe ich hier eine Auflistung. Bei der ersten Zahl handelt es sich um den Zuwachs an Menschen in der dritten Gruppe." Er wendet sich an Adam: „Ich weiß nicht, ob du dich mit unserer Aufteilung der

Menschheit in drei Gruppen auskennst." Ohne eine Antwort abzuwarten, fährt er fort: „Bei der dritten Gruppe handelt es sich um diejenigen Menschen, die bereits aktiv gegen den Klimawandel kämpfen, sei es zum Beispiel in Umweltorganisationen oder Aktivistengruppen oder durch einen Wandel ihrer eigenen Lebensführung. Diese Leute sind darüber hinaus auch bereit weitere Einschränkungen und radikale Veränderungen in ihrem Leben hinzunehmen, wenn sich dadurch eine Klimakatastrophe verhindern lässt. Diese Gruppe ist von ursprünglichen acht Prozent bei der ersten Erhebung vor Beginn unserer Aufklärungskampagnen auf nunmehr 31 Prozent angestiegen."

„Und wie stark sind die anderen Gruppen jetzt?", fragt Adam.

„Die Gruppe 1, das ist die Gruppe der Profiteure des Klimawandels und die der Leugner, hat sich, wie erwartet kaum verändert. Sie ist um ein Prozent auf 29 Prozent gesunken. Der Zuwachs in Gruppe 3 rekrutiert sich hauptsächlich aus Gruppe 2. Das sind die Unentschlossenen, die sich nicht entscheiden können aktiv zu werden, entweder weil sie nicht wissen wie oder weil sie sich nicht trauen, etwas zu unternehmen. Und dazu gehören auch diejenigen, die resigniert haben. Diese Gruppe ist von 62 Prozent auf 40 Prozent gesunken."

„31 Prozent in Gruppe 3? Sind das nicht viel zu wenig?", fragt Adam enttäuscht. „Ich hätte gedacht, dass wir schon viel mehr Menschen mit unseren Aktionen hätten erreichen müssen. All die Fernsehauftritte, Konzerte, Zeitungsinterviews und das ganze Informationsmaterial, das wir unter die Leute gebracht haben. Müsste die Zahl nicht viel größer sein?"

„Nein, ganz im Gegenteil. Ein Anstieg um 23 Prozent ist fantastisch. Menschen lassen sich eigentlich nur sehr schwer durch gute Argumente und Fakten davon überzeugen, ihre Einstellung oder sogar ihren Lebenswandel zu verändern. Außerdem ist die Zahl 31 kein endgültiges Ergebnis. Sie stammt von heute Morgen 7:00 Uhr. Um 24:00 Uhr letzte Nacht lag sie noch bei 29 Prozent. Wir können also erwarten, dass sie noch weiter steigt."

„Schön und gut, aber müssen wir nicht bis Übermorgen den Großteil der Menschheit überzeugt haben?", wendet Adam ein.

„Wir müssen die Unentschlossenen in der Gruppe 2 erreichen. Das ist ungefähr die Hälfte der 40 Prozent. Die Resignierten werden mitlaufen, wenn wir die Wende einläuten. Die weltweiten Klimakonzerte und die Begleitprogramme, die morgen stattfinden, sollten dafür sorgen", führt Chesslow weiter aus.

„Und was ist mit den Gierigen und den Verblödeten aus Gruppe 1?"

„Die werden dann eine entmachtete Minderheit sein."

Bevor Adam weiter nachfragen kann, meldet sich Mami Wata zu Wort: „Was bedeutet diese zweite Zahl hier?" Sie tippt mit dem Zeigefinger auf den Zettel, der nachdem er die Runde gemacht hat, in der Mitte des Tischs gelandet ist. „Ist das der Zulauf an Mitgliedern bei *CONT*?"

„Im Prinzip ja, aber genau genommen handelt es sich hier um die Anzahl der Mitglieder bei den neuen Unterorganisationen, die nicht direkt mit *CONT* in Verbindung gebracht werden können."

„Um zu verhindern, dass irgendjemand Wind von unseren kriminellen Aktionen, oder von den moralisch verwerflichen bekommt?", mischt sich Fuji ein und malt bei den Worten moralisch verwerflich, Anführungsstriche in die Luft.

Chesslow sieht Fuji irritiert an und fährt aber unbeirrt fort: „*CONT* leitet sämtliche Vorgänge bei den neuen Organisationen, tritt aber selber nicht als Mutterorganisation in Erscheinung, weil die Menschen skeptisch werden, wenn alles in einer Hand liegt. Wir wollen den Eindruck vermitteln, dass es viele unterschiedliche Gruppierungen mit einem gemeinsamen Ziel gibt. Das spricht die Menschen eher an. Sie haben dann das Gefühl, eine individuelle Wahl getroffen zu haben."

„Die Zahl der neuen Mitglieder ist noch größer, als ich erwartet habe", wirft Nerthus ein.

„Ähm, ja. Seit der ersten Informationswelle, in der wir über die weltweiten Folgen des Klimawandels und über die Wege aus der Misere informiert haben, gibt es jeden Tag viele Menschen, die Kontakt mit uns aufnehmen. Auf der Webseite, die wir auf allen Informationsmaterialien erwähnen, stellen wir die Kontaktdaten der neuen Organisationen zur Verfügung und das Interesse ist groß. Zu den verschiedenen Themen, wie zum Beispiel CO_2-Vermeidung, CO_2-Abscheidung und -Lagerung oder neue Lebensweisen gibt es jeweils Links zu den passenden Gruppen."

„Wie verhindern wir, dass wir uns auf diese Weise Kuckckseier ins Nest holen?", will Hel wissen. „Was wenn wir so von Geheimdiensten unterwandert werden?"

„Erst einmal sind die Aktionen und Tätigkeiten, die die neuen Organisationen durchführen alle völlig legal. Außerdem muss jedes neue Mitglied einen detaillierten Fragebogen ausfüllen und nur diejenigen, die einer darüber hinausgehenden, genauen Prüfung standhalten, werden überhaupt in Positionen gesetzt, die ein Hintergrundwissen über *CONT* nötig machen."

„Was genau wird jetzt in den neuen Organisationen gemacht? In wieweit sind sie wichtig für den Wandel?", fragt Al-Lat.

„Es gibt viele verschiedene Aufgaben. Information und Beantwortung von Fragen aus der Bevölkerung ist eine der wichtigsten. Im Vorfeld der weltweiten Klimakonzerte morgen ist das Material für die zweite Infowelle in Umlauf gebracht worden. Die meisten von euch haben das Material schon gesehen, aber für die, die es noch nicht bekommen haben, habe ich hier noch einmal etwas mitgebracht." Chesslow kramt wieder in seinem Papierstapel und fischt ein paar Broschüren heraus.

Adam zieht eine zu sich herüber. Das Format ist genau das gleiche wie bei der Vorgängerbroschüre, die er vor einem knappen Monat zum ersten Mal gesehen hat. Sie ist quadratisch, circa 20 mal 20 Zentimeter, mit Fensterfalz und lässt sich in der Mitte öffnen. Die beiden Flügel klappen nach links und rechts wie ein Fenster auf. Im geschlossenen Zustand sieht man auf dem linken Flügel wieder eine Gruppe von Menschen, die mit den verheerenden Folgen des Klimawandels zu kämpfen haben und auf dem rechten Flügel befindet sich ähnlich wie bei der ersten Broschüre dieselbe Gruppe von Menschen, in ihrer schönen, neuen Welt nach dem Wandel. Die Innenseiten beschäftigen sich eingehender mit der Gesellschaft der Zukunft und ihrer Funktionsweise. Die Konzepte für die Neuorganisation von Städten und Kommunen, von Arbeitsplätzen und Freizeitgestaltung werden skizziert. Die Gestaltung des Lebens im Einklang mit Mutter Natur steht im Vordergrund.

Adam runzelt die Stirn und zeigt auf den Schriftzug in der Mitte der Innenseite. „*WANNIUS*? Was bedeutet das?"

Niemand antwortet und alle schauen ihn nur erwartungsvoll an. Die Schrift ist erhaben und schillert in allen erdenklichen Blau- und Grüntönen der Ozeane. Er hat das unwiderstehliche Verlangen mit seinen Fingern ihrem geschwungenen Verlauf zu folgen. Als sich sein Zeigefinger dem *W* nähert, hält Nerthus seine Hand fest und sagt: „Nicht berühren, nur anschauen."

„Hey! Ich ..." Adam schaut sie verwirrt an und zögert, nicht sicher, was er eigentlich sagen möchte. Er schließt kurz die Augen, um sich zu fokussieren. Nach einem Moment fragt er:

„Was ist *WANNIUS*?"

„Das steht für `*We are nature, nature is us*'", antwortet Nerthus, ohne es weiter auszuführen.

Adam schaut sich den Text unterhalb des Schriftzugs genauer an. „Ah, ich kapiere, das ist die Naturreligion, über die wir gesprochen haben. Sie wird hier als Basis für die neue Gesellschaft nach dem Wandel beschrieben."

Er kratzt sich am Kopf. „Das klingt alles schön und gut und überzeugt sicherlich die Menschen, die sowieso schon Naturanhänger sind. Aber was ist mit dem Rest, vor allem denjenigen, die einer der großen, eher naturfeindlichen Religionen anhängen? Die lassen sich doch nicht von einem netten Text und einem hübschen Schriftzug zu krassem Umdenken verleiten."

„Als du den Schriftzug gesehen hast, wolltest du ihn unbedingt mit deinen Fingern berühren, stimmt's?", fragt ihn Fuji.

Adam nickt zögerlich und Fuji fährt fort: „Unsere Psychospezialisten haben das ausführlich an allen möglichen Testpersonen aus den verschiedensten Kulturen, sozialen Schichten und Altersgruppen getestet. 97 Prozent der Probanden haben wie du reagiert. Selbst diejenigen, deren Schrift nicht aus lateinischen Buchstaben besteht. Irgendwie sind die Schnörkel so gewählt, dass das alle anspricht."

„Ok, mag ja sein", sagt Adam irritiert. „Aber was soll der Wunsch, mit den Fingern auf der Schrift rumzureiben, bewirken?"

„Was glaubst du, warum Nerthus deine Hand festgehalten hat, bevor du deinem Befingerungswunsch nachgeben konntest?"

Adams Augen weiten sich. „Ein Kontaktwirkstoff?"

„Bingo!" Fuji klatscht in die Hände und schaut ihn an, wie einen Erstklässler, der seine erste Mathematikaufgabe gelöst hat. Nerthus zeigt auf den Schriftzug. „Die erhabenen Buchstaben enthalten einen konzentrierten Mix aus verschiedenen Botenstoffen, die durch die Berührung freigesetzt werden und vom Körper zum Teil durch die Haut aber zum größten Teil durch die Atemluft aufgenommen werden."

„Wenn Nerthus dich nicht gestoppt hätte, wären wir hier alle in den Genuss des Cocktails gekommen und wären für die nächsten Tage völlig high und fröhlich singend durch die Gegend gelaufen."

Nerthus bringt Fuji mit einem unmissverständlichen Seitenblick zum Schweigen und fährt an ihrer Stelle fort: „Fuji übertreibt mal wieder, hat aber nicht ganz unrecht. Unter den Botenstoffen sind auch Glückshormone wie Serotonin und Oxytocin, die unter anderem den Spiegel an Stresshormonen wie Cortisol senken und dadurch vertrauensseliger, weniger ängstlich und großzügiger machen. Sie wirken auf die Amygdala und haben Einfluss auf die Empathie. Es sind auch Nervenwachstumsfaktoren enthalten. Sie regen die Entstehung frischer Nervenzellen an, die dann neue Netzwerke im Gehirn bilden. Diese Nervennetzwerke lassen Gedankenmodelle zu, abseits der für die jeweilige Person üblichen Denkweisen. Es sind noch weitere, weniger bekannte Stoffe enthalten, die es zusätzlich ermöglichen, eingefahrene Denkmuster aufzubrechen und neue zu implementieren. Im Zusammenhang mit unserer Propaganda durch die Broschüren und die versteckten Botschaften, die wir mit der Musik und den Videos verbreiten werden, steuern wir die Entstehung eines neuen Weltbilds im Gehirn der Menschen."

„Entsteht dadurch nicht ein Haufen friedlicher Softies, die sich in kürzester Zeit vom nächsten aggressiven Machtmenschen unterjochen lassen? Und dann stehen wir genauso blöde oder noch schlimmer da als zuvor. Denn nicht alle Menschen weltweit werden mit dem Psychococktail in Kontakt kommen und unsere Konzerte sehen und hören. Außerdem wird es ja auch sicherlich etliche Menschen mit einer kaputten Amygalala, oder wie auch immer das Ding heißt, geben, bei denen nicht die gewünschte Reaktion eintritt." Adam sieht fast ärgerlich aus.

„Du hast recht Adam, die wird es bestimmt geben, aber darauf sind wir vorbereitet", bestätigt Nerthus ohne weiter ins Detail zu gehen.

„Möchtest du mir vielleicht erzählen, auf welche Art und Weise wir darauf vorbereitet sind, oder gehöre ich mal wieder zu denen, die so etwas nicht wissen müssen?", fragt Adam gereizt.

„Keine Sorge, Adam. Ich werde dir alles erzählen, aber zuerst müssen wir noch ein paar Informationen austauschen und klären, ob es hier in der Runde noch offene Fragen gibt. Weiß jeder, was er oder sie bis morgen zu tun hat." Nerthus schaut sich fragend um.

„Da Metal meine Musik ist, habe ich mich nicht dafür interessiert, welche Künstler aus anderen Bereichen bei den Konzerten dabei sind. Kannst du uns eine kurze Zusammenfassung geben, wie sich das zusammensetzt?", möchte Al-Lat wissen.

„In jeder Stadt sind ein klassisches und ein traditionelles Orchester mit dabei, ebenso gibt es überall Popstars. Neben den Musikern werden natürlich auch Schauspieler, Schriftsteller und andere Prominenz der jeweiligen Länder mit auf der Bühne sein, um ihre Unterstützung zu demonstrieren. Eingeleitet und moderiert werden die Konzerte von bekannten und beliebten Medien-Persönlichkeiten. Fast alle Zuschauer sollten in der Lage sein jemanden nach ihrem Geschmack zu finden", führt Chesslow aus.

„Sind jetzt alle Konzertvenues bestätigt und hat es geklappt sämtliche Auftritte zeitlich zu synchronisieren?", fragt Hel.

Chesslow meldet sich zu Wort: „Nachdem Moskau vor einer Woche zugesagt hat, haben wir dann vorgestern endlich das Ja aus Beijing bekommen und man hat sich auch bereit erklärt, die Konzerte so auszurichten, dass sie weltweit zur gleichen Zeit stattfinden. Ich habe hier irgendwo die lokalen Zeiten für euch aufgeschrieben." Chesslow runzelt die Stirn und starrt auf die mittlerweile über den ganzen Tisch verteilten Zettel.

„Chessi, du und deine Zettelwirtschaft. Ich kann dir gerne mal zeigen, wie eine PowerPoint-Präsentation funktioniert. Das macht auch nicht so viel Papiermüll." Fuji rollt mit den Augen.

„Ähm, ich gebe euch die Zeiten einfach so: In Washington gehts um 8 Uhr los. In Buenos Aires ist es dann bereits 9 Uhr, bei uns in Berlin 14 Uhr, ebenso wie in Johannesburg, in Moskau und in Kairo 15 Uhr, in Ahmedabad 17:30 Uhr, in Beijing 20 Uhr, in Tokio 21 Uhr und in Melbourne ist es dann 22 Uhr. An allen Veranstaltungsorten werden große Leinwände aufgebaut, auf denen das Konzertgeschehen in den jeweilig anderen Städten zu sehen ist, sodass wirklich das Gefühl einer weltweiten Aktion entsteht. Zudem werden die Konzerte auf verschiedenen Medienplattformen gestreamt, auf diese Weise sind wir praktisch in allen Regionen der Erde sichtbar. Etliche Großstädte der Welt, in denen keine Konzerte stattfinden, haben auf öffentlichen Plätzen große Streaming-Leinwände aufgebaut, sodass die Bewohner dort gemeinsam zusehen und feiern können."

„Klingt gut. Aber was mich am meisten interessiert ist, warum China doch noch zugestimmt hat?", möchte Mami Wata wissen.

„Staatspräsident Zhang hat unter der Voraussetzung zugesagt, dass er nach dem Konzert eine Abschlussrede halten kann."

„Wird das nicht möglicherweise den Einfluss, den wir ausüben können, rückgängig machen?"

„Unsere Leute in China arbeiten auf Hochtouren an einer Lösung für das Problem. Kurz vorm Frühstück habe ich noch mit der Leiterin der Gruppe gesprochen und sie hat mir versichert, dass sie das in den Griff bekommen werden."

„Ok, das wird dann also spannend." Mami Wata wirkt nicht völlig überzeugt und auch Hel und Fuji scheinen skeptisch und fangen an, untereinander zu diskutieren.

„Mädels!", ruft Nerthus dazwischen. „Im Moment können wir nichts weiter tun als uns auf die Kollegen in China zu verlassen. Sobald sie eine Lösung ausgearbeitet haben, werden sie es uns wissen lassen."

„Du willst doch sonst immer am liebsten jedes Problem persönlich aus der Welt schaffen. Wie kommt es, dass du jetzt ganz ruhig abwarten willst?", fragt Fuji erstaunt.

„Ich kenne Fu Liming persönlich und habe schon mit ihr zusammengearbeitet. Ich bin davon überzeugt, dass sie die Problematik aus der Welt schaffen wird."

„Die Problematik, wie du es nennst, ist Staatspräsident Zhang", gibt Fuji zu bedenken. Nerthus zuckt nur mit den Schultern und wendet sich an Chesslow: „Was gibt es sonst noch?"

„Zwei Probleme scheinen sich fast von selbst zu lösen. Zum einen geht es um die Rechtspopulisten in Europa, die jede ökologische Reform torpedieren. Hier haben wir anfangs zugegebenermaßen ein bisschen nachgeholfen oder wollen wir sagen, die Selbstzerstörung auf den Weg gebracht. Aber jetzt ist keine weitere Manipulation mehr nötig. Sie sind intern so zerstritten, dass sie sich ständig widersprechen und handlungsunfähig geworden sind und das bemerken auch die Protestwähler, die sich mehr und mehr von den entsprechenden Parteien abwenden. Ausgehend von Deutschland hat es einen, für uns sehr erfreulichen Einfluss, auf die Nachbarländer. Wir sehen vergleichbare Reaktionen in Frankreich, den Niederlanden, Österreich und weiteren Staaten." Chesslow macht eine Pause, um sich wieder seinem Papierchaos zuzuwenden.

„Du hast von zwei Problemen gesprochen. Was ist das zweite?", fragt Fuji ungeduldig.

„Dazu muss ich etwas ausholen. Haben wir dafür genug Zeit?" Chesslow schaut zu Nerthus, die daraufhin fast unmerklich nickt.

„Es geht dabei um die islamische Welt. Deshalb möchte ich mich zuerst bei Al-Lat bedanken, die mir in der letzten Zeit sehr hilfreich bei der Recherche zur Seite gestanden hat."

Al-Lat schmunzelt über Chesslows förmliche Ausdrucksweise und erwähnt nur, dass so was zu ihrer Tätigkeitsbeschreibung gehöre.

„Seit etlichen Jahren", fährt Chesslow fort, „können wir den sogenannten Ökoislam beobachten. In manchen Kreisen spricht man auch von Öko-Dschihad. Im Koran wird Gott als Schöpfer allen Lebens bezeichnet und der Mensch hat folglich, als sein Vertreten auf Erden, die moralische Verpflichtung die Schöpfung zu respektieren und mit Ehrfurcht zu behandeln. Vielerorts wird schon der nachhaltige Ramadan zelebriert und es gibt eine Parole, die heißt: ˋFastenbrechen ohne Plastikmüllʹ. Ebenso essen nach dem Vorbild Mohammeds viele Gläubige mittlerweile weniger Fleisch. Aber der respektvollere Umgang mit der Umwelt wird hauptsächlich getragen von jungen westlichen Akademikern und Akademikerinnen und breitet sich daher vorwiegend unter den gläubigen Muslimen in Europa, Kanada und den USA aus. In den übrigen Teilen der Welt, in denen der Islam dominiert, ist das bis jetzt meistens anders gelaufen, da die Menschen zum großen Teil zu sehr mit dem eigenen Überleben zu kämpfen haben. Der Alltag ist oft durch politische oder religiöse Konflikte, Unterdrückung, Lebensmittel- und Wasserknappheit etc. dominiert. Aber gerade diese Probleme sind in der letzten Zeit so groß geworden, dass sie für unser Vorhaben positive Auswirkungen haben.

Der Krieg im Nahen Osten hat sich so weit und verheerend ausgeweitet, dass die Region und ihre Regierenden fast handlungsunfähig geworden sind und sich den kommenden Veränderungen gar nicht mehr in den Weg stellen können. Und in den Gebieten Afrikas, die unter der, durch die Klimakatastrophe ausgelösten Dürre leiden, sind die Menschen mittlerweile jeder Veränderung gegenüber aufgeschlossen, die irgendwie Abhilfe verspricht. Daher sind wir sicher, dass wir in diesen Regionen nicht mit Widerstand gegen unsere Wendemaßnahmen rechnen müssen."

„Was ist mit Indien?", fragt Kali mit zaghafter Stimme.

„Wie wir ja alle wissen, hat es schon vor der Flutkatastrophe mehrere ökologische Desaster größeren Ausmaßes gegeben, die die Unruhe unter der Bevölkerung geschürt haben. Der Dammbruch hat das Fass sozusagen zum überlaufen gebracht." Chesslow grinst wegen seines ungeschickten Wortspiels ein wenig verlegen, räuspert sich als alle schweigen und fährt schnell fort: „Die Regierung ist auch dort, genau wie in den anderen schon erwähnten Krisenregionen, offen für Veränderung und Hilfsangebote."

Ein zufriedenes Murmeln geht durch den Raum und Nerthus erhebt sich: „Damit dürfte alles gesagt sein. Bezüglich der China-Problematik müssen wir noch abwarten. Die Ereignisse, die in den letzten Tagen die Problemlösungen in Russland und den USA vorangetrieben haben, haben wir ja schon gestern besprochen. Deshalb schlage ich vor, dass sich jetzt alle zurückziehen und die Dinge erledigen, die sie noch auf ihrer To-do-Liste stehen haben."

Damit verlassen alle wortlos den Raum, Lukas und Christof räumen den Tisch ab und Adam schaut Nerthus auffordernd an. Sie hebt beschwichtigend die Hand und sagt: „Lass uns dort hinsetzen." Sie zeigt auf das grüne Sofa vor der großen Fensterfront. Beide setzten sich und Adam legt einen Arm um Nerthus Schulter, was diese ohne Kommentar zulässt.

KAPITEL 39

Gestern Abend hatten sie vom Sofa aus die Dunkelheit betrachtet und die Welt auf der anderen Seite der Fensterscheibe war ein Geheimnis geblieben. Heute Morgen hat Adam, bevor er sich mit dem Rücken zum Ausblick hinsetzte, nur unterbewusst einen japanischen Garten wahrgenommen, aber jetzt wird ihm die Schönheit der Anlage bewusst.

Ein kleiner Bach fließt in drei aufeinander folgende geschwungene Wasserbecken, die in eine sattgrüne Rasenfläche eingelassen sind. Über die Wasserflächen ragen hölzerne Stege und kleine Plattformen auf denen Bonsais in flachen Schalen und Töpfen stehen. In einer der Schalen gedeiht ein Miniwald, durch dessen Mitte sogar ein winziger Weg zu führen scheint. Nerthus erklärt ihm, dass es sich dabei um 35 Jahre alte orientalische Hainbuchen handelt. Als Adam erstaunt über das Alter der Miniaturbäume ist, zeigt Nerthus auf eine dichte buschige Zypresse, die ihrer Angabe nach 90 Jahre alt sein soll und auf einen weiteren Miniatur-Nadelbaum mit einem gebogenen knorrigen Stamm, der sogar 145 Jahre alt zu sein scheint.

Laut Nerthus befinden sich überall auf dem Gelände solche Ausstellungen. Die Bäumchen sind überwiegend aus Japan importiert oder von namhaften, europäischen Züchtern geliefert worden.

Yuto Kato vertritt die Meinung, dass eine harmonische Natur-umgebung das Wohlbefinden der Arbeitnehmer und damit die Arbeitseffizienz fördert. Adam kann nachvollziehen, dass man sich hier wohlfühlen kann und dass Nerthus nicht nur aus Sicherheitsgründen und der Praktikabilität folgend auf dem Gelände ihren Wohnsitz gewählt hat.

Sie betrachten noch eine Weile die idyllische Gartenszenerie, aber dann will Adam wissen: „Spann mich nicht weiter auf die Folter. Was ist mit dem US-Präsidenten geschehen?"

„Alles ist so abgelaufen wie geplant", erwidert Nerthus.

„Komm schon. Mich hat niemand in die Planung eingeweiht. Das Einzige, worüber ich Bescheid weiß, sind die Informationen, die ich an Ron Buttler weitergegeben habe und was ich gestern aus den Nachrichten erfahren haben. Und wenn man der Presse glauben darf, lebt Oswald Ace noch. Das ist ja eigentlich nicht in unserem Sinne, oder?"

„Die Presse ist in diesem Fall fehlinformiert."

„Heißt das, dass wir ihn erwischt haben?" Adam sieht erstaunt aus.

„Lass mich dir die ganze Geschichte chronologisch erzählen. Nicht alles wird dir gefallen." Nerthus rückt ein wenig von Adam ab, um ihm in die Augen schauen zu können. Adam erwidert ihren Blick mit einer dunklen Vorahnung. „Die CIA hat die Informationen, die Ron Buttler platziert hat, gefunden und für bare Münze genommen. Aber nichtsdestotrotz wollten sie mich natürlich im Auge behalten, da ich aus ihrer Sicht immer noch eine potenzielle Gefahrenquelle für ihren Präsidenten dar-stellte. Nach dem Attentatsversuch auf dem Festival war ja auf-grund des vielen Bluts für außenstehende Beobachter nicht sofort zu erkennen gewesen, wie schwer meine Verletzungen waren."

Gedankenverloren streicht sie mit dem Zeigefinger über die zwischen den Lichtenbergfiguren kaum sichtbare Narbe auf ihrer Stirn.

„Ich bin mit dem Hubschrauber in unsere Klinik in Hamburg gebracht worden und werde laut Angaben der Klinik erst morgen rechtzeitig zum Konzert entlassen. Die Klinik steht unter Beobachtung der CIA, aber die hat erst angefangen, nachdem ich schon längst hier in Berlin war. Wie du selbst siehst, ist das Gelände hier gut abgesichert und niemand weiß, dass ich hier bin. Es gibt auch Möglichkeiten, das Areal zu verlassen, ohne dass irgendeine Form der Überwachung das aufzeichnen kann. Damit bin ich vor weiteren Anschlägen sicher gewesen.

Nach dem vorgestern vermeintlich fehlgeschlagenen Attentatsversuch auf den Präsidenten durch Josh Weston und die Ausschaltung Joshs fühlt die CIA sich nun sicherer."

„Wusste Josh, dass er sterben würde und wenn ja, wie habt ihr es hingekriegt, dass er zugestimmt hat?", unterbricht Adam.

„Die Information, die du an Ron Buttler weitergegeben hast, entsprach ja der Wahrheit insofern, als dass wir Josh gefangen genommen und dann erpresst haben ein Attentat auf den Präsidenten auszuführen. Wir haben ihm versprochen, uns um seine Schwester und Nichte zu kümmern, ihnen ein neues sorgenfreies Leben zu ermöglichen, wenn er sich opfert."

„Und habt ihr das Versprechen eingehalten?"

„Natürlich! Wir sind nicht völlig ohne Moral und Ehre", empört sich Nerthus. „Die beiden halten sich im Moment hier im Haus 5 auf. Das weiß die CIA natürlich nicht. Die suchen immer noch vergeblich nach den beiden."

„Ok. In den Nachrichten haben sie nur gesagt, dass Weston auf Ace geschossen, ihn aber nicht getroffen hat und dann selber von einem CIA-Schützen ausgeschaltet wurde. Dazu habe ich zwei Fragen: Warum hat die CIA es überhaupt so weit kommen lassen, wenn sie doch schon gewarnt war und wieso ...“

„Eins nach dem anderen", unterbricht ihn Nerthus. „Wir haben Weston verborgen und auf geheimen Wegen nach London gebracht und haben ihn erst kurz vor dem Treffen des amerikanischen Präsidenten mit dem britischen Premier an den Abschussort gebracht. Wir wollten, dass er einen Schuss abgeben kann, aber daneben schießt und von der CIA ausgeschaltet wird. Dass Weston nicht getroffen hat, ist glaubwürdig, da er ja auch schon bei mir nicht voll im Ziel lag. Bei mir war der Grund dafür allerdings, dass ich ausgewichen bin, bei Ace hat er absichtlich danebengehalten."

„Aber warum? Wir wollten Ace doch loswerden."

„Dafür gibt es eine Menge Gründe. Zum einen hätten die Amerikaner wohl möglich das Konzert in Washington abgesagt, wenn ihr Präsident zwei Tage vorher einem Attentat zum Opfer gefallen wäre. Des Weiteren hat ein Präsident, der so etwas überlebt, noch einmal einen viel stärkeren Rückhalt in der Bevölkerung."

„Aber gerade das wollen wir doch nicht." Adam sieht genervt aus.

„Nein das wollen wir natürlich nicht, wenn es sich um den Oswald Ace handelt, den wir alle kennen. Aber in diesem Fall haben wir einen Trick angewendet, auf den uns die Russen vor einiger Zeit gebracht haben. Dieser Trick ist den Russen jetzt übrigens selbst zum Verhängnis geworden." Nerthus lacht hässlich.

„Was für ein Trick? Komm schon Nerthus, ich kann sehen, dass es dir einen Heidenspaß macht, mich auf die Folter zu spannen, aber es reicht jetzt."

„Vielleicht wirke ich ein bisschen unentschlossen, weil dir einige Details nicht gefallen werden. Besonders nach dem, was gestern Nacht zwischen uns geschehen ist …" Nerthus zögert, gibt sich dann aber einen Ruck. „Ok, das, was ich dir jetzt erzähle, ist am Abend vor dem Attentat und am Morgen des Attentats geschehen."

Oswald Ace
Präsident der
Vereinigten Staaten
von Amerika

Oswald Ace war bekannt dafür, dass er die Aufmerksamkeit der Damen schätzte und jede Gelegenheit nutzte, die sich ihm bot, um mit einer hübschen Frau ins Bett zu steigen.

Europäerinnen, speziell die mit slawischem Akzent und was er für slawische Gesichtszüge hielt, hatten es ihm angetan. Dieses Exemplar der weiblichen Sorte, das gerade mit wiegendem Gang an seinem Tisch vorbei zur Bar zu gleiten schien, machte da keine Ausnahme. Ganz im Gegenteil. Ihr Gang hatte etwas besonders Aufreizendes. Oswald schnalzte mit der Zunge, eine Aktion, die in einem zähnefletschenden Grinsen endete.

Mit einer Kopfbewegung in Richtung Bar signalisierte er dem Bodyguard, der rechts neben ihm saß, sein Interesse an der brünetten Schönheit.

Ace war mehr als froh, sich gegen die Empfehlung des Secret Services durchgesetzt zu haben. Ursprünglich hatte man ihm geraten das Treffen mit Premier Walton, aufgrund des Attentatsrisikos abzusagen, aber ein Oswald Ace lässt sich nicht von einem möglichen Attentat abschrecken, außerdem waren die Gespräche mit Walton zeitkritisch. Es ging um ein neues Handelsabkommen, dass Ace unter Dach und Fach bringen wollte, bevor die erstaunlicherweise seit kurzem zunehmende pro-ökologische und pro-europäische Stimmung in Großbritannien einen Strich durch seine Rechnung machen konnte.

Als die CIA dann versichert hatte, alles unter Kontrolle zu haben, hatte der Secret Service nachgegeben, aber angeregt dass der Präsident und seine Gefolgschaft in der Residenz des US-Botschafters in London absteigen sollte. Doch Oswald Ace stellte sich erneut quer und bestand darauf, in der Royal Suite des Megalon zu nächtigen. Dem brandneuen Hotel wurde nur zwei Monate nach seiner Eröffnung schon nachgesagt, die Schönen und Reichen aus aller Welt anzuziehen und überaus diskret mit allem umzugehen, was sich hinter seiner architektonisch ausgefeilten Glasfassade abspielte.

Der Bodyguard neben ihm, Peter war wohl sein Name, war der Einzige, der mit Ace am Tisch sitzen durfte, denn er sah wie ein distinguierter Geschäftsmann aus und nicht wie die anderen, unverkennbaren Secret Service Typen. Diese fanden sich über den großzügigen Barraum verteilt und versuchten so unauffällig, wie möglich zu bleiben.

Die brünette Grazie war inzwischen auf ihren leuchtend roten Stilettos zur Bar geschritten. Ihr mannequinhafter Gang wurde durch die beiden fast hüfthohen, seitlichen Schlitze in ihren schwarzen Kostümrock sehr sexy unterstrichen. Sie schwang sich mit einer eleganten Drehung auf den Barhocker und schlug die Beine übereinander und der lange Schlitz ließ auf der linken Seite einen ungehinderten Blick auf das ausgesprochen wohl proportionierte Bein zu. Oswald hatte das Gefühl, dass ihm die Augen aus dem Kopf springen wollten. Er leckte sich seine plötzlich ungewöhnlich trockenen Lippen und griff nach seiner Diet-Coke.

Nun beugte sich die Schöne vor, um mit leichtem, russischen Akzent einen Wodka zu bestellen, und ließ den Barmann in den Genuss ihres freizügigen Dekolletés kommen. Dieser stotterte ein krächzendes „Yes of course, madam", brauchte aber einen guten Moment, bevor er in der Lage war, seinen Blick loszureißen. Oswald wollte auch in den Genuss dieses Anblicks kommen, und zwar aus nächster Nähe. Ein weiterer Blick zu Peter und eine auffordernde Kopfbewegung in Richtung Bar schickten diesen auf den Weg, um die Dame für seinen Boss klar zu machen.

Nach einem kurzen Zwiegespräch mit dem Secret Service Lakaien stakste die Rotbeschuhte mit einem aufreizenden Lächeln auf ihren knallroten Lippen nun auf den Tisch des Präsidenten der Vereinigten Staaten zu. Die Lippen hatten die gleiche Farbe wie ihre Schuhe und interessanterweise auch wie Oswalds Signatur-Krawatte. Ein faszinierender Zufall sinnierte Oswald und hoffte, dass sie Unterwäsche ebenfalls in seiner Lieblingsfarbe tragen würde. Ein Unterhöschen korrigierte er sich, als sie näher kam, denn nun konnte er erkennen, dass sie definitiv keinen BH trug.

Als sie an seinem Tisch angekommen war, stand Oswald auf und sie streckte ihm ihre langen Finger zum Handschlag entgegen. Ace hatte einmal irgendwo gelesen, dass man in Russland Frauen meist nur mit einem charmanten Lächeln begrüßen würde. Aber er nahm ihre dargebotenen Finger gerne in seine beiden Hände und nutzte die Gelegenheit, um sie näher zu sich heranzuziehen. Sie zierte sich nicht und stand nun ganz dicht vor ihm. Mit einer kokett hochgezogenen Augenbraue hauchte sie: „Es ist mir eine freudige Erregung Mr. President. Mein Name ist Anastasia."

Nachdem sie Aces Frage, ob sie ihn auf einen weiteren Wodka in seine Suite begleiten wolle, bejaht hatte, gingen sie zusammen mit Peter zu dem Aufzug, der exklusiv zur Royal Suite fuhr. Die anderen Secret Service Beamten hatten den Auftrag, die Eingangshalle und den Zugang zum Aufzug im Auge zu behalten.

Die Aufzugfahrt endete in einem großzügigen Vorraum der Suite. Peter wies Anastasia an, ihre Handtasche und Kostümjacke auf einen der Sessel im Vorraum abzulegen und Oswald erklärte mit einem Augenzwinkern, dass Peter sie aus Sicherheitsgründen abtasten müsse.

Willig breitete sie die Arme zur Seite aus, ließ die Zungenspitze zwischen ihren Lippen blitzen und schaute Oswald unverwandt in die Augen. Peter schob seine Hände unter ihre Achseln und ließ sie ganz langsam an ihren Seiten hinabgleiten, dabei schob er seine Daumen nach vorne und konnte ihr weiches Fleisch durch die dünne Bluse spüren. Als seine Daumen die Nippel erreichten, ließ er sie langsam kreisen.

Anastasia ließ ein leises, kehliges Stöhnen hören, hielt aber den Augenkontakt mit dem Präsidenten. Ihre Erregung, angefacht durch einen anderen Mann, die aber er, Oswald Ace gleich stillen würde, gab ihm das Gefühl von Macht, das ihn hart werden ließ. Gierig schaute er zu, wie Peters Hände weiter ihren Körper herabglitten. Die linke Hand legte sich auf ihr Hinterteil und die Rechte hob den Rock hoch und griff ohne Umwege direkt zwischen ihre Schenkel.

Oswald sah ein blutrotes Spitzenhöschen blitzen, bevor Peters Zeigefinger den zarten Stoff beiseiteschob und sich in ihrer Möse versenkte. Anastasias Beine schienen nachzugeben und ein weiteres Stöhnen entfuhr ihren Lippen, aber sie hielt den Blick zum Präsidenten, genau so, wie er es liebte.

Peter zog den Finger aus ihrer Muschi, leckte ihn ab und sagte: „Sie ist definitiv unbewaffnet, feuchter als feucht und kann es kaum noch abwarten von Ihnen hart rangenommen zu werden, Mr. President."

Peter öffnete die Tür zur Suite, ließ Oswald Ace eintreten und nahm dann Anastasias Hände hinter ihren Rücken und hielt sie dort mit einer seiner großen Hände zusammen, sodass ihre Schultern zurückgezogen wurden und ihre Brüste noch weiter hervortraten. Mit der anderen Hand öffnete er die Bluse und ließ sie über die Schultern herabgleiten. Dann schüttelte er ihre Schultern ein bisschen, um die Brüste beben zu lassen.

Oswald Ace starrte auf die tanzenden Nippel, stöhnte und griff sich in den Schritt, um seine Hose zu öffnen. Peter zog

Anastasias Rock mit einem Ruck herunter, sodass sie nur noch mit dem roten Spitzentanga bekleidet war. Der Präsident nahm seine Krawatte ab und wies Peter an, damit Anastasias Hände hinter ihren Rücken zu fesseln. „Bring sie in Position und dann kannst du gehen. Die kleine Schlampe ist handzahm. Ihre Augen sind vor lauter Geilheit schon ganz glasig, genauso wie ich es mag. Warte im Vorraum, mit der werde ich alleine fertig."

Peter drückte Anastasia in die Knie und befahl ihr, den Mund zu öffnen, und verließ den Raum. Oswald Ace nahm seinen halberigierten Schwanz aus der Hose und schob ihn tief in Anastasias Mund.

„Jetzt zeig mir, was du kannst. Wenn du den wichtigsten Mann der Welt schön hart bläst, dann beglückt er mit seinem Zauberstab vielleicht gleich auch noch deine feuchte Fotze oder dein hoffentlich enges Arschloch." Oswald Ace lachte dreckig, als sich Anastasias Lippen um seinen Penis schlossen. Doch dann lachte er plötzlich nicht mehr, sondern riss erstaunt seine Augen auf und dann seinen Mund, um nach Luft zu schnappen.

***

„Uwähh, das ist ja ekelhaft!" Adam sieht Nerthus entgeistert an. „War das wirklich nötig, so weit zu gehen? Oswald Ace? Widerlicher geht es ja wohl gar nicht."

„Ja, soweit und noch weiter. Das volle Programm", sagt Nerthus mit Nachdruck und fordert Adam mit einem unmissverständlichen Blick heraus, ihre Handlung zu kritisieren.

Adam holt tief Luft, besinnt sich und sagt dann: „Aber wieso? Du warst doch schon mit ihm alleine. Der Secret Service Typ war aus dem Raum gegangen. Hättest du den Widerling nicht ohne ..." Er macht eine vage Handbewegung in Nerthus` Richtung, „ohne dich zu opfern, beseitigen können?"

„Ich habe dir bereits erklärt, dass wir den Präsidenten der Vereinigten Staaten nicht zwei Tage vor den Umweltkonzerten eliminieren konnten, ohne zumindest das amerikanische Konzert in Washington zu gefährden. Außerdem wäre es für mich ausgesprochen schwierig gewesen aus einem Haus voller US-Sicherheitsbeamten, unbeschadet zu entkommen. Wäre es dir lieber, ich wäre tot statt beschmutzt?" Sie sieht ihn herausfordernd an.

„Nein, natürlich nicht!", erwidert Adam vehement. „Aber wofür das Ganze, wenn der Arsch immer noch lebt?"

„Ich musste ihn bezirzen, um in ihm das unwiderstehliche Gefühl zu wecken, mich am nächsten Morgen in meinem Hotelzimmer aufzusuchen."

„Hätte es nicht gereicht, wenn du ihn mit deinen Händen berührt hättest. So eine einfache Berührung von dir kann doch schon magisch sein."

„Du vergisst, dass ich einen Silikon-Ganzkörperanzug tragen musste, da ich auf der Fahndungsliste der CIA stehe. Mein Gesicht, mein fehlendes Auge, meine Lichtenberg-Figuren, alles ist bekannt. Der einzige, direkte Körperkontakt war daher über die Körperöffnungen möglich." Adam zuckt bei dem Wort Körperöffnungen zusammen. „Aber falls es dich beruhigt, will ich dir gerne sagen, dass mich Oswald Ace weitaus mehr angeekelt hat als jede andere Zielperson je zuvor."

„Ok, ok. Aber ich verstehe immer noch nicht, warum du Ace in dein Hotelzimmer locken wolltest."

„Du wüsstest es schon, wenn du mich nicht unterbrochen hättest."

***

Anastasia zog ihren Rock und ihre Bluse wieder an, drehte sich zum Präsidenten um, der schweißgebadet aber selig grinsend auf dem Bett lag und sagte: „Vergiss nicht Mr. President, mich morgen früh auf meinem Zimmer zu besuchen. Dort wird eine unglaubliche Überraschung auf dich warten. Etwas, was du so noch nie erlebt hast. Du wirst glauben, auf dem Weg ins Himmelreich zu sein."

Sie nahm ihr rotes Höschen, dass er immer noch in einer Hand hielt, an sich, lächelte ihn verführerisch an, ließ ihre Zunge kurz über den erschlafften Penis des POTUS` flattern. Das schrumpelige Ding zuckte noch einmal kurz und der dazugehörige Mann stöhnte erschöpft aber glücklich auf.

Als Anastasia die Suite verließ, erhob sich Peter aus dem Sessel gegenüber der Tür und kam mit einem hässlichen Grinsen auf dem Gesicht auf sie zu.

„Ich habe keine Ahnung, warum ihr Weiber alle so scharf darauf seid mit ihm", er machte eine Bewegung mit dem Daumen in Richtung Suite-Tür, „in die Kiste zu steigen. Wenn du glaubst, die Geschichte dieses kleinen One-Night-Stands an die Presse verkaufen zu können, um Kohle zu machen, hast du dich schwer getäuscht."

Er holte ihren Reisepass aus seiner Jackentasche und öffnete ihn: „Den habe ich in deinem Nuttentäschen gefunden, Anastasia Borellowa. Ich habe deine Personalien für alle Fälle notiert. Wir wissen, wer du bist, und können dir das Leben schwer machen, egal wo du dich aufhältst."

Er warf ihr den Pass mit einer nachlässigen Bewegung zu, sodass das Dokument vor ihr auf den Boden fiel. Sie hob den

Pass auf, und als sie sich wieder aufrichtete, stand er schon über ihr und ergriff ihr Kinn mit einer seiner großen Hände. Die andere legte er auf ihr Hinterteil und zog sie zu sich heran, um sie zu küssen. Anastasia legte ihre Arme um seinen Nacken und vertiefte den Kuss. Als sie sich von ihm löste, stellte sie zufrieden fest, dass er sie perplex und kommentarlos anstarrte, und sie stopfte das rote Höschen in seinen noch immer geöffneten Mund. „Morgen gibts mehr mein Süßer!" Dann ging sie zum Aufzug und ließ den verdatterten Secret Service Mann stehen.

KAPITEL 40

Wie erwartet, standen Oswald Ace und Peter Secretservice-man am nächsten Morgen schon mit den Hufen scharrend vor Anastasias Zimmertür.

Zwei weitere Secret Service Beamte hatten bereits Position an den Enden des Flurs, der zu der Exekutive Suite führte, bezogen, als die Russin in einem flauschigen, weißen Hotel-bademantel bekleidet die Tür öffnete. Mit einem einladenden Lächeln forderte sie den Präsidenten und seinen Beschützer auf einzutreten. Letzterer machte es sich auf dem eleganten Sofa im Wohnbereich der Suite bequem und Oswald Ace folgte der Brünetten, die ihren Bademantel von den Schultern gleiten ließ, in das angrenzende Schlafzimmer. Bevor sich die Tür schloss, konnte Peter noch sehen, wie der Präsident seine faltige, von Altersflecken bedeckte Hand auf ihr straffes, glän-zendes Hinterteil legte.

Die Besitzerin des nackten Hinterteils hatte Peter die ganze Nacht über in seinen Träumen verfolgt oder besser gesagt verführt. Er war immer wieder schweißgebadet aufgewacht und musste an das herrliche Kribbeln denken, dass ihr Kuss gestern in seinem Körper ausgelöst hatte. Er hatte versucht, sich auszumahlen, welch ekstatisches Gefühl ihre Lippen und ihre Zunge an seinem Schwanz kreieren mochten, hatte dabei aber Angst zu früh zu ejakulieren.

Er war ein Schnellschießer, was ihn bis jetzt nie gestört hatte. Vorspiel und dergleichen Quatsch waren eigentlich nicht sein Ding, ebenso wenig die Befriedigung der jeweiligen Schlampe, mit der es gerade trieb. Sein Ziel war es immer nur gewesen, so schnell wie möglich abzuspritzen, aber jetzt plötzlich wollte er den brillanten Liebhaber mimen.

Ihm war selber nicht klar warum, aber die schöne Sexgöttin sollte von seinen erotischen Fertigkeiten überrascht und verblüfft werden. Einfach nur besser zu sein als Oswald Ace war ihm nicht genug. Das war zu einfach, denn Peter wusste, dass bei seinem Chef ohne die kleinen blauen Pillen gar nichts lief. Heute Morgen hatte er sie ihm auch wieder zugesteckt.

Ein leichter Würgereiz überkam ihn, bei dem Gedanken an den faltigen schlaffen Penis des mächtigsten Mannes der Welt. In den fragwürdigen Genuss des Anblicks war er erst gestern Abend wieder gekommen, als er nachgeschaut hatte, wie sein Chef die Ministrationen der Besitzerin des roten Spitzenhöschens überstanden hatte. Besagtes Höschen hatte er immer noch in seiner Jacketttasche. Er zog es jetzt hervor, schnupperte daran und merkte, wie das Ekelgefühl einem wohligen Ganzkörperkribbeln Platz machte.

Ein dumpfes Geräusch aus dem Nebenraum ließ Peter aus seinen sexuellen Tagträumen aufschrecken und aufspringen. Ihm wurde plötzlich bewusst, dass er das Schlafzimmer nicht kontrolliert hatte, bevor sein Boss mit der Russin darin verschwunden war. Der Anblick der Frau in ihrem flauschigen weißen Bademantel und dann gleich darauf ohne diesen, hatten ihn scheinbar so verwirrt, dass er seine Pflichten völlig vergessen hatte.

Er eilte zur Schlafzimmertür und streckte gerade seine Hand nach der Türklinke aus, als sich die Tür öffnete und die splitternackte Anastasia direkt vor ihm stand. Sie zog die Tür hinter sich zu, sank vor ihm auf die Knie, machte sich an seinem Hosenstall zu schaffen und hauchte: „Jetzt kommen wir zum eigentlichen Spaß dieses Morgens."

Einige Zeit später, ließ sie von ihm ab. Peter hatte keine Ahnung, wie viel Zeit vergangen war, er wusste nur, dass er noch nie so lange durchgehalten hatte. Sie hatte ihn immer wieder bis fast zum Höhepunkt gebracht, um ihn dann kurz abkühlen zu lassen, und danach erneut aufzugeilen. Ihr Spielchen war eine exquisite Folter gewesen, die ihn zu ungeahnter Geilheit hochgepeitscht hatte. Und dazu dieses unbeschreibliche, elektrisierende Prickeln. Er grinste immer noch debil vor sich hin, als sie ihm eine Rolle Küchenkrepp unter die Nase hielt und ihn ohne Umschweife aufforderte, sich die Wichse vom Bauch zu wischen. Erstaunt schaute er an sich herab, um festzustellen, dass sein Ejakulat offensichtlich sein Wunschziel verfehlt hatte.

Er war noch dabei, sich zu säubern, als Oswald Ace aus dem Schlafzimmer auftauchte, ihm jovial auf die Schulter klopfte und sagte: „Gut, gut, gut Peter, ich sehe, dass du mein kleines Erholungsnickerchen bestens genutzt hast. Aber nun müssen wir uns ein bisschen beeilen, denn der gute, alte Walton wartet sicherlich schon ungeduldig auf uns."

***

„Ohne Kondom?" Adam starrt Nerthus fassungslos an.

„Mit einem Kondom lassen sich die Nuancen meiner elektrischen Fähigkeiten nicht so subtil steuern."

„Aber bei den anderen ..., ich meine den Ölboss und den Krill-Killer, hast du doch auch Kondome benutzt. Warum ging das da?"

„Bei dem Ölboss und dem Krill-Killer, wie du sie so schön nennst, brauchte ich das Ejakulat, um falsche Fährten zu legen.

Außerdem durften keine Spuren meiner eigenen DNA bei den Toten gefunden werden. Zum Zweiten musste ich bei beiden Männern keinen bleibenden Eindruck hinterlassen, denn sie waren ja wie schon erwähnt tot. Ace allerdings musste ich am Abend so umgarnen, dass er am nächsten Morgen unbedingt wiederkommen wollte und der Secret Service Mann sollte so berauscht sein, das er nicht hinterfragte, was in meinem Schlafzimmer wirklich passiert war."

„Aber was ist mit Aids oder anderen Geschlechtskrankheiten?"

„Die Erreger überstehen den elektrischen Schock nicht. Deshalb werde ich im Allgemeinen auch nicht von anderen Infektionskrankheiten heimgesucht. Das ist schon recht praktisch", erwidert Nerthus lakonisch.

Adam runzelt die Stirn und Nerthus kann ihm ansehen, dass nicht nur der Gedanke an Aids und andere Krankheiten ein Problem für ihn ist. Mehrmals öffnet er den Mund und setzt an, etwas zu sagen, um aber dann doch stumm zu bleiben.

Nach einer Weile erbarmt sie sich seiner und sagt: „Ich habe dir anfangs, als wir uns kennengelernt haben, einmal gesagt, dass ich Sex mag und daher für mich diese Aktionen kein Problem darstellen. Das stimmt so nicht ganz. Mich kotzen und ekeln Typen wie Ace und sein Secret Service Lakai an, aber für das Ziel, das wir verfolgen, bin ich bereit, Opfer zu bringen. Und manche Pläne lassen sich eben nur mit ungewöhnlichen Methoden durchführen."

„Aber genau das ist es, was ich nicht verstehe. Wofür das Ganze, wenn Ace immer noch unterwegs ist und sein Unwesen treiben kann?"

„Kann er nicht."

„Hast du etwas gegen ihn in der Hand? Hast du ihn gefilmt?"

„Nein, das würde nichts nützen. Er hat schon so viele Skandale überlebt, dass er geradezu immun zu sein scheint. Wie schon gesagt haben uns die Russen auf eine Idee gebracht."

Nerthus erzählt Adam, dass in Analytikerkreisen und unter Journalisten schon seit einiger Zeit darüber spekuliert wird, ob es sich bei öffentlichen Auftritten und Fernsehinterviews wirklich um den russischen Staatspräsidenten handelt, oder ob er möglicherweise durch einen Doppelgänger vertreten wird. Insider-Kreise behaupten, dass Andrey Fomin nach einer schweren Krankheit und Operation nicht wieder auf die Beine gekommen ist und nun entweder bereits tot ist oder irgendwo unter strengster Geheimhaltung zu Tode gepflegt wird.

Gesichtserkennungsspezialisten haben Fotos und Videoaufnahmen von Fomin, die vor seiner Operation aufgenommen wurden, mit Aufnahmen aus der Zeit danach verglichen und Unterschiede in der Knochenstruktur des Unterkiefers und der Augenbrauenbögen festgestellt. Leichte Unterschiede scheint es auch in der Stimmmodulation zu geben. Allerdings sind bei Gestik und Mimik, den Aussagen der Spezialisten zufolge, im Allgemeinen so gut wie keine Unterschiede zu erkennen. Für kurze Zeit kursierte jedoch ein Video im Internet, das bei einem öffentlichen Auftritt des Präsidenten eindeutige Unterschiede im Habitus im Vergleich zu früheren Aufnahmen zeigte, aber dieses Video ist nicht mehr aufzufinden. Auf Nachfrage gaben offizielle, russische Stellen an, dass die unbedeutenden Veränderungen in Fomins Gesichtszügen auf seine schwere Krankheit, von der er, laut seines Leibarztes vollständig genesen sei, zurückzuführen seien. *CONTs* Experten sind davon überzeugt, dass solche Veränderungen nicht durch Krankheiten ausgelöst werden können.

„Wenn Fomin tot oder ernsthaft chronisch erkrankt ist, warum gibt es dann in Russland keine Neuwahlen?", unterbricht Adam Nerthus Ausführungen.

„Für die politische Stabilität im Land scheint es im Moment sinnvoller zu sein, so zu tun, als sei der Präsident am Leben. Neuwahlen könnten selbst in einem Land wie Russland für Unruhen sorgen. Aber indem man, mithilfe eines Doppelgängers so tut, als sei Fomin uneingeschränkt regierungsfähig, kann in aller Ruhe eine Strategie für eine problemlose Nachfolge ausgearbeitet werden. Und diese Doppelgänger-Situation haben wir uns in zweifacher Sicht zunutze gemacht, denn wir haben dadurch sowohl unser russisches als auch unser US-amerikanisches Problem gelöst."

„Bist du auch in Russland persönlich aktiv geworden?", fragt Adam scharf, der Nerthus` Ausführungen zum Thema Ace noch nicht so ganz verdaut hat.

Nerthus schaut auf ihr Telefon, das gerade vibrierend den Eingang einer Nachricht verkündet. Sie murmelt etwas davon, Chesslow treffen zu müssen, und schiebt Adam ein paar Zettel zu mit der Bemerkung, dass es sich hierbei um Ausführungen der russischen *CONT*-Mitarbeiterin Galia Petrova handele, die alles Nötige erklären würden, und verlässt das Gästehaus.

Adam überlegt Nerthus hinterher zu eilen, weiß aber genau, dass er von ihr im Moment keine Antwort auf seine Frage erwarten kann, und wendet sich den Zetteln zu, die sie auf dem Sofa neben ihm hat liegen lassen. Der obere Zettel trägt die Überschrift:

Aktionsbericht Galia Petrova

Status quo:

In Regierungskreisen wird schon länger über einen potenziellen Nachfolger Fomins spekuliert. In letzter Zeit kristallisieren sich allerdings zwei Kandidaten als besonders einflussreich heraus. Beide könnten nicht unterschiedlicher sein, sowohl in ihrer politischen Einstellung als auch in ihrem Werdegang.

General Maxim Kamarov ist ein alter Mitstreiter Fomins, Minister für Zivilverteidigung und Katastrophenschutz und in seinen politischen Ansichten bezüglich Umwelt und Weltfrieden sogar noch radikaler als Fomin.

Gregori Galubov ist seit kurzem Minister für natürliche Ressourcen und Ökologie. Dem Ministerium wurde in der Vergangenheit immer nachgesagt die Umwelt auszubeuten, statt sie zu schützen, da es für die Öl-, Gas- und Energiewirtschaft verantwortlich ist und hauptsächlich am Verkauf von Lizenzen interessiert zu sein schien. Unter Galubov hat sich erstaunlicherweise jedoch einiges geändert. Er tritt für den Erhalt der Umwelt ein und trotzdem ist er in Kreml-Kreisen beliebt und vereint hinter sich fast so viele Stimmen wie Kamarov.

Für *CONT* wäre es wünschenswert, dass Galubov die Nachfolge Fomins antritt, dazu müsste er allerdings von Fomin offiziell als Nachfolger ernannt werden.

Kamarov übt momentan enormen Druck aus, um mehr Stimmen hinter sich zu vereinen. Sobald ihm das gelungen ist, wird er den Fomin-Doppelgänger zwingen ihn als Nachfolger zu benennen.

Aktionsansatz:

Wenn Kamarov als Nachfolger Fomins benannt würde und das Amt des Staatspräsidenten anträte, wäre die weitere Existenz des Doppelgängers überflüssig, oder aus Sicht des neuen Staatsoberhauptes sogar kontraproduktiv. Daher wird man sich seiner entledigen wollen.

Diesen Umstand haben wir uns zunutze gemacht.

Umsetzung:

Ich, Galia Petrova habe Kontakt mit Irina L. Der Tochter des Doppelgängers aufgenommen. Durch sie konnten wir den Doppelgänger von der Gefahr, in der er schwebt überzeugen und ihn auf unsere Seite ziehen. Er hat eingewilligt unseren Plänen entsprechend zu agieren.

Adam schaut nach einem dritten Zettel, in der Erwartung, noch mehr Informationen über die erwähnten Pläne zu finden, muss aber feststellen, dass ein solcher Zettel nicht existiert.

TEIL VI

KAPITEL 41

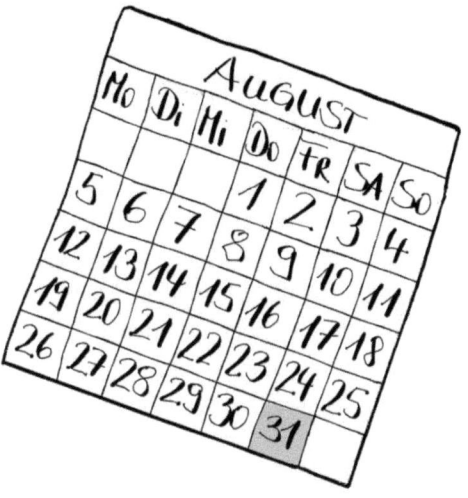

Eine Stunde vor Beginn der weltweit stattfindenden Klimakonzerte sind die Vorbereitungen im Berliner Olympiastadion abgeschlossen und die meisten der 74.000 Zuschauer haben bereits ihre Plätze eingenommen. Auf der Bühne, hinter den Musikern hängt eine riesige Projektionsfläche für Videos. Um die Bühne herum sind neun große Leinwände aufgebaut, auf denen die Übertragungen aus den anderen teilnehmenden Städten für die Besucher im Stadion zu sehen sein werden. Ähnliche Bühnenaufbauten gibt es auch in den übrigen neun Städten. Neun kleinere Monitore, die im Inneren des Bühnenbereichs installiert sind, geben den Auftretenden die Möglichkeit, das weltweite Geschehen zu verfolgen.

Adam schaut zu, wie ein Monitor nach dem anderen zum Leben erwacht und jeweils einen Schwenk ins Publikum vor Ort zeigt. Das Nareidra Modi Stadion in Ahmedabad, das mit einer Kapazität von 132.000 Besuchern das weltweit größte Stadion ist, ist bis zum letzten Platz gefüllt. Die Flutkatastrophe in Punajabrat scheint doch eine Menge Menschen wachgerüttelt zu haben. Als Nächstes geht die Übertragung vom Melbourne Cricket Ground online. Adam schätzt, dass auch hier alle 100.000 Plätze belegt sind. Nach und nach erscheinen Bilder aus den anderen Stadien, deren jeweilige Fassungsvermögen zwischen 68.000 bis 83.000 Besuchern liegen und die in ihren Regionen zu den größten Veranstaltungsorten gehören. Der Run auf die kostenlosen Tickets war im Vorfeld der Veranstaltungen enorm gewesen, sodass man sich entschieden hatte, die Kontingente zu verlosen.

Zuerst hatte man vorgehabt, Public Viewings an allen Orten, die sich anbieten, zuzulassen, hatte sich dann aber dagegen entschieden, um gewalttätige Auseinandersetzungen mit Klimaleugnern zu vermeiden. Jetzt gibt es nur Übertragungen an Plätzen in Großstädten, die gut von der Polizei abzusichern sind. Adam war zuerst der Meinung, dass Ausschreitungen zu dem positiven Effekt führen könnten, dass eine nicht zu kleine Anzahl von Klimaleugnern auf der Strecke bleiben würden, hatte seine Ansichten aber dann doch für sich behalten.

Die Konzerte werden nun von den meisten Fernsehsendern weltweit ausgestrahlt und können online auf verschiedenen Plattformen gestreamt werden.

Gestern hatte es wohl noch Probleme mit dem Übersetzungstool gegeben. Nerthus war nach Chesslows Nachricht zu einem Krisenmeeting geeilt und erst spät in der Nacht wiedergekommen. Heute Vormittag konnte sie ihm nur kurz mitteilen, dass alle Probleme behoben seien.

Das von *Kokato & Co.* entwickelte Übersetzungsprogramm ist in der Lage simultan in alle Sprachen der Erde zu übersetzen. Dabei erkennt es automatisch die von den meisten Menschen gesprochene Sprache der jeweiligen Region, kann aber auf Zuruf zu einer gewünschten anderen Sprache wechseln. Was das Problem gewesen war, hat Adam nicht verstanden, aber die Hauptsache ist, dass alles wieder funktioniert und dadurch sechs bis sieben Milliarden Menschen in ihrer eigenen Sprache angesprochen werden können.

Außerdem hat er noch erfahren, dass der Kontaktwirkstoff in dem weltweit in Umlauf gebrachten Infomaterial, schon erste Effekte zeigt. Stichproben haben ergeben, dass die Menschen durch den Einfluss des Psychococktails optimistischer, friedlicher und aufnahmefähiger für neue Ideen erscheinen.

So weit so gut, gleich kann es losgehen. Eine gewisse Nervosität erfasst Adam. Berlin wird den Auftakt für die Klimakonzerte geben und er hält die Begrüßungsrede, die in alle Welt ausgestrahlt wird. Durch seine vielen Medienauftritte und Interviews in den letzten Wochen ist er zum Gesicht und zur Stimme der Klimaaktion geworden. Nach seiner Einführung werden die hier in Berlin versammelten Musiker, unter Führung der *Goddesses of the Earth*, die von Nerthus komponierte Klimahymne spielen und dann wechseln sich reihum die zehn Veranstaltungsorte mit musikalischen Beiträgen, Reden und Videos ab. Neben Musikern werden Prominente und Politiker auftreten und zu Worte kommen. Einen festen Zeitrahmen gibt es nicht, denn man möchte auf die Stimmung des Publikums eingehen können.

Es ist 13:59 Uhr und Adam geht auf das Mikrofon zu. Er wird mit einem frenetischen Applaus vom Publikum begrüßt und plötzlich fühlt er sich ganz in seinem Element.

Als seine letzten Worte, mit denen er die Goddesses angekündigt hat, verhallt sind, setzt Hel mit einem markerschütternden Scream ein. Das Publikum verharrt für Sekunden in gebannter Stille, um dann in ekstatischen Jubel auszubrechen. Gitarren, Drums und Synthesizer folgen dem Einsatz der Leadsängerin und lassen Nerthus' Signaturesong der Klimabewegung erklingen.

Adam verfolgt auf den Monitoren wie das Publikum in den anderen Städten auf die Übertragung reagiert. Von Ahmedabad bis Washington gehen die Zuschauer wie berauscht mit. Inzwischen haben auch die Musiker auf den Bühnen der anderen Veranstaltungsorte beim Refrain mit eingesetzt.

Auf den Leinwänden hinter den Musikern läuft das erste Video und Adam, der nicht die Möglichkeit hatte, die Videos vorher anzusehen, ist total verblüfft über seine eigene Reaktion darauf. Er, der sich in den letzten Wochen mit so gut wie nichts anderem als der Klimaproblematik auseinandergesetzt hat, ist von dem, was er sieht, aufgewühlt und mitgenommen, als würden ihm neue bahnbrechende Ideen vorgeführt, die es um jeden Preis umzusetzen gilt. Und er muss zugeben, dass er die Wirksamkeit der versteckten Manipulationstechniken völlig unterschätzt hat. Er, der genau weiß, dass er in diesem Moment manipuliert wird, ist trotzdem von einem unglaublich starken Hoffnungsgefühl erfüllt. Alles erscheint machbar.

Nach dem zweiten Refrain leitet die Bridge das Solo von *Tales of Madness* ein und nur noch Nerthus' Gitarre ist zu hören.

Das Podest auf dem sie steht, fährt langsam in die Höhe und sie scheint mit den Bildern, die auf die Leinwand hinter ihr projiziert werden, zu verschmelzen. Farben und Klänge vereinigen sich zu einer starken, emotionalen Botschaft. Im Publikum werden Tausende von Feuerzeugen entzündet. Adam merkt, wie ihm Tränen in die Augen steigen und er weiß, dass er diesen Moment mit der gesamten Menschheit teilt. Die Menschen im Berliner Publikum liegen sich in den Armen, sie weinen und lachen miteinander. Ein Blick auf die Monitore zeigt ihm das gleiche Bild in den anderen Städten.

Als das Solo in den letzten Refrain übergeht, setzen die anderen Musiker wieder mit ein. Sie werden diesmal zusätzlich von klassischen Orchestern unterstützt und bringen den Song zu einem furiosen Finale. Als der frenetische Jubel langsam verebbt, ziehen sich die Musiker zurück und Nerthus bleibt allein in der Mitte der Bühne stehen. Sie weist mit einer Hand auf die Leinwand hinter sich und kündigt den nun folgenden Film mit den Worten an:

„Bürger der Erde, people of world, wir alle wollen unseren wunderbaren, vielfältig bunten Planeten retten. Lasst uns zusammen anschauen, wie wir das gemeinsam schaffen."

Adam kann sehen, dass ebenso auf den Leinwänden der anderen Bühnen der angekündigte Film anläuft und ein kurzer Blick auf sein Telefon zeigt ihm, dass auch die Streaming-Plattformen das Video ausstrahlen.

Der Film folgt dem Aufbau der Broschüren. Zeigt in einem kurzen Überblick noch einmal die verheerenden Folgen der Klimakatastrophe und konzentriert sich dann auf die Lösungen. Die Gemeinden von morgen, mit ihren Wohnstätten, Arbeitsplätzen und Freizeitmöglichkeiten umgeben von einer intakten, üppigen Natur stehen im Mittelpunkt. Glückliche Menschen gehen einem erfüllten Leben nach.

Im Vordergrund der Bühnen leuchtet plötzlich der Schriftzug auf: *„We are nature, nature is us!"*, und die Menschen im Publikum fangen an zu skandieren: *„WANNIUS, WANNIUS, WANNIUS."*

KAPITEL 42

Während der Jubel in den nächsten Minuten weiter anschwillt, zeigt ein Blick auf die Monitore, dass auf allen zehn Bühnen rege Aktivität herrscht.

In Melbourne stellt sich eine Gruppe Aboriginal People in Position. Deren mit weißen Streifen und Punkten in traditionellen Mustern bemalte Gesichter und Körper strahlen unter der Bühnenbeleuchtung. Drei der bemalten Gestalten setzen sich auf den Boden der Bühne und bringen ihre Didgeridoos in Position. Die langen, zylindrischen Holzblasinstrumente sind genau wie die Körper der Musiker mit Punktreihen und Linien verziert.

Adam hat vor ein paar Jahren bei einem Drehtermin in Australien, versucht das ungewöhnliche Instrument zu spielen, musste aber frustriert aufgeben, weil er die nötige Atemtechnik einfach nicht hinbekam. Aber allein die Erinnerung an den aufwühlenden Klang der Didgeridoos, die zu den ältesten Instrumenten der Erde zählen, ruft auch jetzt wieder ein resonierendes Beben in seiner Körpermitte hervor und er ist gespannt, welche Reaktion wohl das weltweite Publikum zeigen wird.

Ein weiterer gellender Scream von Hel reißt ihn aus seinen Erinnerungen. Der Schrei und eine ausladende Armbewegung von Nerthus bringt das Publikum zum Schweigen.

„Wir werden jetzt von jedem Austragungsort einen Beitrag sehen und hören, der für die Kultur und die Tradition der Menschen dieser Region oder dieses Kontinents besonders wichtig sind. Lasst uns als Erstes unsere Freunde aus Australien begrüßen." Nerthus zeigt auf die Leinwand hinter sich und stellt sich dann zu Adam an den Rand der Bühne.

Die Musiker in Melbourne stimmen ein Lied an, das von der Erschaffung der Welt während der Traumzeit erzählt. Auf der Leinwand startet ein Film mit einem Kameraschwenk über den Uluru, das Wahrzeichen des Kontinents, der zugleich als die Heimat der Regenbogenschlange geehrt wird. Die Schlange ist die wichtigste der Schöpfungsgestalten und somit die zentrale Figur der Mythologie. Der Film erzählt die Geschichte, wie die Schöpfungswesen das Land und alles Leben darauf erschaffen und den Menschen anvertraut haben.

Das pulsierende Dröhnen, die erdigen, intuitiven Töne der Didgeridoos scheint nicht nur die Menschen in Melbourne, sondern auch die hier direkt vor Adams Augen in Berlin zu hypnotisieren. Die Töne klingen, als würden sie unmittelbar aus dem Boden aufsteigen und eine nonverbale Kommunikation mit der Natur möglich machen. Durch die spezielle Spieltechnik gibt es keine Atempausen zwischen den Tönen, sondern sie scheinen endlos weiterzuklingen, was faszinierend, aber auch bedrohlich wirkt.

Adam sieht mit Begeisterung, dass sich die Zuschauer wie traumwandlerisch im Bann der Klänge bewegen. Klänge die eine Verbindung zur Erde herzustellen scheinen, die ein Urvertrauen einflößen.

Nach einer Weile erscheinen aus den Kulissen Musiker mit elektrischen Gitarren, Bässen und tragbaren Keyboards und gesellen sich zu den Aboriginal People. Aus einem Schacht im Bühnenboden taucht ein Drumset mit Drummer auf und Adam erkennt unter den Musikern auch die Mitglieder seiner australischen Lieblingsband. Die Rockmusiker nehmen die Melodie des klassischen Lieds auf und traditioneller und moderner Sound verschmelzen zu einer neuen Symphonie. Als der Song zum Ende kommt, scheint für eine kurze Zeit weltweit eine andächtige Stille zu herrschen, bevor das Publikum seinen begeisterten Beifall kundtut.

Nach einigen Minuten, in denen sich die australischen Musiker in Melbourne auf der Bühne verneigten, wechselt das Bild auf der Leinwand. Es zeigt nun einen aus Holz geschnitzten Vogel. Adam ist sich zuerst nicht sicher, ob die Skulptur einen Raben oder einen Adler darstellen soll. Aber dann wird ihm klar, dass es sich um den Donnervogel, den Götterboten und Diener Manitus handelt. Im gleichen Moment verkündet eine Stimme: „Willkommen in Washington, willkommen in Nordamerika!"

Wie zuvor in Melbourne zieht eine Gruppe traditioneller Musiker auf der Bühne auf. Dazu kommen Tänzer in federgeschmückten Gewändern. Auf der Leinwand im Hintergrund läuft ein Film an, der die Erschaffung der Erde aus Sicht der nordamerikanischen Ureinwohner zeigt. Eine Stimme verkündet, dass jedes Element der Natur eine Seele besitzt. Mutter Erde sei die Quelle aller Ressourcen. Der Große Geist habe verfügt, dass sich die Menschen gut um sie zu kümmern haben.

Die Stimme ergreift Adams Herz. Die tiefe Resonanz schwingt durch seinen Körper und als dann Gesang und Trommeln ein Pow-Wow anstimmen, muss er mit seiner Fassung ringen. Verstohlen wischt er sich mit dem Handrücken über die Augen.

„Wow, das ist ergreifend. Und clever. Als du mir vom Konzept dieser Auftritte erzählt hast, war ich mir nicht sicher, ob die Message rüberkommen würde. Aber guck dir die Leute an", er zeigt ins Publikum.

„Ja, nicht nur du hast Tränen in den Augen" Nerthus grinst, „und im Gegensatz zu dir, haben die auch noch jede Menge glücklich machende Drogen im Körper."

In der Zwischenzeit sind auch in Washington Musiker mit Rockinstrumenten auf der Bühne aufgezogen und haben in die Rhythmen und Klänge eingestimmt.

Adam ergreift Nerthus` Hand und sie lässt es geschehen. Sogar ein Lächeln spielt auf ihren Lippen. Ermutigt zieht er sie zu sich heran und legt seine Arme um ihre Schultern. Werden sie eine gemeinsame Zukunft haben, wenn die Zukunft der Erde gesichert ist? Er möchte sich ein Leben ohne sie nicht mehr vorstellen. Sie verharren in dieser Stellung, während nach und nach Musiker und Tänzer in allen zehn Städten ihre Verbundenheit zur Erde feiern.

Auf der Leinwand der Berliner Bühne sind nun große, stattliche Bäume zu sehen, die die Germanen als Sitz der Götter verehrten. Eine Linde für die Liebesgöttin Freya, eine Eiche für den Donnergott Donar, heilige Haine in denen, den Göttern Opfer dargebracht wurden. Dazu spielen Musiker auf Schalmeien, Flöten und Trommeln und singen dazu in Althochdeutsch.

In Südamerika betritt Patchamama die Bühne. Die Erdenmutter und Fruchtbarkeitsgöttin wird verkörpert durch eine schwangere, indigene Frau. Schamanen aus dem Amazonasgebiet mit Trommeln, Flöten und Rasseln begleiten die Darbietung musikalisch. Ein Video mit ergreifenden Bildern läuft im Hintergrund.

„Das ist Evan Langs Werk", sagt Nerthus.

„Wie meinst du das? Habt ihr ihn ..." Adam spricht nicht weiter.

„Wir haben ihn nicht beseitigt. Ist es das, was du fragen wolltest?"

„Ja, sag schon, was ist mit ihm passiert?"

***

Evan Lang stand schon 15 Minuten am Gepäckband als sein zerbeulter, schwarzer Rollkoffer endlich auftauchte. Bis nach der Landung war er ganz ruhig gewesen, aber das Warten auf sein Gepäck hatte ihm genug Zeit gegeben, um nervös zu werden. In Jakarta war er sich noch absolut sicher, dass die Kontaktaufnahme zu CONT der richtige Schritt war. Aber jetzt kamen ihm Zweifel. Mit der Organisation war nicht zu spaßen. So viel war sicher. Die Gruppe schreckte nicht vor extremen Maßnahmen zurück. Würden sie wirklich mit ihm reden oder würden sie ihn verschwinden lassen wollen.

Er hatte keine zweifelsfreien Beweise dafür, dass die Morde, die er in Brasilien und Indonesien recherchiert hatte, auf das Konto von CONT-Aktivisten oder besser gesagt Aktivistinnen ging. Aber alles deutete darauf hin. Dennoch konnte er ohne hieb- und stichfestes Beweismaterial die Anschuldigungen nicht veröffentlichen. Das ein oder andere Boulevardblatt wär vielleicht bereit, etwas zu drucken, aber nicht die ernst zu nehmende Presse. Nur das war ihm mittlerweile gar nicht mehr so wichtig, denn die Zustände, die er sowohl in Brasilien als auch in Indonesien vorfand, hatten dazu geführt, dass er die Unantastbarkeit seines Berufsethos gründlich überdenken musste. In der Vergangenheit war für ihn immer klar gewesen, dass er ohne Rücksicht auf Konsequenzen die Wahrheit ans Licht bringen und der Öffentlichkeit zugänglich machen musste. Doch was er bei seinen Recherchen gesehen und erlebt hatte, hatte ihn unendlich wütend gemacht. Klar hatte er gewusst, dass Brandrodungen katastrophale, ökologische Konsequenzen hatten, aber die Zerstörung mit eigenen Augen zu sehen, war dann doch noch etwas ganz anderes. Der Orang-Utan, der mit lichterloh brennendem Fell aus seinem flammenden Zuhause wankte und dann sterbend nur 20 Meter von ihm entfernt zusammenbrach, hatte ihn dann endgültig davon überzeugt, dass in dieser Situation nur noch radikale Maßnahmen helfen konnten.

Statt der Öffentlichkeit die Realität der Morde zu unterbreiten, war es ihm nun wichtiger, das ganze Ausmaß der Zerstörung vorzuführen. Und dazu musste er sich mit den Umweltaktivisten verbünden.

Es war nicht ganz einfach gewesen, Kontakt zu *CONT* aufzunehmen, aber das Dark Net hatte es möglich gemacht und nun war er hier in Berlin. Die Frage war nur, ob sie auf seinen Vorschlag eingehen würden.

Er hatte klare Anweisungen von seiner Kontaktperson erhalten. Man würde ihn vom Flughafen abholen und zu einem sicheren Besprechungsort bringen.

Als er, wie besprochen, mit der Jakarta-Post in seiner rechten Hand und dem Rollkoffer im Schlepp die Ankunftshalle betrat, wurde er von einem Mittdreißiger angesprochen, der ihn mit einer Handbewegung einlud, ihm zu folgen.

Im Flughafen-Parkhaus führte ihn der Mann zu einem schwarzen Audi etron mit dunkel getönten Scheiben. Er wurde angewiesen, auf der hinteren Sitzbank neben einem zweiten Mann im ähnlichen Alter Platz zu nehmen. Dieser übergab ihm eine Schlafbrille, mit der Aufforderung sich die Augen zu verbinden.

Eigentlich wäre es Evan lieber gewesen zu wissen, wo er hingebracht wurde, aber die Tatsache, dass man ihn daran hindern wollte sein Ziel oder den Weg dahin zu erkennen, hatte auch etwas Beruhigendes. Man würde sich wohl nicht die Mühe machen, wenn man ihn töten wollte.

Er schätzte, dass sie nach ca. 35 Minuten ihr Ziel erreicht hatten. Er durfte die Schlafmaske abnehmen und aussteigen. Aus einem japanisch anmutenden Haus, das in einem bewaldeten Grundstück stand, kam ihm eine Frau entgegen. Sein Herz schlug schneller. Er hatte gehofft auf sie, Nerthus, die Gitarristin der *Goddesses of the Earth* zu treffen.

Ohne Umschweife fragte sie: „Was hast du mir zu bieten, was mich davon abhalten könnte, dich hier und jetzt auszuschalten?"

„Wow, langsam." Evan hob beschwichtigend die Hände. „Ich glaube, dass wir die gleichen Ziele verfolgen und uns gegenseitig nützlich sein können."

„Du hast uns in der Vergangenheit geschadet. Warum sollte ich dir jetzt glauben?", erwiderte sie.

„Ich bin derjenige, der Kontakt zu euch aufgenommen hat. Ich hätte auch in der Versenkung bleiben können und ihr hättet mich nie gefunden. Das sollte euch doch schon zeigen, dass ich es ernst meine."

„Da irrst du dich. Wir haben dich die ganze Zeit beobachtet. Wir haben es dir erst möglich gemacht uns zu kontaktieren."

„Warum habt ihr mich dann nicht gleich ausgeschaltet?" Evan schaute sie ungläubig an.

„Auch wenn es dich erstaunen mag, morden wir nicht aus Spaß und unnötigerweise. Kollateralschäden gilt es zu vermeiden."

Ihr Gesichtsausdruck war undurchdringlich, aber Evan hatte das Gefühl, als würde sie die Wahrheit sagen.

„Lass uns aufhören um den heißen Brei herumzureden. Was hast du zu bieten?", fuhr sie fort.

Evan öffnete seinen Rollkoffer und holte eine zerfledderte, gelbe Aktenmappe hervor. „Ich weiß, dass ihr für eure Abschlussveranstaltung Infobeiträge in Filmformat plant. Hier habe ich einige Sachen, die euch interessieren könnten."

Mit einer Kopfbewegung forderte sie ihn auf, ihr ins Haus, in eine Art Besprechungsraum zu folgen. Er ließ den Inhalt der Mappe auf den großen, runden Tisch in der Mitte des Zimmers gleiten. Nerthus betrachtete die circa 30 Farbfotos mit Interesse und überflog die Blätter, auf denen er seine Ideen für ein Videoprojekt skizziert hatte.

„Daraus lässt sich was machen", stellte sie zu seiner Erleichterung fest. Dann tippte sie mit ihrem behandschuhten Zeigefinger auf einen der Zettel und sagte: „Die Indigenen die du im Amazonasgebiet kennengelernt hast, wären bereit, in einem Video aufzutreten, obwohl sie bis jetzt versucht haben, den Kontakt zur Zivilisation zu vermeiden?"

„Ja. In der Vergangenheit haben sie ihre Dörfer verlassen und sind weitergezogen, wenn ihnen die Brandrodungen zu nahe kamen, aber sie haben erkannt, dass das nicht ewig so weitergehen kann. Deshalb wären sie nicht nur für ein Video bereit, sondern würden sogar bei einer Veranstaltung auftreten."

Evan sah nun Begeisterung in dem einen Auge der Aktivistin aufblitzen. Sie bot ihm an, in der Kreativgruppe des Orga-Teams mitzuarbeiten. Man würde ihn den Auftritt der Indigenen vorbereiten lassen, wenn er sich bereit erklären würde, bis zum Ende der Abschlussveranstaltung das Gelände, nicht ohne vorherige Genehmigung der Orgaleitung zu verlassen und sich eines kleinen Tests zu unterziehen. Er nickte nur und bevor er weitere Fragen stellen konnte, zog sie ihren rechten Handschuh aus und legte ihre Finger auf sein Handgelenk. Ein seltsames Kribbeln durchfuhr seinen Arm. Nerthus grinste ihn an und sagte: „Wir haben einen Deal."

***

„Die Indios haben sein Leben gerettet", resümiert Adam. „Wo ist er jetzt?"

Nerthus zeigt auf die Übertragung aus Buenos Aires. „Ich nehme an, dass er im Moment dort hinter der Bühne steht. Er war eine Weile hier in Berlin und hat mit unseren Medienspezialisten zusammengearbeitet. Sie sind ganz angetan von ihm. Und zwar so sehr, dass wir ihm nach Abschluss der Konzerte in Aussicht gestellt haben, ein Buch über die ganze Aktion zu schreiben."

„Für die Nachwelt?", scherzt Adam.

„Genau", sagt Nerthus ohne eine Spur von Humor.

In Kairo erscheint gerade ein altägyptisch gekleideter Mann mit einer Gans auf dem Kopf.

„Wer ist das?", fragt Adam.

„Das ist Geb, der Erdgott der Ägypter", erklärt Nerthus.

„Wie es aussieht, haben wohl alle Kulturen Erd- oder Naturgottheiten, die hoch verehrt wurden", bemerkt Adam.

„Für unsere Vorfahren war die Welt rätselhaft und unverständlich, aber allen war bewusst, dass die Erde und ihre Ressourcen geschützt werden müssen."

Stellvertretend für den afrikanischen Kontinent erscheint auf der Leinwand in Johannesburg ein Symbol, das fast wie zwei umgekehrt aufeinander stehende verschnörkelte Herzen aussieht.

„Das habe ich schon mal irgendwo gesehen. Was bedeutet das?", fragt Adam.

„Das ist das Adinkra-Symbol Asase ye duru. Es heißt so viel wie, `die Erde hat Gewicht' und betont die Bedeutung der Erde und ihre Erhaltung. In vielen Kulturen haben Symbole einen hohen Stellenwert."

„In einigen Kulturen gibt es statt grafischer Symbole, Symboltiere. Richtig?"

„Stimmt. Prithivi, die freundliche Mutter aller Wesen, wird zum Teil als Kuh dargestellt. Du wirst sie gleich im indischen Beitrag sehen", sagt Nerthus.

Auf dem Monitor, der die Veranstaltung aus Tokio überträgt, sind mittlerweile zwei weiß gekleidete Figuren mit langen schwarzen Haaren zu sehen. Die männlich aussehende Figur trägt einen mit Juwelen besetzten Speer.

„Die kenne ich! Das sind Izanagi und Izanami, das Bruder-Schwester Götterpaar der japanischen Schöpfungsmythologie. Mein japanischer Großvater hat mir, als ich ihn vor einigen Jahren endlich ausfindig gemacht habe, von ihnen erzählt."

„Über die beiden kannst du mit Fuji philosophieren und ich verspreche dir, dass sie dich dann endlich als eine ernst zu nehmende Person akzeptieren wird." Nerthus lacht in sich hinein.

Fasziniert schauen sie weiter die Darbietungen der anderen Länder an. Nachdem ein alter Mann, der den weisen Erdgott Tudigong darstellt, die chinesische Version der Erderschaffung erzählt hat, startet als Letztes der russische Beitrag. Nerthus zeigt auf den Stern, der auf der Leinwand erscheint.

„Siehst du, auch in der slawischen Mythologie gibt es ein Symbol. Das ist der Svarog-Stern."

„Svarog, wie in Gottvater der Schöpfung?", fragt Adam.

„Genau. Es ist das Symbol des Wesens des Seins, Personifikation des himmlischen Lichtes, des Schmieds des Himmels."

Nachdem auch hier, wie in den anderen Austragungsorten zuvor, moderne und klassische Instrumente die traditionellen Klänge in eine Symphonie der Hoffnung verwandelt haben, wird es plötzlich still auf der Bühne. Ein Mann tritt aus den Kulissen hervor und ein Raunen geht durch das Moskauer Publikum.

KAPITEL 43

Nerthus dreht sich zu Adam um: „Jetzt wird es spannend!"

Adam zeigt auf den Monitor. „Das ist ja Fomin."

„Könnte man meinen."

Bevor Adam etwas entgegnen kann, hat der Mann das Mikrofon erreicht und begrüßt die Zuschauer in Moskau und in der übrigen Welt. Als erstes beglückwünscht er die Organisatoren der Klimakonzerte zu ihrem fantastischen Konzept und dem daraus resultierenden Erfolg. Aus den Reihen des erstaunten Moskauer Publikums ist kein Ton zu hören. Dann verkündet der Präsident, dass einige, große Veränderungen im Bereich der Politik dringend nötig seien. Veränderungen im Bezug auf die Umweltpolitik und die Staatsführung.

„Ich, Andrey Fomin gebe hiermit bekannt, dass ich mich aus gesundheitlichen und familiären Gründen aus den Staatsgeschäften zurückziehe. Es ist an der Zeit Jüngeren die Entscheidungen für die Zukunft unserer Welt zu überlassen. Hiermit bestimme ich Gregori Galubov zu meinem Nachfolger."

Das verblüffte Publikum beobachtet schweigend, wie ein bedeutend jüngerer Mann die Bühne betritt und mit einer ausladenden Geste die Menschen der Welt zu umarmen scheint. Er teilt mit in den nächsten Tagen sein neues Kabinett vorzustellen und umreißt kurz die wichtigsten Punkte seiner neuen Klimapolitik. Die sprachlosen Zuschauer erwachen erst aus ihrer Trance, als Galubov mit lauter Stimme *„WANNIUS, WANNIUS, WANNIUS"* deklamiert.

Ungestüme Begeisterungsrufe ertönen und in Sekundenschnelle brechen die Menschen, zuerst in Moskau und dann in den anderen Festivalorten in frenetischen Jubel aus.

„Was passiert mit ihm?", fragt Adam auf den vermeintlichen Fomin zeigend, der gerade in den Kulissen verschwindet.

„Unsere Leute warten am Bühnenausgang und bringen ihn und seine Familie in Sicherheit. Nach ein wenig plastischer Chirurgie wird er zwar nicht mehr als Fomin-Doppelgänger arbeiten können, aber sie wird ihm die Möglichkeit geben, seinen Lebensabend unbeschadet zu genießen."

„Wird Kamarov nicht versuchen, die Amtsübergabe anzufechten?"

„Maxim Kamarov wird gleich, wenn er die Neuigkeiten erfährt, einen ganz unerwarteten und definitiv tödlichen Herzinfarkt bekommen." Nerthus zuckt unschuldig mit den Schultern.

„Ihr scheint an alles gedacht zu haben, aber was ist mit Oswald Ace?", fragt Adam.

„Das wirst du gleich sehen", sagt Nerthus und zeigt auf den Monitor, der die Veranstaltung aus Washington überträgt.

Auf der Bühne dort scheint Chaos auszubrechen, als eine dicht gedrängte Gruppe von Secret Service Agenten nach vorne eilt. Zwei der Beamten tragen mannshohe, durchsichtige Schutzschilde, die sie nun vor dem Mikrofon positionieren. Inmitten der restlichen Agenten wird Oswald Ace sichtbar, der sich hinter der improvisierten Schutzmauer in Position bringt. Bevor das überraschte Publikum irgendwelche Reaktionen zeigen kann, ergreift der Präsident das Wort: „We are making the world great again. Großartig, sicher und grün. Für alle. Ich werde mich nicht, wie mein Kollege Fomin, aus dem Staub machen. Sondern ich werde persönlich überwachen, dass in allen Bundesstaaten der USA die neuen Klimagesetze eingehalten werden. Und ich werde aufpassen, dass sich meine Kollegen in allen anderen Ländern ein Beispiel an mir nehmen und bei sich zu Hause auch aufräumen." Begeisterte „Ace-Ace-Ace-Rufe" sind aus Washington zu hören und die erstaunten Besucher der anderen Städte nicken, wenn auch nicht begeistert, so doch zumindest wohlwollend.

„Sex mit dir ist weltbewegend, aber ich hätte nicht gedacht, dass es dadurch zu einer solchen Sinneswandlung kommen kann." Adam sieht Nerthus fragend an.

„Er ist überzeugend, nicht wahr?"

„Komm schon, erzähl mir, wie ihr das hinbekommen habt", sagt Adam.

„Kannst du es dir wirklich immer noch nicht denken?"

Als Adam nur auffordernd mit den Augenbrauen wackelt, seufzt Nerthus und fährt fort: „Wir haben eine Weile intensiv suchen müssen und dann noch ein bisschen in einen Sprachcoach investiert, bis wir das perfekte Double am Start hatten. Aber er ist so gut, dass wir ihn in seiner Position belassen werden. Denn Regierungswechsel in zu vielen der größten Ländern der Erde am selben Tag würden vielleicht doch unerfreuliche Fragen aufwerfen."

„Wow jetzt verstehe ich auch, wieso die ganze ...", Adam fuchtelt, auf der Suche nach einem passenden Wort, mit der Hand in der Luft rum und sagt dann nur lahm, „die ganze Sache mit Ace und seinem Bodyguard nötig war. Ihr habt den Doppelgänger ausgetauscht, als du den Secret Service Typen abgelenkt hast."

„Na siehst du, es geht doch."

„Aber wieso hast du mir das nicht gleich gesagt und mir eine Menge blöder Gedanken und Zweifel erspart?" Adam klingt erleichtert, aber auch ärgerlich.

„Ich wollte testen, ob du mich so akzeptieren kannst, wie ich bin. Ob du hinter mir stehst, bei dem, was ich getan habe und in der Zukunft möglicherweise noch tun muss", Nerthus schaut ihn herausfordernd an.

Das klingt ganz danach, als hätte sie, zumindest ein bisschen, über die Möglichkeit einer gemeinsamen Zukunft nachgedacht. Adam grinst und fragt: „Und habe ich den Test bestanden?"

„Du hast zuerst einige Fragen gestellt, ein bisschen rumgenörgelt und gezetert, aber letztendlich hast du dann Akzeptanz gezeigt und das genügt mir. Also lautet die Antwort auf deine Frage: Ja."

Einem plötzlichen Impuls gehorchend beugt sich Adam vor und flüstert in Nerthus` Ohr: „Ich liebe dich."

Mit angehaltenem Atem wartet er auf ihre Reaktion. Als er gerade anfängt, seine spontane Beteuerung zu bereuen, merkt er, wie Nerthus` Zeigefinger über seinen Arm streicht. Ein Gefühl, für dessen Beschreibung ihm die Worte fehlen, breitet sich langsam in seinem Körper aus. Die Worte Ruhe und Sturm gleiten durch sein Gehirn. Gleichbedeutend mit tiefer innerer Gelassenheit und unbändigem Entdeckungsdrang. Und die Gewissheit von profunder Zuneigung. Nach einiger Zeit, Minuten oder vielleicht doch nur Sekunden, atmet er langsam aus und schaut auf Nerthus herab, in ihr bernsteinfarbenes Auge und der Wunsch nach einer lebenswerten Zukunft ist stärker denn je.

Er blinzelt mit den Augen, als würde er aus einem tiefen Schlaf erwachen und schaut auf den Washingtoner Monitor. Fake-Ace scheint mittlerweile seine Spontanrede mit dem erneuten Ruf: „We are making the world great again.", beendet zu haben, und das amerikanische Publikum ist außer sich. Ein Blick in die Berliner Zuschauerschaft zeigt eher Verwunderung in den Gesichtern, aber die Stimmung ist auch hier euphorisch.

Auf den großen Leinwänden werden jetzt die ersten Reaktionen auf die Klimakonzerte und die politischen Veränderungen aufgelistet. In der oberen rechten Ecke erscheint eine im Sekundentakt größer werdende Zahl mit einem €-Zeichen davor. Sie ist bereits zehn Ziffern lang. Darunter werden die Namen der Organisationen und Einzelpersonen aufgelistet, die gerade in diesem Moment eine Spende überwiesen haben. Adam ist verblüfft, welche Namen dort zum Teil auftauchen. Insgeheim beglückwünscht er die Wissenschaftler, die den Drogencocktail zusammengemischt haben.

Jetzt werden kurze Videos sichtbar, die wie in einem Kachel-Mosaik angeordnet sind. Menschen aus aller Welt haben sich und ihre Freunde, Familie oder Arbeitskollegen dabei gefilmt, wie sie die Klimaaktion feiern.

Als Nächstes werden Privatinitiativen, Bürgeraktionen und Projekte unterschiedlichster Gruppierungen vorgestellt, die in den vergangenen Stunden ins Leben gerufen wurden, um aktiv die Klimawende voranzutreiben.

Zum Teil beziehen sich die Vorschläge auf die Aktionen, die in den Broschüren und offiziellen Videos von *CONT* angekündigt wurden, aber es gibt auch eine Menge innovativer, neuer Projekte. Manche von Einzelpersonen oder kleinen Gruppen ins Leben gerufen, hinter anderen stehen große Organisationen und Firmen.

Fischer in verschiedenen Regionen der Erde haben sich zusammengeschlossen und schon zum Teil damit begonnen Müll aus den Ozeanen zu fischen. Sofort melden sich einige Organisationen und größere Firmen, die den Müll übernehmen und weiterverarbeiten können. Spediteure bieten an, den Transport zu übernehmen.

Die Leinwand wirkt wie eine Ideen- und Aktionsbörse. Es wird deutlich wie viele Menschen sich mit der Problematik schon im Vorfeld beschäftigt haben, neue Denkwege gegangen sind und Ideen geboren haben, die ein vielversprechendes Potenzial zu haben scheinen. Die meisten dieser Ideen waren in der Vergangenheit wahrscheinlich an Finanzierungsproblemen gescheitert. Ein Blick auf die rasant wachsende Eurosumme zeigt, dass viele dieser Ideen nun eine Realisierungschance haben dürften.

Eine Gruppe Wissenschaftler stellt eine völlig platzsparende, effiziente und bedeutend preiswertere Windturbine vor. Die neuartige Konstruktion, die ohne Rotorblätter auskommt, erzeugt nicht den von vielen Menschen so gehassten und gefürchteten Schattenschlag der alten Turbinen und schützt Wildvögel.

Aber auch preiswerte Veränderungen für den Privathaushalt und das tägliche Leben, die sich fast jeder Erdenbewohner leisten oder selber nachbauen kann, werden vorgestellt.

KAPITEL 44

„Viele tolle Ideen, aber könnten da nicht auch eine Menge Profiteure versuchen Geld zu scheffeln und das, ohne Rücksicht auf
die Umwelt zu nehmen?", fragt Adam.

„Wir haben damit gerechnet, oder zumindest gehofft, dass es
zu spontanen Angeboten kommen würde, und Vorsorge getroffen. Alle Vorschläge werden von einem großen Team von
Wissenschaftlern und Technikern geprüft und in die richtigen
Wege geleitet." Sie schaut auf ihr Telefon und sagt: „Chesslow
hat mir gerade mitgeteilt, dass es erfreulicherweise so gut wie
keine Betrugsversuche gibt. Die Euphorie und die gute Stimmung der ganzen Aktion scheint die Menschen mitzureißen."

Videos, Fotos und Kurztexte zeigen, dass es für fast jede
Müllsorte Recyclingideen zu geben scheint. Zum Beispiel die
Verwandlung von Plastik zu Baumaterialien, zu Möbeln, zu
Lebensmitteln und vielem mehr.

Aber nicht nur Recycling, sondern auch die Wiederverwen-
dung jeder Art von Gegenständen steht hoch im Kurs. Regionale
und überregionale Tauschbörsen werden aufgebaut. Neben dem

Austausch von Dingen wird auch der Austausch von Know-how in Bezug auf ein klimaneutrales Leben angeboten.

Jobvermittlungsbörsen für Umweltprojekte werden ins Leben gerufen, ebenso wie Mitwohnzentralen und Organisationen die Umsiedlungsmaßnahmen koordinieren wollen.

Baufirmen legen Pläne für klimaneutrale Siedlungen vor, die geplante herkömmliche Bauvorhaben ablösen sollen.

Unter die Besucher haben sich Informationsassistenten gemischt, die als Erkennungsmerkmal eine Stange mit einer bunten Fahne an der Spitze auf dem Rücken tragen. Das Informationsangebot scheint intensiv genutzt zu werden, denn überall bilden sich kleine Gruppen, die lebhaft, aber friedlich diskutieren.

Die Leinwände an den Veranstaltungsorten werden plötzlich weiß und sämtliche Wort- und Musikbeiträge verstummen. Ein Raunen geht durch das Publikum, als in Beijing eine Frau mittleren Alters die Bühne betritt.

„Das ist Fu Shiyan", sagt Nerthus, ohne sonderlich überrascht zu wirken.

„Ist sie mit eurer Fu Liming verwandt?", fragt Adam.

„Ja, Shiyan ist Limings Tante."

Als Adam zu einer weiteren Frage ansetzen will, zeigt Nerthus auf die Leinwand und sagt: „Lass uns erst hören, was Shiyan zu sagen hat."

Mit einer ausladenden Handbewegung bringt Fu das Publikum in Beijing zum Schweigen.

„Liebe Mitbürger und Bürgerinnen hier in China, liebe Mitmenschen auf der ganzen Welt. Mein Name ist Fu Shiyan. Ich bin Mitglied der chinesischen Regierung und hierher entsandt gewesen, um die Ankunft unseres Staatspräsidenten Wang Yizin vorzubereiten. Präsident Wang wollte hier auf dem Klimafestival zu Ihnen in aller Welt sprechen, um seine Sorge über den

Zustand unserer Erde zum Ausdruck zu bringen und um das Versprechen abzulegen, eine neue und revolutionäre Umweltpolitik auf den Weg zu bringen."

„Als ob!", zischt Adam in Nerthus` Ohr. „Wang ist der Allerletzte, dem ich ein Umweltgewissen zutrauen würde."

„Warte doch erst mal ab", zischt Nerthus zurück.

„Leider muss ich Ihnen hier eine schreckliche Nachricht überbringen", fährt Fu fort, „Der Hubschrauber des Präsidenten und seiner Begleiter ist beim Landeanflug abgestürzt. Es scheint keine Überlebenden zu geben."

Das Publikum in Beijing wirkt wie erstarrt. Niemand zeigt eine Regung, aus Unsicherheit möglicherweise die falschen Emotionen preiszugeben. In der übrigen Welt ist von Bestürzung über Belustigung bis hin zu Begeisterung jede Gefühlsäußerung zu vernehmen.

Fu Shiyan lässt die Neuigkeit einen Moment wirken und setzt dann ihre Ansprache fort: „Wir, das chinesische Volk werden uns in den nächsten Tagen, Wochen und Monaten Zeit nehmen, um unseren Staatsführer zu betrauern und seiner zu gedenken, aber ich weiß, dass ich hier in seinem Namen spreche, wenn ich nun verkünde, dass wir die neue Klimapolitik umgehend auf den Weg bringen müssen. Der von Wang Yizin, schon vor einiger Zeit ermächtigte Nachfolger Mo Baihu wird sofort die Staatsgeschäfte übernehmen und alle vorgesehenen Veränderungen in die Wege leiten. Liebe Weltenbürger bitte verzeiht uns, wenn wir nun die Übertragung aus Beijing abbrechen, um unserem Volk die Möglichkeit zu geben, mit dem Schock, den die Nachricht vom Tod Wangs ausgelöst hat, umzugehen." Fu Shiyan verneigt sich und die Leinwand wird weiß.

Nach wenigen Sekunden erscheint wieder die große Informationsleinwand im Hintergrund der Bühne mit der mittlerweile elfstelligen Eurosumme und weiteren Aktionsvideos und Berichten über Initiativen und Projekte.

„Und was geht jetzt wirklich in China hinter den Kulissen ab? Haben wir da eine Vorstellung von?", fragt Adam.

„Einige Mitglieder des Politbüros waren schon seit Längerem unzufrieden mit der Situation im Land. Darunter auch Shiyan Fu. Die Umweltverschmutzung und die durch den Klimawandel bedingten Naturkatastrophen haben zu mehr und mehr Unruhen in der Bevölkerung geführt. Die konnten nicht mehr ignoriert oder unterdrückt werden. Außerdem hat die Wirtschaft großen Schaden genommen. Ungefähr die Hälfte des Politbüros war der Meinung, dass nur drastische Veränderungen die Situation retten könnten, die andere Hälfte um Staatspräsident Wang herum hat sich gegen Veränderungen gestellt. Fu Shiyan hatte schon länger mit den Aktivitäten ihrer Nichte sympathisiert und Liming um Hilfe gebeten. So ist *CONT* in China zum Zug gekommen."

„Und wer ist dieser Mo Baihu?", fragt Adam.

„Ein Verbündeter von Fu Shiyan."

„Warum hat Wang ihn dann als Nachfolger ernannt?"

„Mo hat schauspielerisches Talent. Wang ist auf ihn hereingefallen." Nerthus grinst.

„Und der Hubschrauberabsturz ist ..."Adam lässt den Satz in der Luft hängen. Nerthus zuckt nur mit den Schultern.

Der Monitor, der die Übertragung aus Beijing zeigt, bleibt weiß, aber auf den anderen Bildschirmen sind wieder die Bühnen in den übrigen Veranstaltungsorten zu sehen.

In der nächsten halben Stunde werden weitere neue Projekte zur Sanierung der Umwelt, zum Aufbau neuer Kommunen und zur Erschaffung umweltgerechter Arbeitsplätze vorgestellt. Die rapide anwachsende Eurosumme wird wieder eingeblendet. Sie ist mittlerweile so groß, dass Adam sie nicht mehr benennen kann.

Er wendet sich zu Nerthus: „Das sieht alles fantastisch aus."

Mit einer ausschweifenden Handbewegung zeigt er über das Publikum und die Monitore. „Die Pläne, die enorme Geldsumme, die Reaktion des Publikums, alles scheint darauf hinzuweisen, dass der Wandel passieren könnte, aber wird es wirklich dazu kommen? Oder wachen die Menschen morgen auf und machen genauso weiter wie zuvor?"

„CONT arbeitet nicht erst, seit ich dabei bin, an Plänen für eine radikale Umstrukturierung. Alles ist vorbereitet, um die neuen Ideen umzusetzen. Du wirst sehen. Mach dir keine Sorgen."

Nerthus lächelt ihn an und er wagt sie zu fragen: „Und was ist mit uns? Wie sieht deine und meine Zukunft aus? Haben wir eine gemeinsame Chance?"

Er glaubt ein vielversprechendes Leuchten, in ihren Augen zu erkennen.

„Darüber sprechen wir ganz ausführlich, wenn wir den Abschlusssong gespielt haben. Und du kündigst uns wieder an."

Nerthus zieht Adam zum Mikrofon. Nach seiner kurzen Ansage setzen die Musiker auf den neun verbleibenden Bühnen an und spielen gemeinsam auf. Eine positive Adaptation der bekannten Klimahymne *Tales of Madness* mit dem neuen Titel: *Creators of a New Tomorrow*.

Während Adam gebannt auf Nerthus schaut, ziehen im Hintergrund bewaffnete Einsatzkräfte auf.